韓国文学の源流
短編選
4
1946–1959

雨日和

韓国文学の源流　短編選4

雨日和

This book is published with the support of the Literature Translation Institute of Korea (LTI Korea).

装幀・ブックデザイン　成原亜美（成原デザイン室）
装画　松尾穂波

雨日和　もくじ

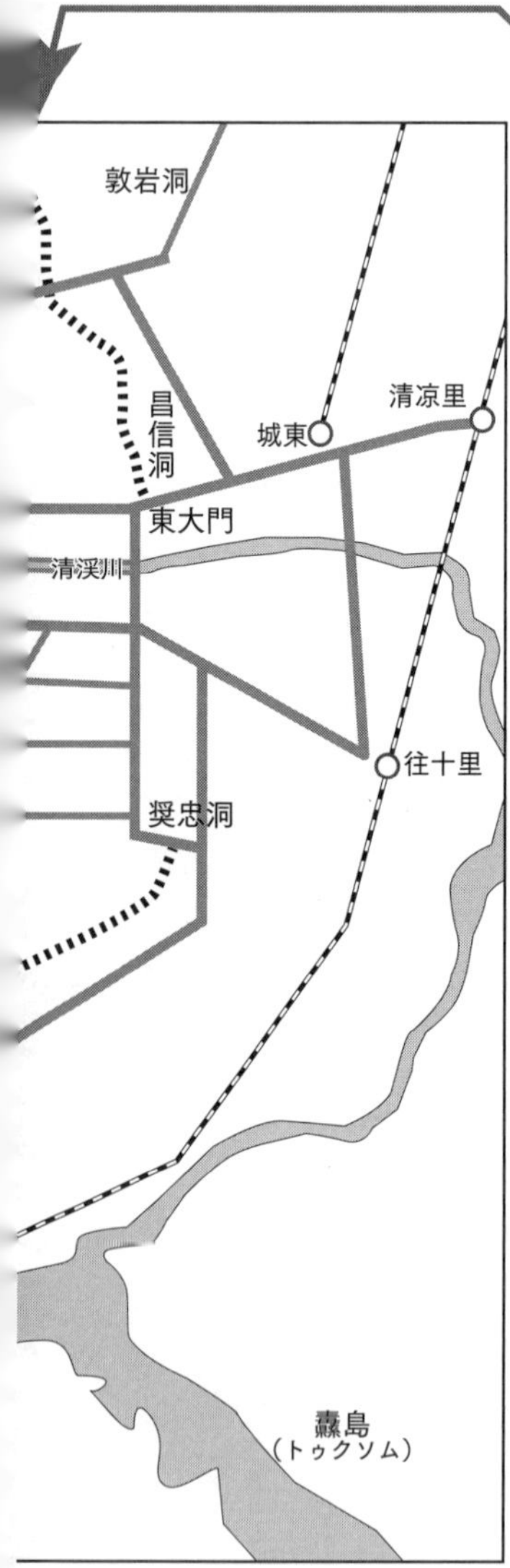
敦岩洞
昌信洞
城東
清凉里
東大門
清渓川
往十里
奨忠洞
纛島
（トゥクソム）

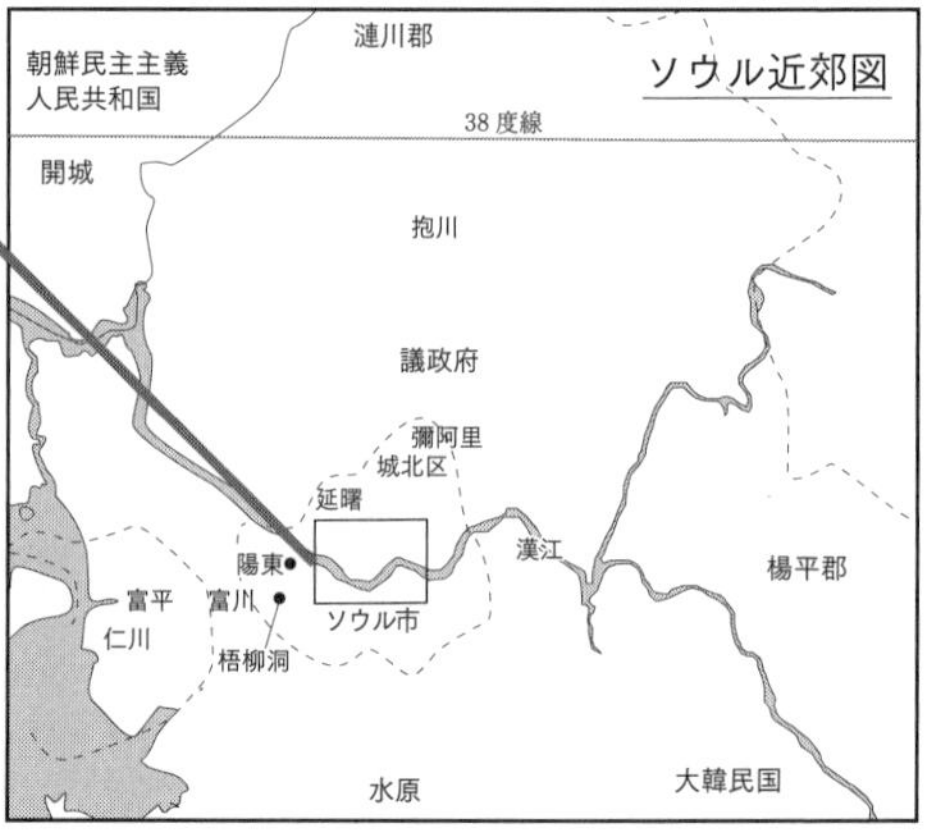
ソウル近郊図
漣川郡
朝鮮民主主義
人民共和国
38 度線
開城
抱川
議政府
彌阿里
城北区
延曙
陽東
漢江
楊平郡
富平
富川
仁川
ソウル市
梧柳洞
水原
大韓民国

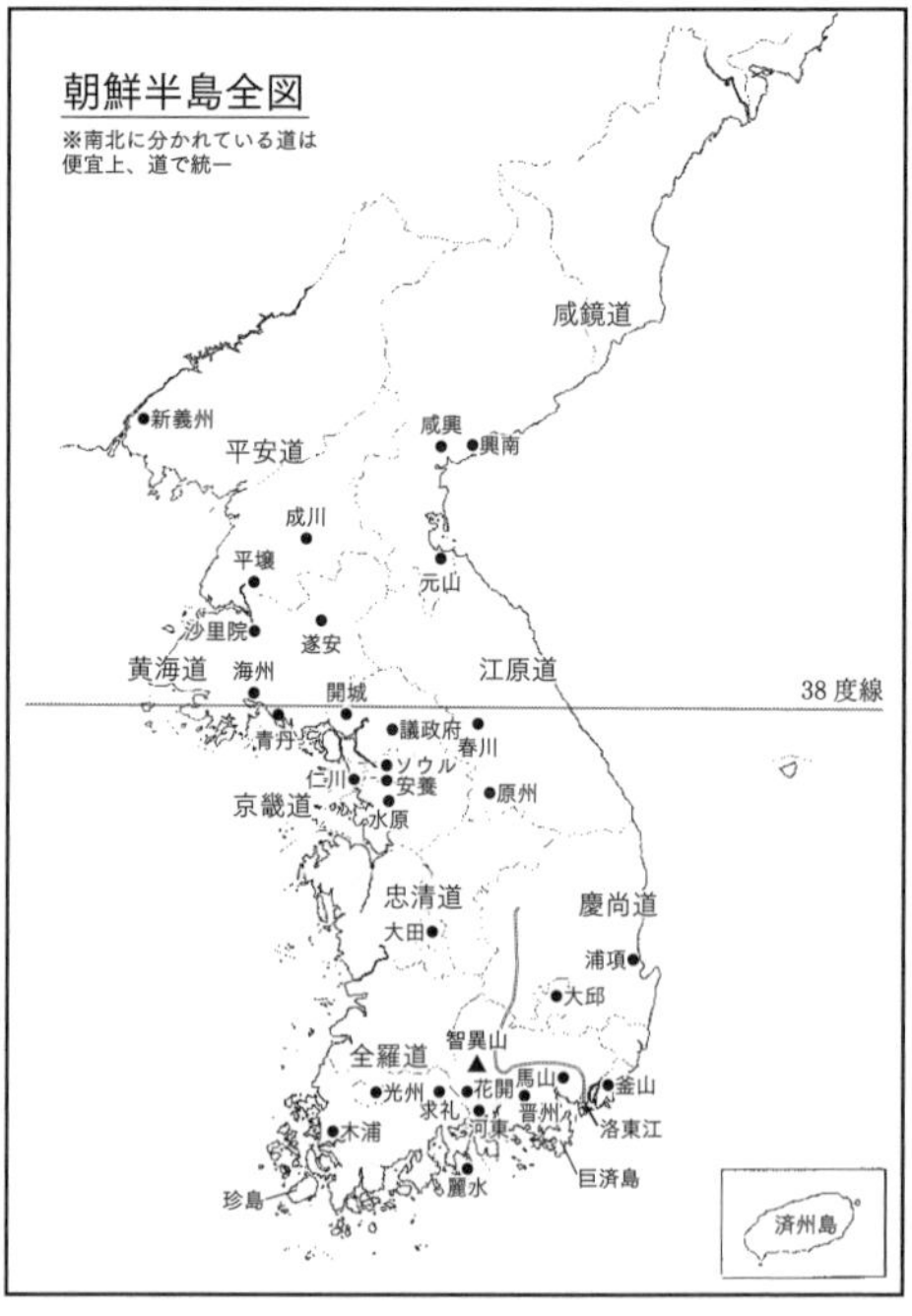
朝鮮半島全図
※南北に分かれている道は
便宜上、道で統一
咸鏡道
新義州
平安道
咸興
興南
成川
平壌
元山
沙里院
遂安
黄海道
海州
開城
江原道
38 度線
青丹
議政府
春川
ソウル
仁川
安養
京畿道
水原
原州
忠清道
慶尚道
大田
浦項
大邱
智異山
全羅道
光州
求礼
花開
馬山
晋州
釜山
河東
洛東江
木浦
巨済島
珍島
麗水
済州島

地図は3点とも1950年頃の現地地図を参考に作成しています。

凡例

一、本翻訳は、目次順に『黄晳暎の韓国名短編一〇一』二巻（文学トンネ、二〇一五）、『黄晳暎の韓国名短編一〇一』三巻（文学トンネ、二〇一五）、『黄晳暎の韓国名短編一〇一』二巻（文学トンネ、二〇一五）、『呉尚源中短編選・猶予』（文学と知性社、二〇〇八）、『黄晳暎の韓国名短編一〇一』二巻（文学トンネ、二〇一五）、『黄晳暎の韓国名短編一〇一』三巻（文学トンネ、二〇一五）、『黄晳暎の韓国名短編一〇一』二巻（文学トンネ、二〇一五）を底本とした。

一、［　］内の説明は、すべて訳者の補足説明や注記である。

一、ゴシック太字で印した箇所は、原文が日本語をハングル表記で表した箇所である。

一、ハングル表記されている人名は、日本語読者の理解の便を考慮して、推定される漢字を記した場合がある。また、年齢はすべて数え歳である。

一、地名については、主なものは付図に示した。細かな地名、建物・施設名等についてはできる限り、［　］内に注記した。なお、ソウル市内の町名などは最近、街路名中心に変更されてもいるが、本作品の内容は一九五〇年代のものが多いため、従来の町名で統一した。なお洞：町に相当、面：村に相当である。

一、軍人の階級名称は旧・日本陸軍のものとはやや違いがあるが、便宜上、次のように訳した。二等上士→軍曹、一等中士→伍長、二等中士→兵長、下士→上等兵（飯倉江里衣『満洲国軍朝鮮人の植民地解放前後史』有志舎、二〇二一、凡例Xの一覧表参照）

一、貨幣単位「ファン（圜）」は、現在の韓国ウォンになる前、一九五三年二月十五日・一九六二年六月九日の間の呼称である。最高額紙幣は一〇〇〇ファンで、一九五三年当時は現在の日本円で七〇〇〇・一万円程度の貨幣価値があったが、一九五七年頃には多少、下落している。なお「ファン」以前は「ウォン」。

一、国民学校：小学校に相当（現・初等学校）、一里（約四〇〇メートル）のため、日本の里数に変換。

一、原文中に現在の観点からは差別的または不適切な表現があるが、作品の背景を示すものと考えそのまま訳出した。巻末の解説もこれに準ずる。

道程
―小市民
도정

池河蓮
チ・ハリョン　지하련

カン・バンファ訳

1946

1

息をきらして停車場に入り、やにわに時計を仰ぐと、正午まであと三十分もある。二時五十分発の汽車なら、あと二時間遅くてもよかった。

最近は夜通し待ってようやく乗れるというから、そう早いわけでもないのだろうが、事前に切符を手配しておいたのと、大遅刻だと思い込んで一刻を争うように走ってきたので、結局はとんでもなく早く着いてしまったことになる。

大量の汗と、大勢の視線を横顔に感じながら、碩宰《ソクジェ》はにわかに鼻白み外へ出た。

アカシアの陰にある古びたベンチにどさりと腰掛けると、今になってむっと熱気が昇り立つのを感じ、汗がどっと噴き出してきてぽとぽと垂れる。

ハンカチでは事足りそうになく、このままじっと座っていれば息が詰まりそうで、とにかく立ち上がってぶらつくほうがよいように思われた。ところが彼は、なにかにひどく蹂躙されているかのごとく、いつまでも決心のつかないまま、恐ろしいほどの暑さとしばらく闘うほかなかった。首筋がずきずきし、てのひら足の裏がひりひりして仕方ない。

やがて彼は息をつき、一時間どころかほぼ三時間も予定を見誤ったと思うと、自分がどこか哀れでもあり、可笑しくもあった。

もっとも、理由を挙げればきりがない。まず、彼がこの地方に疎開してきたのはごく最近のことで、初めての道であったばかりか、元来田舎の道は距離がつかみにくいのか、ゆうに五里はあると言う人もいれば、いや間違いなく七里はある、それどころか十里あると言う人まであって、近ければそのへんで時間をつぶしていればよかろうと、ひとまず早めに出ることにしたのだった。

どの辺りまで来たときだろう。彼はふと、鞄を手に道を行く自分の風体が郡庁の雇員にそっくりなことに気づき、そこへ郡守を退職したばかりの舅までもが思い出されて、ますますきまりが悪くなった。それも、どうせなら品のある雇員らしくあればいいものを、どこぞのごろつきと見まがうばかりの雇員だ。鞄もいつの間にくたびれてしまったのか、皮が触れ合う威勢のいい音もせず、まるで風呂敷でも振り回しているようだ。わかりやすく胸を張り、腕を振って歩きながら、こう見えて自分はこの鞄で大学を出たのだ、これに秘密の出版物を入れてソウルに足繁く通ったものだと、あえてふざけ半分に自分を鼓舞してみたものの、そこへ思い至ると、彼はこの日も愉快な気持ちになれなかった。振り返ればこの六年間、いくら保釈で出てきたとはいえ、生身の人間がよくもこれほど死んだように息を潜めていられたものだと思え、また、こうなると自分自身に嫌気が差すというより、よくものこのこと生きながらえたものだと苦笑が洩れ出るほどだった。

その拍子に、頭のなかには姜《カン》が浮かび、基哲《ギチョル》が現れ、続いてギチョルと酒を呑んだ晩を思い出した。いい加減に出来上がったころだった。長らくひとり盃を傾けていたソクジェは、旧友を見つけてとにかく嬉しかった。その日だけは、鉱山の仲介人として重たい財嚢《ざいのう》をぶら下げて現れたギチョルを邪険にするでもなく、仲介人をしようがなにをしようが、会えたことがただ嬉しいばかりで、生まれて初めてくだを巻いてみたい気持ちになるほど気が緩んでいた。そんなわけで、人並みに親しみを表現する能もないくせに、なにが嬉しいのかやけに気を許した彼の姿に、ギチョルも顔をほころばせた。

「おまえが俺みたいなならず者をこんなに喜んで迎えてくれるとは……ずいぶん寂しかったようだな」

そう笑いながら酒を勧めてきた。ところが、ギチョルの言う「寂しかったようだな」が、どういうわけで「孤独だったようだな」に聞こえたかはいざ知らず、ともかく彼にはそう聞こえたように思え、なおかつうまく言い当ててもいた。事実、最後にカンに会って以来、日を追うごとに、後悔に加えてなにか言いようのない孤独が胸にこみ上げてくるのだった。

「ああ、孤独だったよ。とても……」

ギチョルの言葉に急所を突かれたかのごとく、とっさにそう言い返してまた向き合おうとしたのだが、どういうわけか気が削がれだし、ついに彼はぐだぐだと自分を難詰しはじめた。

友人は聞いていられなかったのか、

「なんだ、酔ってるのか？」

と笑い、

「まあ聞け。どこぞの官職に就いた裏切り者ってわけでもないだろう。俺みたいに投機でひと儲けしようってわけでもなければ、恥知らずにも道端で酒を売ったわけでもない。とにかく、どっからどう見ても、おまえは見苦しい生き方をしてきたわけじゃない。安心しろ」

　と口を挟むのだった。ところが、そんな言葉を聞かされた彼としては、酔いに任せて言ったにしろ、たちまち狼狽せずにはいられなかった。

「いや、そんなことを言いたかったんじゃない。とにかく、君は僕を知らない。君は僕よりいい奴だから、そう、僕よりずっといい奴だから、僕のことなぞわかるはずもない。誰よりも自分を見通す目が、僕の心の片隅にしかとあるんだ。それも、悪徳な自分を見据える目が……」

　彼は大きく目を見張り、自分でも要領を得ない言葉で慌てて予防線を張った。だが友人は大声で笑いながら、

「もうよせ。おまえの話は聞けば聞くほど、手探りで森のなかをさ迷ってる気分だ」

　と手を振った。

　ふたりはまた酒盃を傾けた。だがこのときから、彼はしだいにやるせない気持ちになっていった。じわじわと蘇る悔恨の気持ちが、そのまま盃に揺らめくようだった。やり場のない申し訳なさと後ろめたさに、彼は少年のように心を痛めた。

「……僕はあまりに長いあいだ、自分のためだけに生きてきた。身を隠し、監獄送りになり、それも全部、言ってみれば自分のためだった。……二十代のときは、自分を非凡で特殊な人間に見せたかったから、三十代のときは、人の信望を一手に集める、誰より良心的な人間を気取りたくて……。そうするうちに、みずから墓穴を掘って身動きできなくなっちまったんだよ」

　彼は酔っていた。友人も酔って店の女とふざけ合っていたから、今やその話を聞く者はいなかっ

たが、彼はひとりごとをつぶやくように続けた。

「……去年の正月にカンが来たとき、風邪で熱が続いてると嘘をついた！　千ウォン手に入って、ニンニクを買いに行くことは厭わなかったくせに……。結局、カンと一緒にやりなおすのが怖かったんだ。そうとも！　以前のように、新聞記事で英雄扱いしてくれるわけもなく、もう一回捕まれば人知れず殺されるに決まってるから。……そんなの、薄っぺらな見栄を張る者にとっちゃ犬死にも同じだからな……ああ！」

　彼は急に声を高くした。彼の嘘を真に受け、病気の友に世の心配までさせて済まないという表情で自分を見ていた、あのときのカンの顔を思い出したのだ。

　ギチョルがそばに来た。彼は続けて言った。

「僕はね、僕は、誰にでもいい、なににでもいい。とにかく、僕という人間を飛び越えた情熱と真心を捧げてから死にたいんだ。……なぜか？　僕だってこの世に生まれたからには、一度くらい人のためになることをやってやれないことはないだろう？」

　こうなるともう、愚痴というより泣きごとでしかない。

「酔ってるみたいだ。おまえはじゅうぶん人のためにやってるじゃないか……」

　ギチョルは酔った友を慰めようとしたが、彼は聞く耳をもたなかった。

「いいや、人のためになにかしたことなんて一度もない。どうしようもないけちんぼだからな。ほら、僕は市場の生まれだろう？　垢染みたこの町の、無知な商人《あきんど》にすぎない。……君みたいな人は、一度きれいに洗い流せば、過去にも未来にも生きられるかもしれない。でも僕は、このできそこないは、ゴミというゴミを頭から引っかぶっちまった今、もうどうにもならないんだよ……」

「あのなあ、既成社会に毒されたのは、俺もおまえも同じだろう。……とにかく、おまえは神経をやられちまってる。……いわゆる潔癖症ってやつだよ」

ギチョルはまたも大声で笑った。ソクジェはそれからもときどき、この晩の会話を思い出すことがあった。やはり、酒席でのたわごとだ。そう思うと恥ずかしかったが、すべて本音とはいわずとも、決して嘘偽りではなかった。

このように、彼を苦しめ辱めるものは外にあるのではなく、言うならば内なる暗室に巣食っているものであったから、詰まるところ問題は人間性に突き当たるのだった。おまえは悪い人間なのだという曖昧模糊とした自責となると、それはかたちも罪名もはっきりしない、ある種倫理的なものであるから、彼としてはますます許しがたくなる。このたび妻の実家に避難してくる際も、「この恥知らずめ！　自分の命、妻子供が死ぬんじゃないかとびびりやがって」などといった心理的葛藤を少なからず味わっていたため、「自分ちに帰るのがどうしたっていうのよ」と言い返す妻から先に実家へ帰らせた。そして、どのみちソウルも近くなったことだし、楊洞《ヤンドン》で陶器工場をやっているという金《キム》を訪ねていこうと、ここへ来て二十日ぶりにソウルへ向かう道だった。

ひと抱えもありそうな松が左右に並ぶ山裾を歩いていると、今度は、学生事件で収監されたときにそこで知り合った、あの大きな目の、いたく純朴そうなキムという少年が目に浮かぶのだった。

道はここで、峡谷に差しかかった。嶺、とまではいかないが、その先にはかなり傾斜のきつい峠がありそうだった。時折リスが、背の高い松の合間をちょこまかと行き交い、見るとたくさんの木が、樹皮に傷をつけられて松脂の缶を下げている。あまりに立派な幹と鮮やかな葉を見ていると、なにか大きな生きたものが不意の拷問にかけられているかのような、妙に嘆かわしい気持ちになった。

（血だと思うと、痛々しいな）

近くで見るといっそう胸が詰まり、触れれば傷つきそうに思えるのか、彼は、沈黙に佇むこの幽谷に一抹の哀れみを抱かずにはいられなかった。

峠を越え、道端に座って少し休むことにした。どのくらい歩いたのか、脚が痛く、息が切れていた。

たばこに火をつけ、ゆったりと宙に向かって煙を吐いていた彼は、あっと思った。どう見ても、太陽が西へ二尺は傾いたように見える。自分でも、なにを思いながらどれくらい歩いてきたのかさっぱりわからなかった。ついさっき出発したような気もすれば、よそ見しながら途方もない距離をぶらぶら歩いてきたような気もする。こうなると、舅が駅前の運送部に頼んで切符を買ってもらっているからといって油断はできない。残りどれほどかはわからないが、ひとまずは走ったほうがよさそうだ。

そうして彼はたばこをくわえたまま、あたふたと腰を上げたのだった。

アカシアの陰のベンチにしばらくそうして座っていると、耳をつんざくようなラジオの音が聞こえてきた。

あちらに見える運送部で正午のニュースを流しはじめたのだった。

ほぼひと月間、ラジオはおろか新聞もろくに読めていなかった彼は、最近の出来事を聞きたいという誘惑に少なからず駆られたものの、体はまだ悲鳴を上げている状態で、すぐには立ち上がれなかった。

ニュースが終わるころになって、ようやく腰を上げた。なにより、切符を確認する必要があったからだ。

まっすぐに運送部へ向かい、舅に言われた人を探そうとなかをのぞいて、異変に気づいた。やけに人が多かった。多いだけでなく、立っている人も座っている人もどこか興奮した面持ちで、そのうち二、三人は頭を抱え、じっとテーブルにうつ伏せている。これでは、切符がどうのと尋ねられそうにもない。

彼はしばし、どうしていいかわからなかった。

そのとき、ひとりの少年がぽろぽろ涙をこぼしながら外へ出てきた。彼は一歩後ろに下がりながら、思わず少年をつかまえた。襟元をつかまれた少年はちらと見返すだけで、くるりと背を向けて行ってしまう。少年はちょっと興奮しているだけで、これといった敵意はないものと感じた彼は、あとについていった。

少年はさっき彼が座っていたベンチに腰掛けてからも、相変わらず悲しそうにしている。

「おい、どうした？　うん？」

涼やかな目をした色白の少年が妙に気にかかり、彼は努めてやさしい声で話しかけた。

少年はその言葉に答えなければという義務よりも、そろそろ泣きやむころだというように、

「**テンノウヘイカ**が**コウサン**したんです」

と、ひょいと顔を上げて言った。

「……？」

胸がひやりとし、目の前がくらりとした。日本の敗亡、それは彼がいつでも思い描いていたもの、待ち焦がれていたものだった。（だが、こんなに早く？）その瞬間、なにかを考えたというより、影のような数千数百の想念がものすごい速さで駒のごとく回転し、波紋のように広がって沈んでいった。ところが妙なことに、それはほんの一瞬で、あとは不思議なほど落ち着いていた。漠然と、そんなはずがないと訝れば訝るほど、ますます平気だった。だが、それ以上尋ねる余裕がなかったところを見ると、彼もやはりどこか冷ややかな、ほとんど桎梏《しっこく》ともいえる、猛烈な興奮に包まれていたのかもしれなかった。

「朝鮮も独立するそうです。ついさっき、阿部ソウトクが言ったそうです」

少年は今や、不自然なほどの笑みを目元に浮かべて言った。だがもう、これといった新たな感動は湧いてこない。

（やはり朝鮮の子だったか）

というまったくどうでもいいことを思いながらしばらくぼんやりと座っていると、今度はなぜか、さっき目撃した、少年の悲しげな様子が気になってきた。だが一方で、少年の言葉になにも返さないまま理由を尋ねるのも気が引けたのか、そのまま黙って座っていると、今度は少年のほうが張り合いがなさそうにしている。それもそのはず、青天の霹靂のようなニュースを伝えたのに、こんなに薄い反応しか返ってこないことがあるだろうか？

少年は胡乱《うろん》な目を彼に向けて言った。

「嬉しくないんですか？」

彼は、どこか意地悪そうな笑みまで浮かべてそう尋ねる少年が、急に五歳ほども年を食ったように感じながら、急いで答えた。

「ん？　ああ、嬉しいさ！　……嬉しいとも！」

「……」

「君も嬉しいかい？」

「もちろんです」

「じゃあなんで泣いたんだ？」

彼はついにそう尋ねた。

少年は少し気恥ずかしそうに、うつむきながら答えた。

「**チン、ワガシンミントトモニ**、ってところで涙が出てきて。……**テンノウヘイカ**が可哀想だから」

「**テンノウヘイカ**はこの国を奪い、心弱い民族を四十年も苦しめたんだぞ。それのどこが可哀想なんだ？」

「でも、**コウサン**したでしょう？　可哀想だよ」

「……」

「……あの声を聞いたら、気の毒で」

彼は、なんと答えていいかすぐに言葉が見つからなかった。たとえ少年のやわらかな心が過度に人道的だからといって、そこへ「憎き者を憎め」などと大人の真理を押しつけることはできない。復讐とはやはり、大人のものであるらしい。やさしい少年は、みずからが純粋すぎるあまり、憎きものをわきまえられないのだと彼は思った。

「……君は**テンノウヘイカ**よりも立派だな！」

彼は少年の頭を撫でてから、立ち上がった。

少年は褒められて嬉しいのか、

「でも、うちの会社の**サイサン**と**キンサン**、**キムラサン**、**カワジマサン**なんかは拳を握って、やった、やったって飛び上がって喜んでました」

と一緒に立ち上がりながら、

「あ、**キンサン**だ」

と、停車場のほうへ駆けていった。

「……そして、その人たちは君よりも立派だ……」

彼は、少年が立ち去ったあとにひとりそうつぶやき、自身も停車場へ向かって歩きだした。やはりどうということもないのに、脚がわずかに震えているのが不思議だった。

キンサンというのは、ずんぐりした骨太の青年だった。それまでなにを話していたのか、人々は小さな歓声を洩らすばかりで、放心したように黙りこんでいる。ひどい緊張からくる表情というより、呆然自失の態だ。

「これからはすべて我々のもの、すべて自由なんです。皆さん、喜んでください！」

そう何度も呼びかけてみたが、場内は不思議な静寂に包まれていた。

時間になって切符を売りはじめ、ソクジェが運送部で切符を受け取るあいだも、人々は別段なにを言うでもなかった。まるで呆けてしまったかのように。

2

ソクジェがキム青年のもとを訪れて三日目のことだった。

朝目覚めると、いつになく真っ先に頭に浮かんだのは、共産党に関するうわさだった。目を見開いてそいつをつかみ、改めて揺さぶって胸の上に投げてみるものの、ただ呆気にとられるばかりで、得体の知れない疲労からまたもまぶたが重くなる。

ほどなく、彼は体が宙にぷかぷか浮いているかのような、内からこみ上げるひどい虚脱感を覚えながら、

（自分は堕落してしまったのだろうか？）

とみずからに問いかけるのだった。

実のところ、八月十五日以降、彼を襲った病はひとつやふたつではない。思い返せば、病はあの日、アカシアの陰から始まったのかもしれなかったが、彼がそれを実感したのはキム青年に会ってからだ。

――あの日、ソウルが近づいてくると、外の空気ばかりでなく、汽車内の空気も変わりはじめた。駅に降り立つと、通りはさながらお祭り騒ぎだった。三人、五人、二十人と輪になってなにか話しているかと思えば、上衣をはだけた群衆が声高に万歳を叫んでいる。彼も思わず胸が熱くなり、つられて万歳を叫ぶところだった。どこまでもまっすぐに延びた、金浦《キンポ》へ続く軍用道路をずんずん進みながら、解放、自由、独立といった言葉を思いつくままに千回といわずくり返しつつ、また一方では、列車で見かけた日本人戦災者の惨憺たる姿を思い出してもみた。それは実にむごたらしいも

のだった。屋根のない貨物列車には、車両ごとに女子供がすし詰めに押し込まれ、かんかん照りのなかなにも食べていないのか、石炭の煙で煤けた顔はどれも餓鬼のようだった。込み合った列車に、兵隊たちがパンと菓子を投げた。手を伸ばし、転び、乳飲み子を落とし……。彼は、軍国主義の戦争とはいかに悲惨なものかと感じ入るよりも、このとき初めて、日本が負けたことを実感したのだった。

ソクジェがキム青年の家に到着したのは、夜も更けたあとだった。ふた月前に手紙をやりとりしたばかりというのもあるが、かつての交流もあり、この間どれほど過酷な月日を過ごしてきたとしても、まさかいやな顔はしないだろう。そう思い、いそいそと入っていくと、果たしてキムは喜んで彼を迎えてくれた。

「立派になったね。すっかり大人だ」

握手する手にいっそう力をこめながら、彼は感慨にふけった。

そのとき、彼の華奢な手を両手で握りぶんぶん振っていた青年が、言葉にならない様子で子どものようにむせび泣きはじめた。しまった！　彼は一転慌てながらも、自分も目頭が熱くなるのを感じたが、次の瞬間には、それはどこまでも彼の涙ではなく、たった今キムが覚えた大きな感動からくる、キムの涙であることに気づいた。

その夜、彼は眠れなかった。落ち着かない気持ちをどうすることもできなかった。必ず泣かなくてはならないというわけでは、もちろんない。だが、どんな感動であれ一度くらいこみ上げてきてもよさそうなものだ。どういうわけで自分には、それがないのだろう？　いつまでもないままなのだろうか？　こみ上げてくるなら、いつ、どんなかたちで？

明くる日、彼はキムと一緒に、村の青年たちに交じって喝采を上げてみたり、太極旗《テグッキ》を付けた車が何百台と往来するソウルの通りで、群衆に交じって万歳を叫んだりもしてみた。だが帰り道で、またも思いがけない消息に唖然とした。共産党ができたというのだった。

(最高幹部のひとりはギチョルだという！……こんなことがあっていいものだろうか？)

自身の問題と外部の問題がもつれ合い、彼をがんじがらめにした。

だが、いつまでも手をこまねいて「自分は堕落してしまったのだろうか？」と自問してみたところで、なにか突破口があるでもない。ソクジェがようやく布団を畳もうとしたそのとき、キムが入ってきた。

「ソウルに行かないんですか？」

キムが彼の状態を知るよしもなかった。ただ今も昔も同じ仲間と信じて疑わない様子で、今後の計画を次から次へと述べ立てた。そのたびに彼は、

「ああ、もちろんだとも。混乱の時期だからと傍観している機会主義は禁物だからな。たとえ力及ばず、間違いを起こすことになっても、ひとまず立ち上がらなけりゃ」

こう言いながらも、

「もう一日休ませてくれ」

と布団にもぐった。

キムは朝食後にソウルへ出かけ、ひとり横になっていると、またもや眠くなってくる。やたらと眠くなるのは、昨日から始まった症状だ。なにか考えれば考えるほどわからなくなり、頭がこんがらがってどうしようもなくなると、しだいに頭がぼうっとしてきて、最後には眠気に襲われるのだ

った。

(頭が馬鹿になっているのかもしれない)

彼は布団をはぐり、外へ出た。

そこは近くに漢江《ハンガン》が流れる、平地に広がる村だった。島のような小ぶりの山々がそこかしこに盛り上がっている。

彼の歩みはおのずと、木立の並ぶ水辺へ向かった。腰を下ろして見ると、遠く霞みの向こうにはソウルが蜃気楼のように揺らめき、鉄橋が見え、外人墓地の緑の木々が見え、すぐそこを漢江が流れていた。

ふいに視線の置き場がわからなくなり、目の前がぼやけたかと思うと、頭がずきずきしてきた。目を閉じた。そのとき、頭のなかにふっと飛び出してきた怪物がいた。共産党だった。彼ははっと目を開いた。

次の瞬間、この怪物は空に、大地に、水面に留まったかと思うと、蛭《ひる》のように脳裏に張りついて、とうてい離れそうになかった。思えば長いあいだ、彼はこの怪物に苦しめられ、腹立たしさを感じていたのかもしれない。恐ろしい怪物だった。時に残忍かつ悪辣で、温かい血など流れていないように思えた。だが、耳をふさぎ、目を閉じ、絶望してしまえばそれまでだと心を決めても、決してこの怪物から自由になることはできなかった。怪物は漆黒のような夜のなかでも煌々と明るい、ただひとつの正しさをもっていた。彼は信じた。正しい、このどこまでも正確な普遍の真理は、悪いという、どこまでも曖昧模糊とした倫理的な呵責とあいまって、長らく彼にとって大きな悩みの種だったのだ。

しだいにぼやけていく視線を川面に戻しながら、彼は思った。キム、イ、パク、ソ、ほかにもあの人この人……と、とめどなく頭に浮かんでくる。みんな地下へ潜るか、あるいは海外へ渡った闘士たちだ。そして、今の自分には会うこともできず、名前さえ知らない新たな勇士たちの幻が目の前に浮かんでくるようでもあった。

　彼はふと寂しくなった。

（みんな集まったのだろうか？）

だが、ギチョルが最高幹部のひとりとなった今、それ以上に優秀なかつての党員がいくらかはソウルにいるはずだ。

（じゃあ、その人たちが党をつくったというのか？）

　彼はまたもやわからなくなる。ふと、ギチョルが眼前に現れる。長大な体軀に、覇気満々たる顔。金が一番となれば金集めに情熱を燃やし、権力が一番となればそのために手段を選ばない人間だ。どんな社会に放り込まれても、不幸になることのない人間。だがここに、ひとつの秘密がある。そういう人間は、栄誉に浴すれば浴するほど悪質になっていく。往々にして、外があまりに充実している者に内（良心）があるはずもなく、良心がない者は、見かけが華やかであればあるほどなかが腐っているものだ。

（風呂に入るにせよ、石鹸と水ぐらいは準備するべきではないか？）

　今度は別の連中が目に浮かんだ。見識の狭さや度量の小ささを棚に上げて、それでも、いわゆる良心なるものの周りをうろつきつつ、見せかけばかりの苦悩をしながら生きてきた者たち。言うなれば、ソクジェ自身もこの部類だった。これはこれで見ていられない。稚拙きわまりないというより、とにかくちっぽけで、胸がむかむかして目も当てられなかった。とにもかくにも、総じて鞭で打たれても仕方のない人間たちだ。

（それで、そんな奴らが集まって、党をつくったというのか？）

むろん、そんなはずがないと思った。

だが次の瞬間、彼は顔がかっと火照るのを感じた。ついさっき、ギチョルが最高幹部だということを愉しまぬ気持ちには、「それなら自分にもなれるはず」という感情が隠れていたのではないか？　彼はごろんと仰向けになり、頭の下で腕を組んだ。

どのくらい経ったのか、子どもたちのはしゃぎ声に目を開けた。ところが、どうしたことだろう？　空が額に降りている。青玉《サファイア》のように青く広い、果てしない空が。だがすぐに、それは空ではなく川なのだと気づいた。と、彼は奇妙な興奮に駆られ、叫びながら起き上がった。

そうしてようやく、さっき山裾に寝そべって眠り込んだことに気づく。いつの間に陽が傾いたのか、すっかり秋の風情だ。

彼はもう一度、大声で叫んでみる。だがそれに意味はなく、また、なにを意味するでもないたいそう大きな声は、そのままわんわんと宙を巡ってから、自分の耳元へ落ちてくる。眼下では、子どもたちが旗を手に万歳を叫びながらたわむれている。

孤独だった。

四肢を伸ばして地を抱き、芝生をむんずと握り締めると、胸がつかえたように涙がこぼれる。

（僕はまだ若い……僕はまだ若い！）

その後も彼は、ひたすらぶつぶつとなにかをつぶやきつづけていた。

3

明くる日、ソクジェはキム青年と連れ立って早くに家を出た。

前日はかなり暗くなってから山を下りた。戻ってみると、先に帰っていた青年がちょうど待っていたところだというように、

「どこに行ってたんです？」

と言う。彼が、

「もう戻ってたのか」

と応えるのも待たず、大変な事態だと言う。

彼はさっきまでの自分の世界から抜け出して、この頼もしい後輩に誠意を尽くさねばと思い、襟を正して対座した。事のあらましは、先ほど日本人工場主の不料簡から、全生産物が洪水のごとく街頭にばらまかれたということ、これに刺激された従業員と一般市民は最も破壊的な方法で私利を図り、永登浦《ヨンドゥンポ》をはじめとする工場地帯が修羅場と化したというもので、まさしく一大事だった。今だけのやむを得ない現象かもしれないが、このまま放っておけば、いわゆる改良主義化の危機を招くやもしれぬ、由々しき事態だった。こうなると彼も、対岸の火事と見ているばかりではいられなかった。

「中央はなにか対策を？」

「学者肌の若者たちが数人、個人の情熱でもって動いているみたいですが、労働者といえば誰彼なしに偶像化する傾向があって、事をまとめるには及ばない様子です」

「そうか、キムはどこに関与を？」

「朝日織物《チョイル》と１２３鉄工場ですが、なにより、機械を分解して処分してしまうので困ります。こちらは帝国主義の支配下で搾取された側だから、いくらでも許されるってことでしょう」

「……労働者階級が勝利したとなればの話だ。いや、勝利したとしてもそんなやり方じゃまずいし……とにかく一大事だ……。このままでは、労働者出のブルジョア旦那ができあがっちまう」

ふたりは呆れて笑ったが、そんな場合ではなかった。どう考えても、労働者の真の闘いはこれからなのだ。指導者がやみくもに労働者を偶像化したり、その経済的利益を擁護すべきだと彼らの原始的要求にすべて調子を合わせたりすることは、労働者自身の闘争力を喪失させること以外のなにものでもない。

「ややもすれば、今後が動きにくくなる」

話はそこで終わったが、ソクジェは青年に頼まれなくとも、夜が明けたら永登浦へ赴くつもりだった。

新吉町《シンギルジョン》［現在の新吉洞］の手前の三つ辻まで来て、先にソウルへ向かうというキムと別れた。

ひとりで１２３鉄工場に向かっていると、またもや心の片隅でぶつかり合う声があった。

（僕が工場へ向かうとはな。労働者云々と抜かしやがって……ふん！　もう捕まる心配はないということか……）

頭をもたげようとする思いをこんなふうにやりこめもすれば、

（もちろん行くべきだ。反省とは未来に役立つものだからな。自分を責めすぎると勇気を失う。勇気を失えば第二、第三の過ちを犯すことになるのだから……）

こんなふうに誰にでも言えそうな言葉で強がってもみるのだが、勇気、というくだりになると心のどこかに、

（なんだと？　勇気？）

と笑う声が起きた。その拍子に彼もつられて、ハッと声に出して笑ってしまった。道行く人の視線が気になった彼は、すぐにそ知らぬふりを決め込んで、気を取り直して再び歩き出しながら、

（そう、僕は臆病者だ。だがそもそも勇気という言葉が、怖いものがあるから、すなわち、その怖いものに打ち勝つことから生まれたとしたら、考えようによっては、一番怖がりの人間こそ一番勇気ある人間になれるともいえるのではないか……？　僕だってこれから勝てばいいのではないか……？　今後も怖いことはいくらでもあるだろうし、僕はそれに打ち勝つ自信がある）

こんなふうにとりとめもないことを心でつぶやきながら、１２３鉄工場へやって来た。

ちょうど正門から入ろうとしていたところへ、

「キム君じゃないか？」

と手をつかむものがあった。

びっくりして振り向くと、実に意外なことに、ミンテクの姿があった。彼と同じ事件で収監されていただけでなく、単純に友人として信実のある人間だ。

「……君か！」

彼は「君か」とくり返すばかりで、手を握ったまましばし放心していた。こんなときにミンテクに会ったことが、どういうわけか泣けるほど嬉しかった。

ふたりは工場脇の高台に並んで腰を下ろした。

間もなくソクジェは、党がやはり、国内にいた罪に問われたことのない人物を中心に構成されていることや、先ほど自分にも電報が送られていたことを聞いた。

これまで、そんなはずはないと否定しながらも、九割がたはそうだろうとも思っていた。だからといって今さら驚くようなことでもなかったが、それでも呆れた気持ちは変わらなかった。

「そうか、党を……そりゃまた……」

そんなふうに狼狽する彼をいたわるように、

「ああ、わかるよ。でも党がふたつになるはずもないし、そう言うのだからそうなんだろう」

とミンテクは言った。

少ししてから、ふたりは新吉町からソウルへ向かう電車に乗った。共産党を目指して。

鉄橋を過ぎ、京城《キョンソン》駅を経て目的地が近づいてくると、彼の鼓動は知らぬうちに速まっていた。思えば、かつて青春時代に党の名を学んだとき、それは実に、厳粛かつ畏敬すべきものだった。

電車を降り、木刀を手にした警備の立つその階段を上りはじめたときには、正午をとっくに過ぎていた。突然左右が人混みに溢れ、なかには「キム同志!」と温かい手を伸ばす者もいる。皆びっしょりと汗をかき、顔を紅くして息を弾ませている。

彼は全身が熱くなり、胸が詰まるようだった。足蹴にされ、散々な目に遭った過去の日々。「党」などとは、どんなに腕っ節の強い男でも口にできなかったではないか?

彼は少年のように膨らんだ胸に、かつて党の名の下にくずおれた友たちをかき抱いて、こんなこともあるのかと、こうして昼日中にソウルの街中でその名を口にしながら自由に駆け回っても、誰に捕まるでもなく誰に殺されるでもない世の中もあるのかと、相手が人であれ妓生《キセン》であれ棒切れであれ、腕が痛くなるほど揺さぶりながら大声で訊いてみたい、そんな衝動に駆られた。

彼は、なにがなんだか、どれが正しくどれが間違っているのか、判断がつかない状態だった。ただただ皆の笑顔が嬉しく、その手を温かいと感じるばかりだった。

廊下を過ぎて左へ折れ、その広い部屋でギチョルの手を握ったときも、頭がぼうっとし、体は宙に浮いているようだった。だが、

「ずいぶん遅かったじゃないか」

この「遅かったじゃないか」という挨拶ならぬ挨拶を五、六度ほど聞き、さらに十回、二十回は聞いた気がするころになってようやく、徐々に正気に返ったかと思われた。ところがそれと同時に、心のどこかについと、

(バスで来たわけでもなし、遅い遅いとしつこいな)

とそらとぼけたいと思う、やっかいな気持ちがむくむくと湧いて出た。

なにをつまらないことを、とそんな思いをかき消そうとするものの、なぜかそれからというもの、冷や水を浴びたかのように頭が冴えてくるのだった。これには彼も弱った。

笑顔を浮かべて座っているソクジェを、ギチョルは誰もいない隣室に連れていった。

彼をよく知るギチョルはまず、党を組織することになった理由から詳しく説明し、

「おまえがどう思うかはわからないが、政治ってやつは……。地下や国外にいる同志たちを差し置いて、みだりに党をつくっていいものかと言うかもしれないが、しかし同志たちはまだ現れないし、片付けるべき仕事があるんだから、ここはやるしかないだろう。そうやって働く土台づくりをし、地盤を固めておくのが、我らが同志たちのためにも、俺たちが果たすべき道理じゃないかと思うん

だ」

と言った。

ギチョルの顔にはいささかの後ろめたさもなかった。

彼はどこか沈んだ様子で聞いていたが、不思議にもこの「同志」という言葉がにわかに癪に障った。なんとも珍妙な言葉だった。昨日まで高みの見物をしていた人間でも、今日になってこのひとことを口にしながら手を握り合えば、誰でも一等級の共産主義者になれてしまう。この言葉の意味成り立ちがわからないというよりも、十年二十年と見向きもしなかったこの言葉を今になってここぞとばかりに持ち出してきて、あたかも傷に膏薬でも貼り付けるかのごとく軽々しく口にするその厚かましさ、図太さをとうてい褒める気になれなかった。言うまでもなく、彼は、十年前に会い、そして十年後に会ったとき、たとえ言葉にできない状況でも、その瞳が違わず「同志」と呼びかける先輩や友人を知っている。だが、今彼が聞いている「同志」は、それとはまったく違った。そのため、十回聞けば十回とも、彼の胸は冷めていくばかりであった。

彼はだんだん、長話がいやになってきた。

「よくわかったよ」

ついにそう答えたものの、ギチョルの言っていることは正しいという気もすれば、ひとつも正しくないという気もした。どこかすばらしく緊要そうでありながら、すばらしく不純なものが混じっている気がした。だが、どういう謂れの党であれ、党であることに変わりはない。彼はかつて、この党の名の下に忠誠を誓ったのであり……また、党が幼ければ懸命に育てなければならず、たとえ党が間違いを起こしても、党と共に闘って死ぬことはあれど、党を捨てられないものと思っている。

そのため、党に疑問を抱き非難することなどとうてい考えられない。

しばらくそのまま座っていると、にわかに、ギチョルという人間についてある種の不信と嫌悪が浮かんできた。

彼は思わず目を背けた。

いずれにせよ、これ以上話が長引くことに耐えられなかった。

「忙しいんじゃないか？　……僕は明日また出直すよ」

彼はそこで腰を上げようとした。

だが、ギチョルは慌てて彼を止めた。

「なにを言ってる？　帰らせるもんか！　おまえみたいな奴に帰られちゃ、党は誰と手を組めってんだ？」

その瞬間、彼は胸を揺さぶられた。思い返せばこれまで、肩身の狭い月日を過ごしてきたのはこいつも自分も同じだった。たとえ殺人を企て、夜逃げをするにしても、運命を共にすべきだった。それればかりか、今やギチョルは党の重要人物なのだ、ギチョルを非難することはすなわち、党を非難することになる。

(前にも敵、後ろにも敵という今日に、こんなことが許されるのか？)

彼は自分が憎らしくなった。今になって自分だけいい人ぶって、事を難しく考えようとしている自分が忌々しかった。

だが結局、彼は寄り添えなかった。ポストを残してあるとかなんとか引き留めようとするのを、言葉を尽くしてようやく断り、ひとまず入党の手続きだけを済ませることにした。

彼はギチョルから筆を受け取り、まず住所と姓名を書いてから、職業を書いた。次は階級を書く番だった。だが、彼はいったん手を止めて迷わずにはいられなかった。

闘士でもない、革命家はもっと違う……共産主義者、社会主義者、運動家――どれも当てはまらない。

結局彼は、「小ブルジョア」と書いて筆を置いた。そうして、ギチョルがなにを言おうがかまわず、急いで外へ出た。

通りへ出ると、涼しい風が上気した顔を冷やしてくれた。

彼は急いで停留場へと歩を進めた。

鷺梁津《ノリャンジン》行きの電車に乗っていると、口のなかでしきりにこだまするなにかがある。ふたを開けると、ほかでもない、さっき紙に書いてきた、小ブルジョアという言葉だ。

「……ふむ……？」

彼は、六年の懲役を受けた過去の党員である自分に報復でもするかのように、ある種残忍な心持ちで、ふっと苦笑をこぼした。およそ不思議な言葉だ。果たして、感心するほどぴったりの言葉だ。彼はこれまでもなんだかんだと自分を評してきたわけだが、こんなふうに追い込み、断頭台にかけてすぱっと首をはねる勇気はなかった。だが今、くすりと苦笑をこぼすこの瞬間にさえとても信じられない審判の下、彼はすっかり降参するのだった。

次の瞬間、彼は力が抜けるほどのすがすがしさを心に覚えた。痛快だった。

だがそれと同時に、なにかひとつ、自分の胸の内で甦るものがある。

彼はついに前後を忘れ、自分にもわからないことを夢中でつぶやいた。

（僕は僕のやり方で自分の小市民と闘おう！　闘いの終わる日、僕は死に、僕は生まれ変わるのだ……。僕は今、永登浦へ行く。そう！　僕の墓場がそこならば、僕の故郷もそこになるだろう……）

にわかに、苛々するほど電車が遅く感じられる。

彼は、「永登浦」へとまっすぐに続く祖国の道をもろ手を挙げて駆けたい衝動に、そっと目を閉じながら手すりにもたれた。

星を数える

별을 헨다

桂鎔默
ケ・ヨンムク　계용묵

オ・ファスン訳

1946

1

連なる山のなかでも一番高い峰に登り、爪先立ちになって首をめいっぱい伸ばしてみても、目の前に立ちはだかる向かいの高い峰を見下ろすことはできない。

空にも届くほどの、どこまでも果てしなく広がる海、山の向こうのあの、青い海。故郷《ふるさと》の海、ああ、懐かしのあの海。

ふたたび爪先に力を込めてぐっと踵を上げてみる。たちまち背が伸びるはずもない。変わらず視線を遮るように立ちはだかる峰。

「うおぉ――」

声だけでも越えられたら少しはましかもしれない。声を限りに叫ぶ。

「うおおお」

だが、声もやはり向かいの峰を越えられず、中腹にぶつかるといたずらに山間《やまあい》の村に響き、やまびことなって戻ってくると、すぐ下で落ち葉集めに精を出す母を驚かせる。

突然の大声に母は肝をつぶし、とっさに熊手を背に隠してあたりを見回す。声がした方向を確かめているようだ。

母にとっては人の口から出る叫び声のほうが、銃声よりもよほど恐ろしい。住まいといっても山の中にむしろでこしらえた粗末な草ぶきの一間。日に日に寒さを増す。冬支度をしないわけにはいかない。だが、尾根に自生する草木すら禁断の領域に属する。草木がなければ麓の住民たちが雪崩や土砂崩れに脅かされることになる、と血眼で怒鳴りつけられる。落ち葉集めをするのもひやひやものだ。手伝うどころか、なんの足しにもならない叫び声で母を驚かせてしまった。いまのは自分の声だと母に知らせなければ。急いで知らせようと首を伸ばし、合図を送るものの、母はその動きにまったく気づかない。あたりを見渡して山の上に人影を見つけると、集めておいた落ち葉も打ちやったままその場をあとにする。母に毎朝のように怒声を浴びせる、血眼の男だと誤解したに違いない。

「松の木の上でバサッとカササギが飛び立つ音がしただけでもびくっとするよ！」

昨朝も、落ち葉を両手に抱えて戻ってくるなり、ため息まじりに腰を伸ばしながらそうつぶやく母に、なんとこたえていいかわからなかった。

帰国して一年、二度目の冬を目前にした今なお、まともな家の一軒も借りられず、草ぶきの家とも言えない住居に母を住まわせ、苦労をかけている己は、一端《いっぱし》の人間とはとうてい思えない。家が貧しいのはいまに始まったことでなく、父もやはり満州で苦労の末に亡くなったというが、故国に戻っても先祖代々の貧困が待ち構えていたとは、受け入れがたい我が運命。こんなことなら満州での暮らしのほうが幸せだったと言えなくもない。働きさえすれば寝食に事欠かず、山河も見慣れれば異国のようにも思えなかった。努力するにも機会のない故国。どんな仕事でもいいから精一杯、誠心誠意やるのみと心に決めたものの、家の一軒、仕事の一つにもまともにありつけない。日本が退却し、独立がかなった。自分もさることながら、いよいよ祖国に骨を埋められると喜び勇んだ母。父も故郷の土にかえれないことを最期まで悔やんだ。自分だけ故郷の土に眠るわけにいかない。父の遺骨も一緒に戻るのだ。夜通し墓を掘り起こし、骨を拾い集めて共に帰国したのはいいが、生きている人間の塒《ねぐら》さえ定まらず。風呂敷に包まれたまま、今なお母とともに草ぶきの一間に仮住まい。適当な場所に埋葬しようと思えばできないこともなかろうが、故国でも故郷は手の届かない遠い場所だ。

故郷への道は陸路のほうが早かったが、陸路より海路が安全だと、船で帰国の途についた。どこにたどり着こうが故国には違いない。仁川《インチョン》で下船してみると、思いもよらなかった三十八度線が引かれており、よその国のごとく南と北に真っ二つに分かれていた。それでも同胞の往来が許されないわけがないと、三十八度線の境界線に差しかかったところでパーン、山の上から発せられた銃声に驚き、身動きできずにいると、同行者のうちの一人が倒れていた。三十八度線という国境ともいえない国境を越えるのは、それほどまで危険であることを身をもって体験すると、故郷といっても家族や親戚がいるわけでもなし、名ばかりの故郷であることに思い至る。どこに腰を据えるにしても自力で生きていくしかない。そうしてソウルに居を構えることを決意したのだが、暮らしは傾く一方。冬ももうそこまで迫っている。草ぶきの住居の寒さはいまでも厳しい。夜毎、毛布一枚で震えながら寒さに耐える母。胸のつかえがどうにもならない。さわやかな風が恋しい。目の前にちらつき、いてもたってもいられなくなると山に登った。山の風は爽快なのか。故郷が恋しい。生まれ落ちたそのときから駆け回った海、故郷の海、青い海、爽快な海、その海さえ思いのまま望むことができたなら、水平線が広がるように胸のつかえも晴れるだろうに。わけもなく峰に登り、喚いたところでどうなるというのか。朝食が遅れたせいで空腹感が増すばかりだった。

2

気もそぞろに朝食をかっこみはしたが、気の進まない厚意に足も重い。いくら考えても実行するわけにはいかない……。

泥《チン》峴《コゲ》［南山の麓、忠武路二街一帯］の向こうにある、とある日本家屋に勝手に居座っている人間がいるが、法的手続きによりその人間を追い出し、そこに住めるように手配するので今日の午前中に必ず来いと言っていた友人に会いに行くところだ。寒空の下で冬を迎えることを思うと滅入るが、いまいる住人を追い出して、というのはその人もまた自分と同じ境遇に置かれることになり、やはり気が進まない。自分もソウルで初めて荷を解いたのは路上ではなかった。古い家ではあったが、それでも日本家屋の畳部屋を一部屋借りることができ、冬を越せたのは幸いではあった。雪解け前に契約をしていないかどで追い出され、その後は九か月もこうして野宿も同然の生活を強いられている。人を追い出してまでその家に上がり込むわけにはいかない。そういった機会はこれまでも何度かあった。これが初めてのことではなく、厚意はありがたいが承諾できないときっぱり断ると、

「おい、ネコがネズミの心配してどうする。そんなんじゃ、この世の中、渡っていけんぞ」

友人は、なんて愚かなのだと鼻で嗤《わら》った。

「そんなお人好しでどうする、凍死しても知らんぞ、凍死」

そう言われると、たしかに一理ある。

「だが、追い出される人も次の家が見つからないことには……」

「大丈夫さ、おまえみたいに真冬に路上で過ごすとでも？　深く考えず、俺の言うこと聞いてりゃいいんだ。家も見つかるから」

友人はこちらの意向も聞かず、自分勝手に約束を取り決めて行ってしまった。

何年も心を交わして付き合ってきた友人ではなかった。満州からの引き揚げ船に偶然乗り合わせ、知り合っただけのことだった。

昨夜、不動産屋を巡った帰り道にばったり出くわしていまに至る。その気遣いには大いに感謝する。

だが、相手は厚意からだろうが、それが必ずしも正しい道ではないように思われる。これまで思うように自分を律してきたとは言えないにしても、意志を曲げずとも三十過ぎまでどうにか生きてきた。厚意を無下にすることへのそしりにひるんではならない。不動産屋を巡ることがいまの自分に課せられた潔い道だ。だが、たとえ一方的な約束ではあっても友人は待つに違いない。その件に決着をつけるのが先決だ。そう思い、約束の場所に出向く。

南大門市場、南米倉町《ナムミチャンジョン》「日本統治期の町名。現・中区南倉洞」のとば口とだけ告げられていたが、人でごった返してなかなか見つからない。大人に子ども、老人、女たちが行き交い、品物を抱えた者たちが押し合いへし合いする。人波にもまれていると、奥の端に見知った人影が目に飛び込んできた。ジャンパーを値切っているようだ。友人は背広の上にジャンパーを羽織った。付け値に不服なようで、売り手は脱ぐよう迫りジャンパーの前を片手で引っぱる。無垢そのものといった、二十四、五になるかならないかの青年だ。

「売らないだって？　八百ウォンなら損はないはずだろ。相場でも売らないってのか？　あんちゃん、広げといて売らないってのは**ヒヤカシ**か？」

友人は目をいからし、相手の腕を振り払う。

「だから、二千ウォンはもらわないと、無理ですって」

青年の手はふたたびジャンパーへと伸びる。友人の目つきはさらに険しくなると、

「ほらよ」

と有無を言わせず札束を青年のポケットにねじ込んで立ち去る。

青年はポケットの札束を取り出し、握りしめながら追いかける。

「お客さん！」

友人の裾をつかむ。

「なんだよ！　離せ、こっちは忙しいんだ……」

「返してください」

「返せって何を！」

「ジャンパーですよ」

「はあ？　どうかしちまったんじゃねえか？　金まで受け取っておいて返せだと……てめえ、人を

おちょくってんのか？」

　体をよじって相手の手を払い除け、その手を握ったかと思うと額がぶつかり合いそうなほどぐいっと引き寄せ、にらみつけながら胸元を突き飛ばす。

「この辺にしとこうぜ！」

　突き飛ばされた青年は、それ以上歯向かう勇気を失う。友人に虚ろな目を向けたまま、憮然として何やらつぶやくと手にしていた札を数えて懐にしまう。

　恐ろしい光景だった。銃声のない戦場。友人はこんな戦場の猛者《もさ》だったのか。会うのも怖くなる。ここにひしめき合う人々は、だれもがそんな音のない銃を心の奥に忍ばせているというのか。その銃口が自分にも向けられはしないか、気が逸《はや》る。

「お、おい！」

　一刻も早くこの場を去りたく、自分を探しているような友人を、大声で呼んだ。

「おお、いたのか」

「ちょっと急用ができてな、それを言いに来ただけだから」

「へたな嘘はよせ。そんなんじゃ、いつまでたっても家なんか見つからんぞ。俺は朝飯もまだだ……昼飯でも一緒に食って、家に寄って着替えてから出かけよう」

「いや、俺は……」

「いいから、ついて来い」

　手首を引っぱられ、前に進まされる。強引で歯が立たない。

　昼飯というより酒だった。じつに久しぶりの牛肉料理をたらふく食べ、顔の火照りを感じつつ、南山の裾をぐるりと周って厚岩洞《ファムドン》へとついて行く。かつては大会社の重役の屋敷だったかのような、半ば洋式の赤い瓦の家だった。

「この家も同じようにして手に入れた」

友人は呼び鈴を押す。

同じように無一文で仁川で下船し、別れて一年。彼はすでにここに根を下ろしている。家具の準備も万全で、各種の簞笥類が取り揃えられている。

「八百ウォンなら安いだろ！」

手にしていたジャンパーを畳の上に放った。

「一日一回のぞくだけでも儲かるってもんさ。仕事はないわ、米は高いわ、そのままじゃにっちもさっちもいかねえ。あすこは戦災民たちが売りに出す品物であふれかえってる。世間知らずのおねんねちゃんがどうしていいかわからず、品物抱えてきょろきょろしてたら見っけもんよ。あのジャンパーも満州の品のようだ。しかも皮だぞ。ぼうっとした兄ちゃんだったが、最後まで食い下がってきやがってな。外套やらチョゴリ、ズボン、一つ残らず売り払ったところでありつけるのは天井にハエの糞がこびりついたあばら家ってとこだ。ハッハ。おまえもうかうかしてるとハエの糞、眺めるはめになるぞ」

「ハエの糞だって家がないことには。俺はせいぜい星を数えるくらいだ」

冗談でかわしたものの、考え方がまったく違う相手とは会話にならない。あきれてものも言えない。

「そろそろ行く」

「行くって、どこ行く気だ。一人追い出して住まわせてやるって言ってんだろうが」

「二人しかいないんだ、そんな大きな家は必要ない。一部屋でも借りられるところを探すさ」

「借りるあてはあるのか？　保証金にしても一万円以上らしいぞ」

「それがだめなら北にでも行けばいい」

「おい！　北に行ったら家があるとでも？　どこに行っても自分しだいだ。ここで生きていけないやつに、あっちで暮らしていけると思うか。そんな強情はらずに、まあ、座れ」

「北に向かう人も多いっていうじゃないか……」

「行く人間の話しか聞いてないのか。やって来る人間のほうがよっぽど多いってのに！　このご時世にソウルで生きていけなきゃどこ行っても変わらねえ」

「こうしてる場合じゃない、このままじゃ今日もまた……」

腰を上げようとすると、友人は上着の裾をつかむ。

「いいから座れ」

「離せ」

「座れって言ってんだろう」

それでも振り払い、背を向ける。

「世間知らずが……格好ばっかりつけやがって！」

追いかけてくる友人の非難を背中に浴びながら階段を下る。

3

　昼の通りはいまだ人でごった返している。所狭しとひしめき合う人々、なぜこうも多いのか。同胞、良心、そんなものには目もくれない輩たちが路地裏にあふれ、汗で時を刻む者たちは職場にあふれていた。行き場を失い街にあふれかえる者たちは、彼らの言う「世間知らずの格好つけ」の手合いに違いない。

　この世間知らずの手合いらは、夜は星を数えるばかりで、行き場もない昼はなぜこうもわけもなく忙《せわ》しないのか。あの冷ややかな星を胸の中でいくつまで数えれば、大手を振って街を歩けるというのか。避難民救済会の口利きで、ある文化社［出版業を中心にした会社］に履歴書を出し、総務部長との面接の最後に家はあるかと訊かれ、正直に答えた一言が命取りになった。後日通知すると言われて早半年が過ぎたことをふと思い出し、家というのは人にとってそれほど大きな存在であることを切に感じ、するとはためく不動産屋ののぼり旗が目に入る。路地に差しかかったところで仰天する。突如、銃声が耳をつんざいた。

「パーン」

　建設か。破壊か。

「パーン」

　つづけざまに二度。

　輝ける歴史の一ページに、わずか一点のコンマとしてでも記される出来事なのか。

　四方を見渡す。視野に入るそれらしきものはない。どこからともなく、面食らって飛び上がった二羽のカササギが、焦るように重そうな翼をパタつかせると慌てて北岳《プガク》の方へと飛び去るばかり、路地はいつもどおり平穏そのものだ。

街もとくに異変はないようだ。電車が行き交う。乗用車も走る。人々の様子も変わらない。

銃声はどこで鳴ったのだ。

聞こえてくるだけの銃声なのか。

やがて、夜でもないのにヘッドライトを灯し、けたたましいサイレン音を鳴らしながら米軍の白い救急車が一台、鍾路《チョンノ》のど真ん中を疾風のように西大門《ソデムン》へと駆け抜け、風塵を巻き上げた。

一大事のようだ。

銃声と関係があるのだろうか。思い巡らしながら路地に入る。不動産屋ののぼり旗がぴんと張っている。

「部屋、ありますか?」

「部屋なんてありませんな」

めがね越しにぎろっと上目遣いで視線をよこすと、もとの将棋盤の上に戻る。

「そんなにないんですか?」

決まりきったことを訊くなと言わんばかりに目もくれず、白い髭をたくわえた将軍が部下を見下すように何やらぼそぼそ口にする。

返事をする気もないようだ。来た道を引き返す。どこへ行っても同じ返答ばかり、いつまでも秋のように、部屋が見つかる希望の芽はまるきり見当たらない。毎日がくたびれ損。気持ちばかりか足も萎える。今後のことを考えると気力もわかない。重苦しい曇天は雪まで孕《はら》んでいるのか。自分のような若いやつは寒空の下だろうと凍え死ぬこともないだろうが、母は還暦を越している。本当に北へ行くべきか、そう思うたびに切実になる北への想い。

4

息子が帰る足音をどれほど待ちわびていたのだろうか。枯れ落ちた葉を踏む、ざくっという靴音がすでに母の耳に届いているようだ。山裾に差しかかると、まだ草ぶきの家の前にたどり着く前から明かりがぱっと灯った。

「夕飯は済みましたか」

「今日もすっかり日が暮れたねえ。家はどうだい？」

腰を下ろす前から母は鍋を差し出す。夕飯だ。小麦粉でこしらえた餅が四つ、こんもり盛られている。

「母さんももう少しどうぞ。今日も無駄骨でした」

「そんなに見つからないとは、どうしたもんかね。おまえの帰りをいつかいつかと待ってたんだけど……」

普段は見せない、力ないため息が続く。

「ほら、いつも目を血走らせて怒鳴り散らす男がいるって言ったろう？　とうとう熊手を折られちまってねえ」

「ええ？」

「夕方になって薪を拾おうと思って表に出たら、その人に見つかっちまってさ。そのへんに防空壕だっていくらでもあるのに、なんでこんな山の中に住み着いて他人に迷惑をかけるのかって、目を剝いてね」

「それで？」

「うちがこのままここで冬を越したら山は丸裸になって、春になったら麓の村は土砂崩れでつぶされるって、この乞食どもめって、そりゃすごい剣幕だったさ」

「なんだって？　そんなことまで！」

「いま家を探してるところだからって言ったら、乞食に貸す家なんかあるもんか、避難民の巣窟にでも行けってさ。奨忠洞《チャンチュンドン》が巣窟だとかなんとか……」

「ほれ、見てみい。いますぐ出てけって目を吊り上げて熊手で落ち葉の入った袋びりびりにしちまって。半日かかってやっと拾いなおしてきたさ」

「事情はわかりました。やっぱり北の人情のほうがましかもしれません。北に行くことにしましょう、母さん！」

「でも、あの空恐ろしい三十八度線を越えるってのかい」

「みんな行き来してるようですよ」

「北へ行った人もいるのかい？」

「もちろんです」

「そうかい、そうかい。まずはおまえの父さんの遺骨をどうにかしないことには。で、あっちのほうが暮らしやすいのは確かなのかい？」

「ここよりはマシでしょうよ」

「そうだね、行ってみるかい」

その晩、ふたつ残ったロウソクを使い切り、翌朝、毛布を売って旅費を工面すると、母と息子は青丹《チョンダン》［黄海南道の町］までの切符を手に、夜行列車に乗るためソウル駅に向かう。

荷物はいくらもない。息子は父の遺骨をたった一枚残った毛布にくるんで背負い、鍋ふたつにひさごは母が受け持った。

やはり街は人であふれかえっている。行く先々に、こうも人が多いとは。駅構内も人でぎっしりだ。居並ぶ人を押しのけて、なんとか母をベンチに座らせた。

「まあ！　コンギョン村のおばさんでは？」

隣に座っていた女人が目を見開いて母の手首をつかむ。

「あら、パクさんとこの娘かい？」

母も気づいたようだ。

同じ村に暮らしていたが、満州に発つとそれきりになっていた同郷の者たちが奇遇にもここで再会したのだ。息子と女人の夫もみな見知った顔だと気づく。

「十年ぶりじゃないかい！」

感激に手と手を取り合う。

「ところでおばさん、どうしてここへ？　いつ帰国したんです……」

「おまえさんこそ、なぜここへ？」

「あたしら、北から来たんですよ。どうにも暮らしていけなくて、聞くところによると南のほうがマシだって、それで江原道に向かうところなんです」

「ええっ！　暮らしていけないだって？　うちら北へ向かうところさ……」

「北へですって？　よしたほうがいいですよ。あっちに行ったたって、暮らし向きがいいのは金持ちだけで、貧乏人はどこもおんなじ。金持ちの田畑と家を取り上げたところでどうにもなりませんよ。貧乏人が商売で一儲けしてまた独占してるんですから……。あたしらも商売でもしてりゃ別ですけどね。このオクスンのおっとうなんて、ヘラヘラ笑うだけで商売にはまったく向いてないんですから。だんだん食べていけなくなって、仕方なく大変な思いで国境越えて来たってわけですよ」

「あれま、そりゃ、うちの息子とおんなじ。満州から一緒に引き揚げてきた人たちけみんな闇市で一儲けしたってのに、この子ときたら見向きもしないで、お人好しにもほどがあるってもんさ。北もそうなのかい。だったらなにも命がけで行くこともないのかねえ」

「そうですとも。てことは、ここも楽じゃないってことですか……。木綿が一尺［約三十センチ］で三十ウォン、四十ウォンするって聞いてはいましたけど」

「あたしら来たときがそうだったから、いまじゃもっとはね上がってるさ、きっと。あっちじゃ、家は見つかるかね？」

「とんでもない！　ちょっとした家はすぐ埋まっちまって、空き家なんてめったにないんですから。満州から引き揚げてきた人間、家を追われた人間であふれてますよ。田舎だってあっちもこっちも、もう大騒ぎですわ」

「こっちもさ。うちも家を借りられなくて野宿も同然の暮らしだよ。食べるもんといったら小麦粉こねた餅だけさ」

「こっちも家が足りないんですか！　あっちと変わらないってこと？」

「おまえさんの話を聞くと、どうもそのようだねえ、まったく」

「なにも来ることなかったわ……」

「こっちも行くだけ無駄かい……」

ため息をもらすのは女二人ばかりではない。男二人も女たちと同じような言葉を交わすと、困惑したように顔を見合わせた。

座っていた人々が一斉に腰を上げてざわめく。改札口が開かれたようだ。

「母さん！」

「なんだい」

「故郷《くに》に帰っても変わらないようですね」

「ああ、あの子の話だと、どうもそうらしいね」

情けなさで立ち尽くす間、乗客たちはみな移動し、改札口は閉ざされる。

まるで潮が引いた海のようにがらんどうと化した待合室に残るのは、身に沁みる寒気ばかりだった。

駅馬

역마

金東里

キム・ドンニ　김동리

小西直子 訳

1948

「花開《ファゲ》の市」を流れる川は道に沿って流れ、三叉に分かれていた。ひと筋は全羅道の地、求礼《クレ》のほうから流れ入り、別のひと筋は慶尚道側の花開の谷から流れてきてここで合わさる。その流れは青い山、黒い古木の影を逆さに映して湖のように穏やかにくねり、慶尚、全羅の両道を隔てて、また南へ南へと下ってゆく。蟾津江《ソムジンガン》の本流だ。

河東《ハドン》、求礼、雙磎寺《サンゲ》につながる三本の道がそこで合わさるということもあり、「花開の市」は市の立つ日でなくてもにぎわうと、行きかう旅人たちをして言わしめていた。智異山《チリ》に続く道は古くから数多《あまた》あるが、とりわけ名高いのが洗耳巖《セイアム》伝説で知られる雙磎寺から花開の谷の一里半の道沿いに広がる花開の市だ。慶尚・全羅の両道の境が一、二か所のわけはないが、この「花開の市」を指して言うことが多かった。市の立つ日ともなれば、花開の谷からは智異山の山村農民たちが蔓人参、桔梗、楤芽《たらのめ》、蕨《わらび》などを売りに来る。全羅道の雑貨売りの針、糸、手鏡、鋏、腰ひも、財布のひも、毛抜き、白粉などが求礼の道を通って持ち込まれる。さらに河東のほうからは蟾津江の下流の海産物売りたちの海苔、ワカメ、布海苔、スケトウダラ、塩引きのイシモチや鯖などが運ばれてきて、山あいにしてはなかなか彩り豊かな市が立つところでもあった。しかし、「花開の市」が名高いのは、市のためだけではなかった。

　市が立とうが立つまいが、このあたりに住む人たちがここに思い入れるゆえんは、市場から花開の谷にかけて並ぶ酒幕《チュマク》［酒場兼旅人宿］。そこで味わえる澱の少ない爽やかなマッコリ、ぱたぱたと跳ねる活きのいい刺身。そんなものにあるのかもしれない。あとは酒幕の前に立ち並ぶ高麗垂柳の枝の間を縫って流れくる酸いも甘いも嚙み分けた味わい深い春香歌、パンソリ、ユクチャベギ［南道地方で歌われる雑歌のひとつ］などにも。そのうえ、時おり全羅道地方からやって来る男寺党《ナムサダン》、女寺党《ヨサダン》、協律《ヒョムニュル》［いずれも流浪の芸術団］、唱劇《チャングク》［パンソリやその形式を借りて作られた歌劇］、新派劇の芸人やクァンデ［仮面劇、人形劇、綱渡り、パンソリなどを見せる芸人］などが慶尚道に行く前の稽古の総仕上げを兼ね、ここ花開の市でお手並みを披露する。そんな習わしが、この「花開の市」の名をますます高め、人々を惹きつけるのかもしれなかった。

　中でも、「玉花《オクファ》の店」は酒の味がひときわ良く、値段が安く、女将である玉花の気前もいいということで、花開の市で最も名の知られた酒幕だった。つい先ごろ母親が死に、女将の玉花が独り身の息子とふたり、いつ戻るとも知れぬ夫を待ちつつ生きていくことになったのだが、そんなことも人々の同情を買い、この店の人気をますます高めていた。路銀が足りないとき、旅支度がちゃんと整っていないとき、人々は玉花の店を訪れた。

「勘定は次に。慶尚道から戻ったときにさせておくれよ」

　こんなことは茶飯事だった。

長く垂れ下がる柳の枝を川の水が洗い、夕方の陽ざしに鮎の鱗がきらりと光る夏の夕刻だった。

年のころは六十もはるかに超えているような老いた篩《ふるい》売りが、篩の枠や底の材料などを肩に担ぎ、手には杖と団扇を持って、玉花の店にやって来た。後ろには十五、六に見える、ほっそりした体つきの少女がひとり、小さな風呂敷包みを小脇に抱えて立っていた。ふたりともひどく疲れて見える。

「そちらの娘さんまで、おふたり様で？」

玉花は老人より「娘」のほうに目をやって、こう訊いた。老人は静かに頷いた。

その日の晩、夕飯の膳が下げられたあと、老人は玉花に挨拶をした。住まいは求礼で、此度は慶尚道で商いをと思ってやって来たということだった。生まれ故郷は麗水《ヨス》だという。若い時分に友にそそのかされて求礼に居を移したのを皮切りに木浦《モクポ》、光州《クァンジュ》と転々とし、しまいに珍島へ渡って十七、八年暮らした。そうこうするうちにいつしか髪も白くなり、数年前に求礼に戻ったのだそうだ。それにしても、そんな娘さんを連れて旅するのは何かと難儀じゃないか。尋ねる玉花に篩売りが言うことには、今度こそ死ぬまでよそへは行くまいと思っていたのだが、商いに出ないことには家族ふたりが食っていけないので致し方なかったということだった。

「ははあ、そちらは娘さんなんですか」

ランプの明かりが斜めに射す壁の端っこに体を寄せ、時おりその明るい目でこちらを眺める少女の丸みをおびた肩に目をやって、玉花はこう訊いた。

老人はまた頷いた。そして、ずっと流れ者として生きてきたので、今となっては故郷（求礼）といっても他郷も同然。他に身寄りもなく、頼れる人もいないと侘しい身の上を嘆くのだった。

「こう見えて、昔は遊び好きでしてね。仲間と芝居なんぞもしておりました。まったく、若い時分にふらふらしはじめちまうと、一生落ち着くことなぞできないもんです。そうだ、ここにも来ましたなあ。二十四の歳の正月あたりだったか。ちょうど三十六年前になりますかな。まあ、ひと晩しかおりませんでしたがね」

記憶の糸を手繰るように、餰売りは静かに部屋の中を見回した。

「おやまあ、それはまた、ずいぶんと昔のお話ですねえ！」

玉花は驚いたふうだった。

翌日は雨が降った。


市が立つ日だけ本を商う性騏《ソンギ》は、明日の買い出しの準備がてら、一日はやく寺を出て村へ来ていた。

雙磎寺から花開の市までの道のりは一里半。なべて良い道ではあるのだが、曲がりくねりながら続く水と石と谷間の風景などはいつ見ても壮麗で、性騏のよい道連れだ。

寺といえば、祖母に引きずられて字を習いに行ったのが始まりだった。以来、年かさの者たちに可愛がられて何となく留まっていたけれど、常に聞こえる法鼓《ほっく》だの木魚の音、やけに白い銀杏の木に念珠の木（菩提樹）など、このごろはどれもこれもうんざりだった。

自由に行きたいところへ行って、風の向くまま気の向くままに暮らしたい。元来の望みはそれだった。なのに、母が怒るのだ。どこかへ行く、と聞いただけで目を剝いて。

「亭主もいない、身よりもない。おっかさんはね、あんただけが頼りなんだよ。どっかへ行くだなんて、縁起でもないこと言わないでおくれ」

母親の愚痴は、耳に胼胝《たこ》ができるほど聞かされてきた。

そんな母親に比し、祖母は密かに安堵しているようすだった。十の歳に寺にやり、坊主修行をさせたのだから、もう駅馬煞《ヨンマサル》［一か所に定着せず、放浪する運勢］などと言って気に病むことはなかろうと。そんな祖母はしかし、ふいと世を去ってしまった。唐四柱［中国伝来の絵占いのひとつ］を信じてやまなかった祖母は、性騏が三歳のときに馴染みの巫堂［巫女］に占わせたところ、四柱に時天駅《シチョンヨク》［駅馬煞に同じ］の卦が見えると聞いてひどく力を落としていた。その巫堂――河東に住んでいるという、小柄で絹のチマチョゴリを着た老婆が性騏の生まれたときを聞き間違えて占ったのではと、大寺にいる老僧だの智異山で修行を積んでいるとかいう背の高い爺さんだのを訪ねて訊いてみたけれど、時天駅の卦はびくともしなかった。

「はあ……しかたがないね。父親に似たんだろうよ」

若干の皮肉はこもっていても、祖母のその言葉にはしかし、本気の恨みが込められていたわけではなかった。けれど、言われた玉花のほうは神経を尖らせて、逆に母親に噛みつく。

「親に似ない子供がどこにいるの。だいたいね、元をたどればおっかさんのせいじゃないか」

「何だい、あんた。母親に向かって。だったら訊くが、いくらあたしが男寺堂に惚れたからって、あんたを捨てたかい？　そいつを追っかけて行ったかい？　あんたに探せと言ったかい？」

とはいっても、ふたりは所詮「花開の酒幕」の女。三十六年前にひと晩この地に留まった若い男寺堂の歌声に惚れて玉花を身ごもった祖母にしろ、雲の如くさすらう僧と縁を結んで性騏を産んだ玉花にしろ、お互い様の似たもの母娘だった。

性騏に駅馬煞の卦が出たのは母が僧に身を任せたがためで、母が僧とねんごろになったのは祖母が男寺堂に惚れたためならば、性騏の駅馬の運勢もつまりは祖母がおおもと。それで祖母は性騏に坊さん修行をさせたのだ。早いところ運勢を変えねばと。その坊さん修行で変えられなかった運勢を、今は玉花が変えようと勤しんでいる。本の商いをさせることで。性騏としても経典に比べれば読本《よみほん》のほうにいくらか興味があるようで、坊さん修行よりは商いをするほうがましだと言う。それで、やらせてみることにしたのだ。行商には出ない。花開の市でだけ商う。そういう約束で。

板の間のすぐ前、石垣の上に性騏がいるのを見て、玉花は驚いたように身を起こした。

「なんだ、もう来てたのかい。暑いだろうに」

手近にあった手ぬぐいと団扇を渡してやる。

玉花に本を読んでやっていたらしい見知らぬ娘が顔を上げ、性騏を見つめた。顔は卵の形、白目と黒目がくっきり鮮やかな花のような目をしている。その目を見たとたん性騏の胸にぴりりと何かが走った。家の前の柳の枝に視線を向けた彼のその瞳には、生き生きとした光が宿っていた。

程なくして娘は家の中に入っていった。

「篩売りの娘だよ」

性騏の昼飯の支度をし、膳を持って出てきた玉花が言った。何やら楽しげな顔をしている。

「篩売り？」

性騏は膳の前に座り、しかし、すぐに匙を取りもせず、母親の顔を見つめた。

「住まいは求礼だとさ。河東を通って晋州《チンジュ》のほうまで行ってみる気もあるらしいけどね。とりあえず花開の谷のほうへ行くって、夕べ出てった」

そして、あの娘はその篩売りのひとり娘なのだが、花開の谷からいったん戻って河東へ発つときに連れていくからと頼み込まれ、篩売りが戻るまでここに置いてやることにした。そう告げながら玉花は顔色でも窺うように、性騏の顔を見つめた。

「ふうん。花開の谷のほうには何日くらいいるんだって？」

「さあ。智異山のほうへもっと入り込んでみるようなことも言ってたねえ。商いが上々ならさ」

そうして、重ねて言う。

「でもさ、そんな人の娘にゃ見えないだろ？」

娘は契妍《ケヨン》といった。

性騏は何も答えず匙を手に取った。が、半分も食わずに膳を下げさせてしまった。

翌日のことだ。性騏が商いをしていると、件《くだん》の篩売りの娘がやって来た。彼の昼飯を頭に乗せている。家から市まではいくらも離れていない。大声で呼べば聞こえるぐらいだ。とはいえ、よその娘、それも、そろそろ年ごろの娘にこんな用をさせるのは申し訳ない。いつも用をしてくれる手伝いのおばさんもいるはずなのに。ところが、そんな性騏の思いとは裏腹に本人は迷惑なそぶりひとつ見せず、例の花びらのような目に朗らかな笑みを湛えて彼の目の前に昼飯を置き、餅だの飴だのまくわ瓜だのを売る食べ物屋に目を奪われているようすだ。

「おばさんは？」

契妍が胸を弾ませているのはその美しい瞳の輝きを見ればわかった。性騏はしかし、わざとそっぽを向いてぶっきらぼうに訊いた。

「あ、おばさん、おるけんど、いまお客さんいっぱいで忙すいんだ。そんで、おっかさんが行って来いって」

これまで性騏の前では口を利いたことがなかった契妍だが、性騏に問われると、思いのほかはきはきと、全羅道訛で答えた。華奢な首や肩、そのどこからそんなよく響く声が出るのやら、いっそ不思議に思えるほどだ。両手でつかめてしまいそうな細い腰、ほっそりした体つきに比して、しっかりした手足とふっくらした手の甲、ぽってりした唇をしているが、そのためか。

「契妍、性騏に水、持ってっておやり。顔洗う水だよ」

その翌朝も、玉花は手伝いの女には厨房を任せ、契妍に性騏の身の回りの世話をさせた。顔を洗う水から始まり、お焦げ湯を出す、食事の膳を整える、手ぬぐいを渡す等々、性騏のことはぜんぶ契妍にやらせた。そうして、性騏に言うのだった。

「ほんと、気立てのいい子だよ。明るくて、情に厚くってさ」

どこか誇らしげな口調だった。

「あの子のおとっつぁんはさ、なんだかあの子を養女にもらってほしがってるみたいなんだよね。よくわからないが、あたしに預けりゃ安心だ、みたいなことを言ってさ。こっちの言い分なんぞお構いなしに……」

玉花はいちど言葉を切って、性騏の顔色を窺った。そして言うのだ。

「で、あんたの考えも聞かなきゃってさ、思ってたのさ。……まあ、ええと、そのうち近くの七仏庵でも見物に連れてってやってよ。あの子、まだ見たことないから」

その口ぶりが、何やら同意を求めているようにも聞こえた。

玉花はさらに、契妍から聞いたことだと前置きして言った。求礼に家があるとは言っても、求礼の村から外れた、何やら山の麓にぽつんと立っているあばら家らしい。

「そんじゃあ、簞笥だの机だの、そんなもんはどうしたんだろう」

「そんなもの、戸に錠前でも付けときゃ、それで済むさね。でもね、それより契妍がねえ。おとっつぁんにくっついて旅なんかさせられてさ。かわいそうじゃないかい」

そう言う玉花の口ぶりからいって、篩売りが花開の谷から戻って来たら契妍を引き取る考えのようでもあった。ただ、性騏が嫌がるのではないか。それだけを気にかけているそぶりだ。これまで玉花は何度も性騏をせっついていた。嫁さんをもらえと。しかし、彼はまったく応じない。そこで、店で若い女を働かせたりもした。ところが、女の方は性騏に気のあるそぶりを見せても、性騏のほうがさっぱりだったのだ。そんなこともあって、玉花は今度こそはと用心し、契妍が性騏に厭われぬよう、彼女の良いところばかり数え立てているようだった。

近くの雑貨屋に草鞋を買いに行こうとしている性騏に、玉花がマッコリの入った椀を差し出した。顔に笑みを浮かべている。

「ずいぶんと蒸すねえ、今日は」

マッコリを濾したところらしい。そんなとき、玉花は誰彼構わず椀を差し出し、試し飲みをさせる。契妍は部屋で着替えをしていた。

「契妍、早くおいで。喉が渇いたろ？　ちょっと飲んでおいきよ」

契妍のいる部屋に向かって玉花が声を張り上げる。

紬の上着に麻のスカート。夏向きの服に着替えた契妍の白と黒の対比も鮮やかなその目はあたかも咲き初めた蓮の花だった。その花が水の上を流れるように、こちらへ向かってくる。

「これはね、二十年前に着てたものなんだ。あたしがさ」

玉花は感無量といった態で、襟だの裾だのを整えてやった。

「昨日出してきて、身幅を少し詰めたんだけど、なんだかもっさりしてるねえ。意外とふっくらしてるのかね、この子は……。ほら、とっととお飲み。性騏がいたって何も、恥ずかしいってこともないだろ」

契妍は笑顔で酒を受け取ったが、部屋で飲むつもりらしい。

性騏は先に家を出て、枝垂れ柳の下でおろしたての履物を水で湿した。契妍もすぐに出てきた。本代をもらいに七仏庵まで行ってくる。性騏が昨日そう言うと、玉花が言った。なら、契妍を連れてってておやり。山菜を採りにいきたいって何日も前から言ってるから。それに、七仏庵だっていちどは見せてやらないとね。

かすかに胸が躍るのを感じ、だからこそ性騏は言った。嫌だよ。俺は山菜なんかわからねえし。それに玉花が言い返す。あんたはいいんだよ、山菜なんか採らなくても。道案内だけしてやれば。何しろ言い出したら聞かない母だ。性騏は口答えするのを諦めた。

大きな道を通る気ははなからなかった。ふだんあまり通ることのない、草の生い茂った山道を性騏は選んだ。ここは何しろ智異山の麓。道もろくろくつけられていないところだから、このあたりで生まれ育ったとはいえ、鬱蒼と生い茂る木々の中、性騏は何度も道に迷った。

見上げれば天を衝く高い峰、足元は青い草の海だ。そこへ陽ざしばかりが白々と降り注いでいる。山葡萄や猿梨《さるなし》の実、アケビなどは今ようやく青い実がついたところだが、覆盆子《ふくぼんし》（徳利苺）は真っ赤に熟れてたわわに実っている。かと思うと、桑の実などは時期を過ぎたらしい。隅のほうで黒くしなびている。

性騏は青いサンザシの枝を折って杖がわりにし、葛の蔓をかき分けながら進む。契妍のほうは遅れがちだ。ずっと後ろで楤芽だの苺だのを摘んでいる。

「早く来いよ。何してる？」

性騏が立ち止まって文句を言うと、契妍は苺を摘む手や楤芽を摘む手を止めて、そのぽってりとした唇をきゅっと引き結んで駆けてくる。けれど、じきにまた遅れ始めるのだった。

「ああっ、嫌だあ！」

後ろでふいに契妍の叫び声が上がった。振り向くと、柏の木の上にいた。スカートの裾が枝に引っかかり、とれなくて困っているらしい。いったい何だって柏の木になど登ったのか。側に行ってみると、苺の枝がそちらに突き出ているのだ。ちょうど手の届きそうなところに。苺の木には棘があるし、斜面に生えているから手を出せない。それで、枝を絡めあっている柏の木のほうに登ったようだった。身を折って手を伸ばし、裾を枝から外そうとすれば、危なっかしくつかんでいる上の枝から手を離さねばならず、手を離したら最後、木から転げ落ちてしまう。木の下に立って見上げると、思いきりめくれ上がった麻のスカートの下、膝がようやく隠れるぐらいの短い麻の下着が白々とした陽ざしを浴び、中の白いものが透けて見えている。

性騏は手にしていたサンザシの杖でもってスカートの裾を枝から外してやろうとしたのだけれど、杖が短いせいだろうか、契妍のほんのり赤みを帯びたみずみずしいふくらはぎをしきりと突《つつ》いてしまうのだった。

「やめで！　落ぢでまらぁ！」

契妍が声をあげる。そこへ、なんと栗鼠《りす》まで現れた。猿梨の蔓を伝ってきて、契妍がつかんでいる、よりによってその枝に飛び移ろうとしている。

「あっ、やだ。栗鼠が……！　叩いでけでよ、そいつを！」

契妍は足を剝き出しにしながらも、栗鼠が気にかかるらしい。そいつは猿梨の蔓の上で意地汚そうに頤《おとがい》をもぐもぐさせていた。

「えい、この栗鼠めが……」

性騏は柏の根元あたりに足を踏ん張り、どうにか契妍の裾を外してやると、伸ばしたその杖でもって猿梨の蔓をトン、と叩いた。ついさっきまでいたはずの栗鼠はもう姿が見えなかったが、その音に驚いたのか、山鳩がバサバサと飛び立ち、下のほうに生えている山ぶどうの蔓に移っていった。

「湧き水でもねがなあ」

契妍がスカートの裾をたくし上げ、額の汗をぬぐう。山すそを回り込んで次の尾根に入る。目に入るのは険しい山の頂きばかり。けれど、薄暗い草むらから脱け出せば頭上に空が広がり、広々した谷間が目の前に開ける。そこに見えるのは、山葡萄や猿梨、苺や葛のみずみずしい蔓だ。深く、深く山に分け入っていく。時おり聞こえるカッコウのやかましい鳴き声、けらけら笑いながら谷を越えて飛んでいく雉の鳴き声などが、秋の虫の声さながらに侘しく響く。

ほぼ中天に上った陽が頭を焦がす。鬱蒼とした森の草の陰には海鼠《なまこ》と見まがうばかりの真っ黒なカタツムリが白い液を吐いて地面に伸びていた。

焼けつくような陽ざしに汗が噴き出し、喉が渇く。絡み合う蔓の中へ、ふたりはひっきりなしに入り込んだ。木苺、野苺、ノモモ、サンザシ、桑の実……手当たり次第に摘みとって続けざまに口に放り込む。けれど、それらは口の中にいくらかの甘みを残すだけ。あっけなく呑み込まれていく。いくらか歯ごたえがあるものといえば、熟しきっていないノモモやサンザシなどだが、その渋い実さえも難なく嚙み砕かれ、あっという間に喉へと流し込まれていく。ふたりの唇はいつしか黒く染まり、気がつくと、頬にまで黒い汁がはねていた。苺は食べれば食べるほど喉が渇くのだけれど、契姸はまだ青いノモモといっしょに丸い葛の葉に盛りつけ、性騏に差し出す。性騏は両手のひらにそれを受け、水を飲むように顔を近づけて食べた。葛の葉をそのへんに放り出すと、葛がぐるぐる巻き付いた猿梨の蔓に凭れるようにして横たわる。

契姸がまた葛の葉を差し出す。性騏は面倒くさそうに寝そべったままで口にぶちまけ、残ったものを葉ごと捨てると、じきに鼾をかき始めた。三枚目の葛の葉に苺だの山葡萄だのを選りわけてせっせと乗せていた契姸だったが、性騏がいつしか眠り込んでいるのに気づくと、さっき性騏がしたやり方を真似て、自分の口に流し込んだ。

「はあ、よく寝るなあ」

契姸はつぶやき、自分も猿梨に凭れて寝そべった。すぐにくしゃみが出た。喉がひどく渇いている。腹も減っていた。

カッコウが鳴いた。ずっと聞いていたはずの声なのに、俄かに背筋がうすら寒くなる。

「どごがに水がねがなあ」

蔓をかき分けかき分け、ずっと奥まで入り込んだ契姸は思いがけず、アケビの実を見つけた。花梨の木の枝に絡みつき、ぶらさがっている。

「どうだろ、甘《あめ》えかなあ」

そうつぶやき、大きいのを三つ選んで摘み取った。まだ固い。青いキュウリのような手触りだ。さっそくかぶりつく。この半日、いろんな実を手当たり次第に口に入れていたものだから癖になっていたのだ。草を嚙んだような青臭い味が口いっぱいに広がった。

「おお、渋ぇ!」

口の中のものを吐き出し、契妍は性騏のところへ戻った。陽は中天を過ぎている。腹が鳴った。まだ昼飯にしていなかったのだ。

「ねえ、起ぎで。水のあるとこに行ご」

契妍は性騏の肩をつかんで揺さぶった。

性騏が目を開けた。

契妍は戸惑い、とっさに手に握っていた青いアケビをふたつ、性騏の鼻先に突き出した。性騏は体を起こすと、契妍の首に手を回した。丸みを帯びた肩、それからうなじの感触。そして、唇が重なった。

ぷっくりした契妍の唇からは、この半日に食べた苺、桑、ノモモ、アケビなどのほんのり甘くてツンと青臭いにおい、それから黄土を蒸すようなかぐわしく香ばしい肉のにおいがした。

かあかあと、だしぬけに鴉が一羽、鳴きながら彼らの頭上を飛んでいった。

「七仏は、まだ遠ぇの?」

そう問いながら、契妍は猿梨の蔓に掛けておいた昼飯に手を伸ばした。

花開の谷へ行った篩売りは、半月たっても帰ってこなかった。発ち際に言っていたとおり智異山に入ったものと、玉花も契妍も思っていた。

「山中で夏を越されるのかねえ」

玉花は時おり、そんなふうにも言っていた。そしてまた本を手に取り契妍を誘うのだった。契妍の渋みのある全羅道訛は日増しに澄んだ哀れみを増し、歌うような口調になっていった。日は何事もなく過ぎていった。何かあったと言えば、玉花が契姸の左耳に小さないぼを見つけたことぐらいか。

ある朝、契姸の髪を結ってやっていた玉花がふいに、櫛を握った手を震わせ始めたのだ。今にも卒倒しそうな玉花のようすに契姸が驚き、「おっかさん、どうすたんだが？」と尋ねたが、玉花は何も言わず、彼女の顔をただぼんやりと見ている。

「どうすたんだが？　ねえ、おっかさん」

契姸が繰り返すと、玉花はハッと我に返り、長いため息を吐くと、「なんでもないよ」と言って、また髪を梳き始めた。契姸は内心、変だなと思ったけれど、何でもないというものを、それ以上問い詰めることもできなかったのだった。

次の日、玉花は岳陽《アギャン》に用事があると言って、朝はやくに髪を梳いて出かけていった。性騏は母親の部屋で昼寝をしていた。そのうち、にわか雨が降ってきた。外に干してあった洗濯物を取り込みながら、契姸が言った。

「ああ、困った。おっかさん、濡れでまる」

外の空気をひやりと纏った彼女のスカートの裾が、寝ている性騏の顔を掠めた。性騏がパッと目を開ける。手を伸ばして、それをつかんだ。洗濯物を抱えた契姸がサッと振り向き、性騏の顔を見つめる。彼女の頰に小さなえくぼが浮かびかかったそのとき、外で人の気配がした。

「あっ、おっかさん？　濡れでね？」

契姸は板の間に出ていった。性騏はまた鼾をかき始めた。

性騏が次に目を覚ましたときは、客が板の間に腰かけてマッコリを飲んでいた。契妍は彼らの給仕をしているようだ。台所から叫んでいる。

「つまみが干し明太と青唐辛子すかねげど!?」

客が帰ると、性騏は契妍に言った。

「おっかさんがいないときは、客は帰せよ」

どこか尖った口調だった。

「だども、この酒、明日には酸っぱぐなってまらぁ。ほんだらおっかさん、怒るんでねがすら」

少し困ったような契妍だったが、じきににこにこと話しかけてきた。

「ねえ、性騏さん、手鏡買って。丸ぇの」

ちょうど次の日が市の立つ日だった。性騏は昼飯を持ってきた彼女に小さな鏡と餅菓子をくれてやった。あらかじめ買っておいたのだ。

「おんやまあ!」

手鏡と餅菓子を見て、契妍は歓声をあげた。花のようなその目にこぼれんばかりの笑みを湛え、しきりと鏡を覗き込んでいたかと思ったら、いつの間にか餅を頬張っている。鏡は懐にしまい、昼飯を食う性騏の隣に腰かけて。彼の目を気にして背を向けるように座った契妍は、美味そうな音を立てて餅を食べていた。

その姿が人目につかぬよう、店の前に人の影が射すたびに性騏は体を動かして隠してやった。餅もそうだが、甜瓜《まくわうり》だの桃だの飴だの油菓だの、契妍は甘いものをことのほか好む。家の前を甜瓜売りや飴売りが通りかかったりすると、作りかけの指ぬきや針刺しを放り出して跳ねるように立ち上がり、その姿が見えなくなるまでじいっと立ち尽くしていたりする。

先ごろのことだ。性駻が寺から戻ってくると、彼女が板の間の端っこに座り、甜瓜を食べていた。近くの酒幕で働く男とふたりだ。母親はどこへ行ったのやら、姿が見えなかった。バツが悪そうに顔を赤くしながらも、契妍は嬉しそうに立ち上がって性駻を出迎えた。

「性駻さん！　お帰りなさい」

「……」

が、そんな彼女に性駻は見向きもせず、すっと部屋に入ってしまった。契妍は目を丸くした。食べかけの甜瓜を板の間に置くと、性駻の後を追う。

「ねえ、どうすたの？」

「……」

「ねえってば！」

「……」

しかし、性駻は答えない。彼女が両腕を性駻の肩に回し、首を抱え込もうとしたときだ。性駻は激しく身をよじってその腕を振り払うと、狂ったように契妍の頰をぶち始めた。

はじめのうちは、彼女も抗った。

「やだ、やだ！　なんで打づの？」

顔を歪めて性駻を見、両手を差し伸べて飛んでくる手を防ごうとする。けれど、その殴打に二度、三度と晒されるうち、いつしかされるがままになっていた。部屋の隅まで逃げてそこで頭を抱え、彼の仕置に身を任せ。

その翌日、市場に昼飯を持って来た契妍は、ぽってりとしたその唇を引き結び、口を利こうとしなかった。とはいえ、怒ったり恨めしく思ったりしていないのは、その花のような目を見れば明らかだった。その日の晩、彼女がひとり川辺に座っているのに気づき、性騏は外に出た。空には星が青い光を放っていたけれど、木陰になった川辺は闇夜のようだった。

「あ、性騏さん」

近づいてくる性騏に気づき、契妍が立ち上がり、ぴたりと身を寄せてきた。

「ねえ、性騏さん、なすてえさ戻ってこねの？　むったど、お寺にいるでねの」

なまりの強い全羅道方言が囁いてくる。

そのころ性騏は市の立つ日を除き、寺からいっさい出なかった。何となれば、岳陽の明図《ミョンド》「玉花の馴染みの占い師」を訪ねて雨に降られて帰って以来、なぜか玉花が二人のことを警戒しているふうなのだ。生来気が弱く、人とぎくしゃくするのを嫌がる彼は、そんな母親への憤りもあって、寺に籠っていたのだった。

あの日、川辺にいたときもそうだった。契妍の囁きに性騏が答えも返さぬうちに、「契妍、契妍！」と、またも彼女を呼ぶ声がしたのだ。性騏は鼻にしわを寄せ、言いかけた言葉を呑み込んで口をつぐんでしまったのだった。

——何なんだ、おっかさんは。急に邪魔するようになって……。

憤りともどかしさがないまぜになった。

ふたりの目の前を蛍がすい、と飛んでいく。石に腰かけたまま、契妍が何やらまた囁いた。手は足元から生えている蓼《たで》をつかんで引っ張っている。けれどその声は水音に紛れてしまった。

次の日の朝はやく、部屋の中、台所と、誰かを探しているようにキョロキョロしていた性騏はやや気落ちした顔で寺に戻っていった。そのときも彼女は玉花に言いつけられ、この蓼の生えている川べりで雑巾を洗っていたのだった。

それから三日後。性騏が寺から戻ると、篩売りが板の間でマッコリを飲んでいた。契姸はというと、俯いて板の間の端に腰かけている。髪を洗ってきれいに梳かしつけ、新しい服——と言ったところで、例の紬を洗って皺を伸ばしたもの——に着替え、小さな風呂敷包みを脇に置いて、悲しみに沈んでいた契姸だったが、性騏を見るや、その花のように鮮やかな両目にがぜん喜色を湛え、背を伸ばした。けれど、怒気を帯びたように尖ったぽってりした唇、それがはっきりと伝えていた。のっぴきならぬ不幸がふたりに降りかかったということを。

マッコリの椀を手に、篩売りに酒を勧めていた玉花は性騏を見るや、「契姸がね、帰るんだと」と、さばさばと伝えた。

玉花の説明では、篩売りは性騏が寺に戻ったあの日の夕刻に帰ってきたということだ。その翌日だからつまりは昨日、彼女を連れて発とうとしていたのを、もう一日休んでいくようにと引き止めたのだと。そういうことで、今日の朝はやくに発つことになり、こうして旅支度を整えて、今まさに出ようとしているところだったと。

しかし、実を言うと、そんなことは後でもういちど聞いて理解したこと。そのときの彼は、鉄の塊でいきなり頭を殴られたかのようにぼうっとしてしまい、全身の血がある一点にさあっと集まるような、両耳が頭のうえにぎゅううっと引っ張りあげられるような、舌が巻き上がって喉に詰まるような、ぼうぼうと燃える青い光が目に灯るような、そんな眩暈と憤りと焦燥がいっぺんに押し寄せ、彼の全身を、それこそつま先から頭の先までどこかにさらっていくかのようだった。こんなにも彼女に心惹かれるとは、こんなにも離れ難くなるとは、思いもよらなかった。それが今、永遠の別れとなるこのときになって、ランプの芯に火が付き一気に燃え上がったのだ。性騏は夢の中にいるようだった。ともすれば、体面も何もかなぐり捨てて、声をあげて泣き出してしまいそうだ。ぐっ、ぐっと喉が鳴る。それでも、そんな姿を母に見せてはならぬ。その一心で、震える唇を嚙みしめた。板の間の端っこに、どさっとばかりに座り込む。

「おや、息子さんかい。こいつぁ、いい男だ」

篩売りが言ったが、性騏はそちらを見もしなかった。篩売りが親の仇でもあるかのように、顔を背けてただ座っていた。

玉花の声が途切れ途切れに聞こえてくる。篩売りについて、何やら話をしているようだ。彼は智異山でひとりの若者に出会った。彼の故郷の友の息子だというその若者は、篩売りの故郷である麗水《ヨス》で大きな工場を経営する実業家で、智異山には遊山に来ていたそうだ。あれやこれやと言葉を交わすうちに親しくなり、若者は篩売りに持ちかけてきた。一緒に麗水に帰らないか。そう言われると、故郷が懐かしくもなり、また彼の手を借りれば何とか暮らしを立て直せるかもしれないとも考えて、彼の誘いを受け入れて麗水に帰ることに決めたのだ……搔き口説くかのような玉花の話はだいたいこんなことだった。けれど、焦燥と眩暈と憤りでうわんうわんと鳴っている性騏の耳には、蜂の群れがぶんぶんと唸りを立てて舞っている音にしか聞こえなかった。

「いやあ、飲み過ぎた。こうマッコリが甘《うま》くちゃなあ。腹が膨れっちまう」

そうこうするうちに最後の一杯を飲み干した篩売りが、団扇と杖を手にして言った。

「もうお会いすることもないんでしょうねえ。麗水に行かれたら」

玉花も立ち上がった。

「いやいや、わからんさ。人の世のことは、誰にもね。ご縁があれば、また会えるはず」

大きな麻のわらじに足を突っ込みながら、篩売りが返す。

「契妍、元気でお暮しよ。いいね？」

玉花は契妍の小さな荷物に餞別の巾着を入れてやり、別れの挨拶をした。刺繍の巾着には金が入っていた。

契妍は目を真っ赤にし、玉花の顔をただただ見つめる。すがるような眼差しだ。

「遊びにおいでよ」

玉花は契妍の頭を撫でて、それだけ言った。契妍はすると、玉花の胸に顔を埋め、おいおいと声をあげて泣いた。波のように揺れる丸い肩をさすり、玉花は宥める。

「泣くんじゃないよ。ほら、おとっつぁんが待っていなさるよ」

その声は、さすがに湿っていた。

「それじゃあ、お達者で」

篩売りが玉花に挨拶をした。

「あちらで思うようにいかなければ、ねえ、またいらっしゃいよ。ここで一緒に暮らしましょ。ね？」

念を押すように言う玉花だった。

「性騏さん、元気でね」

契妍が別れの挨拶をした。何とか性騏と目を合わせようとしている、そのひたむきな目は真っ赤だ。性騏ははっと夢から醒めたように板の間から腰をあげ、よろよろと一歩、二歩、契妍のほうへ歩み寄る。そしてまたふいに我に返ったようにその場に凍り付く。そのまま、まるで化石にでもなったかのようにぼんやり契妍の顔ばかり見つめている。

「性騏さん、元気でね」

そう二度目の挨拶をしながらも、契妍の赤く潤んだ瞳は性騏をひたと見据えている。懇願している。救いの手を差し伸べてくれることを。奇跡に等しいと知りながらも、それでも。しかし、性騏は今にもその場にへたり込みそうなのを堪えるのが精一杯だった。柳の枝を手探りし、必死でつかんで。

泣いたせいで赤くなった契妍の顔は、ひたすら性騏に向けられていた。玉花や父親が側にいることなど忘れたかのように。けれど性騏は柳に身を預け、めらめら燃え上がる炎をその瞳に宿しているだけ。その口はなんの言葉も紡ぐことなく、奇跡はついに起こらなかった。

「性騏さん、元気でね」

ほとんど泣き声になった最後の言葉を残し、背を向けた契妍の紬の上着が遠ざかっていくさまを、やわらかな陽ざしを浴びて垂れ下がる柳、木霊のように響くカッコウの鳴き声の中、性騏はぼんやりと立ち尽くし、ただ眺めていた。

性騏が起きられるようになったのは、その翌年。雨水・啓蟄も過ぎ、清明のころ、小雨が降ったりやんだりの季節だった。酒幕の前に立ち並ぶ柳の枝は青さを取り戻し、杏子、桃、ツツジが路地や山の麓に色とりどりに咲き乱れる、そんなある日のことだった。

息子に重湯を持ってきた玉花は、性騏がそれを平らげるのを見守ってから、こう訊いた。

「あんた、まだ江原道のほうへ行きたいかい？」

性騏は静かにかぶりを振った。

「嫁さんをもらってさ、ここで一緒に暮らすかい？」

性騏はやはりかぶりを振った。

あの年の春が訪れる前、誰もが性騏の回復を諦めた、そのとき。玉花は性騏に打ち明けた。どうせ死んでしまうなら、母の気持ちを知ってから逝けと。あの篩売りは三十六年前に男寺堂の一員としてこの「花開の市」にやって来て、ひと晩だけ留まった自分の父親に違いない。そして契姸は自分の妹だ。その左の耳のいぼから見て、間違いないだろう。そう言って、自分の左耳にある契姸と同じだという黒いいぼを見せた。

「そりゃ、はじめに『三十六年前』って聞いたときゃ、ハッとしたよ。でもさ、まさかそんな。ただの偶然だって思ったんだよ。けどねえ、どうも気持ちが落ち着かないから、岳陽の明図のところまで行ったんだよ。それがまた、こっちが何にも言わないのに、妙にわかったようなことばっかり言ってさ。まったく、踏んだり蹴ったりだったよ」

玉花はそこで言葉を切り、間を置いた。性騏は今にも火を噴きそうな炯々たる眼差しで母親の顔を見つめていた。

「知らなけりゃともかく、わかっちまったらさ、どうしようもないだろう。人倫ってもんがあるんだからさ」

どうか母を恨まないでくれ。息子の骨ばかりになった手に玉花はぽたぽたと涙を落とした。

玉花のその今生の別れの挨拶のような告白によって、意外にも性騏は息を吹き返した。燃えるような眼差しで天井を見つめ、何か決意でも固めたかのように唇を引き締めていた。

江原道の父親のもとへ行く気はない、ここで所帯を持つ気もない。そう言う息子に玉花はしかし、これまでのような一途な期待はかけなかった。

「じゃあ、どうするね？　この際、好きなようにおしよ」

「……」

性騏は何も言わず、また横になってしまった。

それからひと月ばかり過ぎたころだった。

性騏が好きな山菜が花開の谷からしきりと持ち込まれる初夏の市の日の朝だった。楤芽の和え物をつまみにマッコリを空けた性騏は、玉花にこう切り出した。

「おっかさん、飴の行商箱、買っておくれよ」

「……」

玉花は性騏の顔を見た。頭に不意打ちを食らったかのような虚ろな目だった。

それからさらに半月あまり。カッコウのつややかな鳴き声が木霊し、垂れ下がった柳の枝に陽ざしが流れるように降り注ぐ朝だった。明け方に小糠雨が降り、ことさらくっきりと晴れた空のもと、「花開の市」の三叉に分かれた道の上で、性騏は母親と別れの挨拶を交わしていた。玉洋木《キャラコ》の夏用の上下に身を包み、紬の手ぬぐいを鉢巻きにした性騏は、あつらえたばかりの真っ白な行商箱を緩く尻のあたりにかけていた。上の段には真っ白な飴ん棒、下の段には売れ残った本が何冊か、あとは化粧品だの針の道具だのが入っていた。

彼の目の前には三叉に分かれた水、そして道があった。花開の谷にははなから行く気はない。南東に続く道は河東、南西は求礼。昨年の今ごろか、彼女が涙ながらの挨拶を残し、父親である篩売りと連れ立って去っていった峠の道は、降り注ぐ陽ざしを浴び、変わることなく曲がりくねって求礼へ続いている。そちらを向いて立っていた性騏はしかし、やがて体の向きを変えた。求礼に背を向け、河東を目指してゆっくりと歩み始めた。

一歩、また一歩。足を踏み出すたびに心は重荷から解き放たれてゆく。遠い柳の間から彼の後ろ姿を見送っているであろう母親の酒幕、それが視野から消えるころには、彼は鼻歌でユクチャベギなど唸りつつ、軽い足取りで歩いていたのだった。

雨日和

비 오는 날

孫昌渉　ソン・チャンソプ　손창섭

カン・バンファ 訳

1953

こんなふうに雨が降る日には、元求《ウォング》の心は忍びがたいほど重たく沈むのだった。それは、東旭《ドンウク》兄妹の陰鬱な暮らしぶりが、彼の脳裏を映写幕のようによぎっていくからだ。雨音を聞くたび、ウォングの頭には決まって、ドンウクとその妹、東玉《ドンオク》の姿が思い出される。薄暗い部屋と朽ちかけた木造の建物が、雨の帳《とばり》の向こうに寒々と浮かび上がるのだ。たとえ晴れた日でも、ドンウク兄妹の暮らしを思うと、ウォングの耳には雨音がざわつき、胸の片隅に雨が染み入ってくる気がした。ウォングの頭に浮かぶふたりの人生は、そんなふうにいつでも雨に濡れそぼっているのだった。

ドンウクの住まいを訪れるようになる前、ウォングはある日、通りでドンウクと鉢合わせて夕食を共にしたことがあった。ドンウクは食事よりも酒を呑みたがった。その呑み方は、なかなかの好き者といえた。杯からこぼれる一滴が惜しくて、ドンウクは舌先で盃の底を舐めた。基督教の家庭で育ったばかりか、いくつかの教会で何年も聖歌隊を教えてきたドンウクの過去を思いながら、最近は教会に出かけないのかと尋ねてみた。ドンウクはきまり悪そうにはにかんでから、ときどきは行っている、そんな日はどうしようもない絶望感で息が詰まりそうになると言うのだった。ドンウクは、袖と襟が擦り切れた背広に、教会でもらったお古だという、黒い線が碁盤の目のように四方に伸びたグレーのズボンを穿いていた。なにより、彼の靴こそ見ものだった。蟻の腰のように真ん中がくびれていて、先っぽが拳ほども反った黒い靴。それを履けるのはチャップリンぐらいだろうと思われる珍妙な靴だったため、ウォングは杯を交わしながらも、しきりに彼の足元を見下ろすのだった。この間どうしていたのかというウォングの問いに、ドンウクは携えていた風呂敷《ポジャギ》を解いて、スクラップブックを開いて見せた。何枚かパラパラとめくると、西洋の女や子どもたちの肖像画がちらほら貼られているのが見えた。その見本を持って米軍部隊を訪れ、肖像画の注文を受けていると言う。大学で英文科を選択したのもまったくの無駄ではなかったと、ドンウクはにやにや笑った。ドンウクのそのにやけ方を、ウォングは以前から忌み嫌っていた。相手をあざ笑うような、と同時に自嘲的で、どこか親愛をも抱かせるその笑い方は、ウォングにある運命的な重圧を暗示し、耐えがたいほど心に重たくのしかかるのだった。いったい誰が絵を描くのかと訊くと、今は妹のドンオクと一緒に暮らしていて、子どものころから絵が好きだったドンオクは肖像画もなかなか上手いのだと言う。ドンオク、その名はウォングにも馴染みがあった。小学校時代にドンウクの家に遊びに行くと、そのころまだ五、六歳だったドンオクがちょろちょろつきまとって煩わされたことは記憶に新しい。ドンオクは当時子どもたちのあいだで流行っていた、「坊主よ坊主、小坊主さん、笈《おい》をしょってどこ行くの」という歌をいつも口ずさんでいた。それから二十年、ドンオクの姿はすっかり記憶から失われていた。ドンウクによれば、一・四後退［朝鮮戦争において、北進していた韓国軍と国連軍が中国志願軍の攻勢によりソウル以南に後退した事態］の折に連れてきたのだが、最近ではお荷物に感じて後悔していると言う。旦那は一緒に来なかったのかと訊くと、まだ結婚もしてないよ、という返事だ。いくつで未婚なんだと尋ねたかったが、婚期の過ぎたドンウクや自分もまだ独身であるならば、女でもありえることだと胸の内でうなずきながら口を閉じた。今は二十五、六になるのではないかと、過ぎた歳月と自分の歳に照らし合わせて推測してみるのだった。酒に酔ったドンウクは、やたらとウォングの肩を叩きながら、ドンオクのやつはほんとにかわいそうだ、それにしたってあの聡明さと容姿がもったいない、そんなことをくり返し口にした。それからまた杯をあおってから、仕方ないさ、これもすべて運命だ、と頭を振る。そうしてうな垂れたまま、俺が君なら迷わずドンオクと結婚するよ、そう言いきれるよ、とひとりごとのように何度もつぶやいた。とらえどころのないドンウクの言葉に、ウォングはわけもわからないまま、ああ、そうだろうな、とドンウクの手を握って振るのだった。店を出て別れる段になると、ドンウクは両手をウォングの肩に置き、自分は必ず牧師になるのだと言った。それが自分の道だと思うから、新学期には神学校に入るつもりだと。肩をだらりと落として歩いていくドンウクの小さな後ろ姿を見ながら、ウォングはまたも彼の過去とその家を思い描き、牧師になると言いながらも酒を愛してやまないドンウクを憎めないと思った。

その後、ウォングがドンウクのもとを訪れたのは、四十日も続く長梅雨が始まった日のことだった。東萊線《トンネ》［釜山鎮から東来温泉場までの鉄道路線］の終点で電車を降り、ドンウクが紙切れに描いてくれた略図を何度も見返しながら、足元の悪いわかりにくい坂道を慎重にのぼっていった。雨は依然、激しく降り注いでいた。傘を差してはいたものの、雨が打ちつけ泥が撥ねて、脛《すね》から下はひどい有り様だった。ドンウクの家は人家からほど遠い、へんぴな場所にあった。古い木造の建物。隅っこに添えられた二本の丸太が柱となって、傾きかけた家をなんとか支えていた。瓦を葺いた屋根には数カ所、長い雑草が伸びている。のちに聞いたところ、日本植民地下では療養所かなにかに使われていたものらしい。前面の窓にはもともと、すべてガラスがはまっていたが、今は一枚も残っていない。雨が吹き込まないように、右側の窓の内側にはぼろの叺《かます》が下げられていた。そのあばら家のような家の前に傘を差して突っ立ったまま、ウォングはしばらくじっと動かなかった。こんな家に人が住んでいるのだろうか？　子どもの漫画に出てくる鬼《トッケビ》の棲家《すみか》が思い出された。今にも、頭につのを生やした鬼たちが、こん棒を手にわらわらと出てきそうだった。ドンウクとドンオクはこんな家に住んでいるのか。ウォングはもう一度、紙に描かれた略図を開いてみた。この家に違いなかった。どぶの向こう、左手の坂道に、家と思しきものはこの一軒だけ。ウォングは数歩歩み寄りながら、失礼します、と声をかけた。なかから返事はない。ウォングはもう一度同じように声をかけたが、それでもうんともすんとも言わない。聞こえるのは激しさを増していく雨音と堀を流れる水の音のみ、荒れ果てた建物は屍のように静まり返っている。ウォングはもう少し大きな声で、ごめんください、と言ってみた。自分の声にびっくりした。喉に絡まっていた痰が切れると共に飛び出した声が、予想外に大きかったためだ。それはまるで、一種の悲鳴のように聞こえた。すると、戸の内側にかけられたむしろの角がめくれ、白紙に墨で描いた肖像画のような女性の顔が現れた。ひときわ色白で、眉毛のくっきりと濃いその女性は、ウォングを見やりながらもなかなか口を開かなかった。ドンオクだろうかと思いながら、こちらはキム・ドンウクの家で合っていますか、と訊くと、彼女は黙って小さく頷いて見せる。眉毛ひとつ動かさないその態度は、傲慢にさえ見えた。ドンウク君は外出中でしょうか？　と訊いてみても、相手はやはり頷くばかりだ。そうして、ウォングをにらみつけるかのようなその視線には、得体の知れない侮蔑と、一種の反抗的な態度さえ見て取れるのだった。ひょっとして自分のことを誤解しているのではと思い、チョン・ウォングだと名を告げ、ドンウクとは小学校から大学まで一緒だったこと、とりわけ、小学校時代には毎日のように互いの家を行き来していたことを説明した。それでも、相手の表情にこれといった変化はなかった。ウォングはさらに声をやわらげて、もしやドンウク君の妹さんではありませんか？　ドンオクという……と訊いた。彼女は三度目に頷いて見せた。そしてようやくその顔に、嘲りのにじむ物憂げな笑みを浮かべるのだった。ドンウクはどこへ行ったのかと尋ねると、知りません、とやっと口を開いた。鈴を転がすような声。ではいつ戻るかわかりませんね、と言うと、今度はこくこく頷くだけだった。ドンオクの無礼な態度に不快さと後悔を覚えながら、ウォングは踵を返すしかなかった。ドンウクが戻ったら自分が訪ねてきたことを伝えてくれと頼んで背を向けるウォングに、ドンオクはなんの挨拶もしなかった。自分の頭は、水たまりにはまってぐしょぐしょに濡れた靴のように、どうしようもない憂鬱に浸っているのだと空想しながら、ウォングはかぼちゃの蔓が生い茂る畦道を歩いた。その重たい頭を支えるには、自分の首が細すぎるように思われた。不安な思いだった。いくらか歩き、なんとなく歩を止めて振り返ってみた。霧雨の奥に見える蒼然たる建物は、恐ろしい悲鳴と共に今にも崩れ落ちそうだった。自分が背を向けたとたんに潰れてしまいそうな気がして、いつまでも家を見つめて立っていたウォングは、はっと驚いて身を震わせた。窓にかけられたむしろをキャンバス代わりに、絵のように鮮やかに浮かび上がっている白い顔が目に留まったからだ。それはドンオクの顔に違いなかった。どういうつもりで、雨のぱらつく窓に寄り添って、あんなに険しい顔でこちらを見ているのだろう？　子どものころに聞いた、狐が人を化かすという話を思い出し、全身に悪寒を感じながら去ろうとするウォングの目の前に、破れた番傘を差してこちらへやって来る男がいた。幸いなことに、ドンウクだった。ちょっと食材を買いに出ていたというドンウクは、菜っ葉や魚の切り身が入った縄網の手さげ袋を提げていた。雨のなかをこんな遠くまで来てくれたのに、そのまま返すわけにはいかないと、ドンウクはウォングの手を引っ張った。話す気力も失くしたように、ウォングは黙ってそのあとに従った。さきほどのドンオクの謎めいた態度は、いっそう理解しがたい重たい影となって、ウォングの頭にこびりついていた。ドンウクに促されて部屋に入ったウォングを、ドンオクは反抗的な態度でじろりと見つめた。もちろん、立ち上がったり脇に寄ったりするわけでもない。雨が降っているうえ、窓がむしろでさえぎられているせいで、室内は洞穴の内部のように薄暗かった。部屋は八畳間で、**タタミ**の上にはクラフト紙が敷かれていた。天井の片隅から絶え間なく雨水が漏れ、その下にはバケツが置かれている。ピチョピチョ、チョロチョロ、ポチャン、雨水はそんな連続した音を響かせながら、バケツに溜まっていく。雨の音だけが、墓のなかのようなこの暗がりを多少なりとも救ってくれていた。だがその音さえも、バケツの水がしだいに増えていくにつれ、憂鬱な響きに変わっていくのだった。ドンウクには、ウォングとドンオクを挨拶させようという気は別段ないようだった。ドンウクは濡れた服を脱いで掛け、ランニングシャツとパンツというでたちで、食事の支度をするからちょっと座って待つようにと言って台所へ向かった。台所といっても、空いている隣室をそう呼んでいるだけだった。**タタミ**は上げて壁に立てかけられ、雨があちこちから小便のように流れ込んでいる。そこには、炊事道具が雑然と散らばっていた。煙が入るからと間仕切り戸を閉めてしまうと、ドンウクは炉に火を焚きつけようと忙しなく風を起こした。十時を少し回った懐中時計を戸の隙間からのぞかせながら、これは朝食か昼食かと問うと、ドンウクはにやにやしながら、自分たちには三食の区別などないと言った。腹が減ればいつでも米を炊いて食べ、食欲のない日は一日中食べずに過ごすのだと。ドンウクが台所でひとり奮闘しているあいだも、ドンオクは相変わらず同じ場所に座ったまま微動だにしなかった。そうして時折あくびをしながら、外国の古びた画報をめくっていた。そんなドンオクの向かいに座り、自分はいったいなにを考え、どんなポーズを保つべきか？　ウォングは無意味な対座に耐えられず、こんなことなら炉に風を送るなどして台所仕事を手伝おうかとも考えてみるのだった。だが、そんな行動もこの状況下では一種の飛躍といえ、少なからぬ勇気が必要だった。そうするうちに、ウォングはふと、尻が湿ってくるのを感じた。雨水がバケツからあふれ、そばに座っていたウォングのほうへ流れてきたのだ。ウォングは濡れたズボンの尻を触りながら立ち上がった。ドンオクもようやく、バケツの水があふれていることに気づいたようだ。だがドンオクは、腰を上げて自分の手で片付けようともしない。座ったまま台所のほうへ向かって、お兄ちゃん、水があふれてる、と言うだけだ。ドンウクは間仕切り戸を半分ほど開けてこちらをのぞきこみながら、おい、おまえが片付けたらどうだ？　と首に青筋を立てて言った。絶好のチャンスだと思ったウォングは、僕が捨てるよ、と片手でバケツを持ち上げた。だが一歩足を出すまでもなく、バケツはガシャンと音を立てて傾き、なかの水がザバァッとこぼれた。取っ手の片側が、引っ掛け穴から外れたのだ。部屋は一瞬にして水浸しになってしまった。それまでびくとも動かなかったドンオクも、このときばかりはさっと立ち上がって脇によけた。その瞬間のドンオクの動きは、尋常でなかった。ウォングの胸にもうひとつ、憂鬱の種を撒いた。ワンピースの下からのぞいたドンオクの左脚が、子どもの手首ほども細く短かったからだ。その脚で歩いた瞬間、ドンオクの体は一方に大きくよろめいた。ドンオクはその細く短い脚でさらに踏み出すことはせず、濡れていない隅っこの床にぺたんと座り込んでしまった。そうして、白を通り越して青くなった顔で、今にも人を取って食いそうな殺気だった眼差しをウォングに向けた。ドンオクの視線を避け、大河の濁流の真ん中に浮かんでいるような恐怖を覚えつつ、ウォングは最後の気力を振り絞ってもがくようにしながら、両足で水浸しの床を蹴ってみるのだった。

その後、雨で店を開けない日があると、ドンウクの家を訪ねていくことが多くなった。不具の身体と同様、不具じみた性格で接してくるドンオクの態度は決して褒められたものではなかったが、ある奇妙な力に操られているかのように、くり返し訪ねて行かざるをえないのだった。あの薄暗い部屋に雨水が落ちる音が聞きたいから？　ドンオクの細く短い片脚ににじむ悲しみの虜になってしまったから？　はたまた、訪ねていくたびに少しずつ正常になっていくドンオクの態度に、一風変わった魅力を見つけたから？　実際にドンオクの態度は、ウォングが訪問を重ねるたび、目に見えて穏やかになっていった。二度目の訪問で、ドンオクはウォングを見るなり顔を赤らめ、うつむいた。三度目の訪問では、ウォングを見るなりにこっとほほ笑んで見せた。だがそれは、憂鬱なほほ笑みだった。毎回変化していくドンオクの態度に、ウォングの喜びはひとしおだった。意識不明に陥っていた患者が意識を取り戻したかのようなありがたさ。最初に呼びかけたときは目をつむったままなんの反応も見せなかった患者が、二度目に呼んだときはかろうじてまぶたを持ち上げ、三度目に呼んだときはしっかりと目を開けて左右を見回し、水をくれと言ったときのような喜びを、ウォングはドンオクから味わわせてもらった。二度目に訪れたとき、前回雨漏りしていた場所にバケツは置かれていなかった。そこにはちょうどいい大きさの穴がぽっかり開いていた。拳が二つ三つ入りそうなその穴は、**タタミ**の下の板敷きまで貫いていた。天井から流れ落ちる雨水はその穴を通り、板敷きの下の地面に鈍い音と共に落ちた。雨は至るところから漏れているようだ。板張りの天井の四方から、雨が撥ねる音が聞こえてくる。天井を叩く雨水は傾斜の低いほうへと流れてゆき、牛の目玉ほどある節目から漏れてくるのだった。その日のドンオクはまだ、ウォングとドンウクの会話にもどこか冷淡な態度を見せていた。だが、三度目に訪ねたころから、ウォングとドンウクが笑えば一緒に笑うようになった。合間合間に短く言葉を挟むこともあった。その日は早めに夕食をごちそうになって帰ろうとしていたところ、あまりのどしゃぶりに泊めてもらうしかなくなった。片手に傘を持って立ったまま、灰色の帳を垂らしたかのように雨に白む窓外を見つめて戸惑っているウォングの耳に、いいから泊まって行けというドンウクの声と、この雨じゃ前のどぶも水嵩が増して渡れません、というドンオクの声が聞こえた。その晩、ウォングは初めて、軽やかな気分でドンオクに話しかけることができた。いつから絵の勉強を、と尋ねると、肖像画など絵のうちに入りませんよ、と例の物憂げな笑みを浮かべて見せるのだった。ウォングは、ドンオクを傷つけそうな言葉は一切口にしなかった。子どものころの話になり、どこに行くにもドンオクが犬ころのようについてきて困ったという話、「坊主よ坊主、小坊主さん」と声高らかに歌っていた話をすると、ドンオクの目が初めて翳りなく輝いた。ついとドンウクが「坊主よ坊主、小坊主さん」と歌いはじめるや、ドンオクも細い声で一緒に歌うのだった。歌声がやむと、部屋に落ちる雨水の音がことのほか大きく聞こえた。雨が打ちつけ、板塀の隙間から染み込む水が、壁の片隅を濡らしはじめた。ところで、不思議なのは、ドンウクのドンオクへの態度だった。なんでもないことでも、こいつめこいつめと声を荒らげた。台所から手渡す器を片手で受け取るのを見て、こいつめ、また落としたらどうするつもりだと目を剝き、石油ランプに火を点けようとしてうまくいかず二本目のマッチを取り出そうとしていると、こいつはろくに火も点けられない穀潰しだとにらみつけるのだった。そのたびにドンオクは、黙ってドンウクをにらみ返した。洗濯と縫い物はドンオクの仕事だが、台所仕事はいつでもドンウクに任せきりらしい。ドンオクが便所に立った隙に、なるべく労わってやるべきだろう、どうしてそんなにつらくあたるんだと声をかけると、病気だからってあいつを甘やかす必要はないと言う。絵の上がりにしても、少し前まではふたりで折半していたのに、最近ではドンウクが信用できないからと、サイズによって一枚あたりいくらと前金を受け取ってからでないと引き受けない。生活費も、ふたりできっかり折半していると言う。ドンオクは、自分は病気だから、親以外には自分を引き取っていつまでも世話してくれる人はいないと思っていて、兄さんだっていつ自分を捨てるかわからない、だから自分は自分なりに少しでも蓄えておくことで今後に備えているのだと主張している。ドンオクのそんな心中を思えば、離れているときはひどく不憫に感じるものの、なぜか顔を合わせると、駄目だ駄目だと思いながらもしきりに怒りがこみ上げてくるのだと。ドンオクは明かりを消すと心もとなくて眠れない。反対に、ドンウクは明かりを消さないと安心して眠れないのだとも言った。ドンウクは、暗闇だけが唯一の休息だと言う。昼間のうちは、どんなにじっと座っていたり、寝転んで休んだりしても、雑巾のように全身にへばりついている疲労が取れないのだと。そんなドンウクは、芯を下げて小さくなった炎も我慢できず、こいつめ、消さないかと声を荒らげた。ドンオクは手を伸ばし、芯をもう少し下げる。そうして、誰が連れてけって言ったの、あのまま母さんと一緒にいればよかった、とぼやいた。するとドンウクはがばっと起き上がりながら、こいつ、またそんな口を利いてみろ、俺だっておまえみたいなやつを連れてきたくはなかった、母さんから、なにを捨てていってもかまわない、でもおまえだけはと頼み込まれて連れてきたらこのザマだ、と怒りをぶつけた。ドンオクは黙って向こうへ寝返った。薄明かりに包まれているのに、闇に胸を押しつぶされそうな気がして、ウォングはいつまでも眠れなかった。ドンウクも寝つけないようだった。ドンオクも起きているに違いなかったが、死んだように動かない。ガラスのない窓からぱらぱらと吹き込んでくる雨音を聞きながら、雨が降りつづくなか、舟を山頂につなぎとめて四十日四十夜を過ごしたノアの家族だけが生き残り、世界が滅んでしまったという旧約聖書の大洪水の話を、ウォングは思い出していた。やがて眠りに落ちようとしたときだった。大きな積善だと思って、ドンオクと結婚する勇気はないか？　というドンウクの声が、寝言のように耳元をかすめた。ウォングは目を開けた。そうしてにらむように天井を見上げながら、まっすぐに横たわっていた。ドンウクの口からまたどんな言葉が飛び出すのかと緊張しながら。だが、次なる言葉はなく、雨の落ちる音だけがいまだ続いていた。ウォングがまたもようやく寝入りそうになったときだった。足元から、ギリギリと奇妙な音が聞こえた。ウォングははっとして耳を澄ました。ヘビに食われるカエルの声にも似たその音は、壁の向こうから聞こえていた。ウォングは、今度は上半身だけ起き上がって耳を傾けた。その気配に、ドンウクも目を覚ました。あれはなんの音かと訊くと、裏の部屋の娘の歯ぎしりの音だと言う。ほかにも住人がいるのかと問うと、六十過ぎの老婆が十二歳の孫娘を連れて暮らしていると答えた。その老婆というのがこの家の主で、電車の終点となる場所の**ハコ**房《バン》［掘っ立て小屋または店の意］で、たばこ、マッチ、果物、飴などを売ってなんとか生活している。そこの孫娘が寝るときには必ず歯ぎしりをすると言うのだ。ドンウクも初めの数日は頭を痛めたが、最近では慣れてしまったらしい。こんな部屋で雨の落ちる音と歯ぎしりを聞いていれば、神経が過敏になるのも無理はなさそうだと思いながら、ウォングは、さきほどドンウクが寝言のように言ったひとことの意味を考えてみるのだった。

四、五日経ったころだった。久しぶりに雨が上がって空も晴れ、雑貨を並べたリヤカーの番をしていると、日暮れ時、ウォングの肩を叩く者があった。ドンウクだった。彼はこの日も袖と襟がよれたチョゴリと、黒い線の入ったグレーのズボン姿だった。服はそれしかないのか、雨に濡れたのをそのまま絞って乾かしたようで、そこらじゅうにしわが入っている。それよりなにより、一風変わった例のチャップリン靴の先は目も当てられない有り様だった。長靴の代わりにそれでぬかるみを踏んでいるのか、泥まみれだった。そんなドンウクの体たらくが、ウォングはなぜか憎めなかった。リヤカーを持ち主のもとへ預けてから、ウォングはドンウクの手を引っ張って夕食に誘った。ドンウクが食事より酒がいいと言うので、食事も酒も出す店に連れて行った。数杯呑んでほろ酔いになると、ドンウクは肖像画の「注文**トリ**」をやめたのだと言った。最近はヤンキーもずる賢くなって、ややもすればからかわれたり代金をもらえなかったりする。そこへきて、通行証《パス》を持たない人の出入りを各部隊で厳しく取り締まるようになり、以前のように行き来できなくなったと言うのだ。数日前には、代金をもらいに忍び込んで見回りの将校につかまり、ひと晩拘置所《モンキーハウス》にぶち込まれたと言う。おまけに、このあいだ国民兵手帳まで失くしてしまったため、おちおち外を歩いてもいられない。紛失届を出して再交付を申請しようと、町役場やら派出所やらに四、五日も通ったものの、難しいことを言うばかりで聞き入れてくれない。あとで困ったことになるかもしれないが、このまま放っておくつもりだと。そして、いっそ入隊してしまおうかと思い、ちょうど通訳将校を募集しているから願書を取りに出てきたのだと言う。願書を見ようじゃないかと言うと、ドンウクはにやにやしながら、複雑な手続きがわずらわしく、断念してしまったと言う。ドンウクはしばらく黙って酒をすすってから、つと、ときどきうちに来てドンオクを慰めてやってくれと言った。ドンオクは、世間の人はみんな自分をあざ笑い馬鹿にしていると思っていて、天気のいい日でも一切外出することなく、モグラのように部屋にこもりきりでいる。そして、すべての人間に反感を抱いているのだった。そんなドンオクも、ウォングだけは自分をないがしろにせず、自然な態度で接してくれるから、訪ねてきてくれることを首を長くして待っているのだと言い、肖像画を売れなくなってからのドンオクは、焦燥と不安のなかで前以上に孤独を持て余していて、自分も途方に暮れているのだと。ドンウクは、そんなドンオクが哀れで仕方ないと言う。そしていつかのように、俺が君ならドンオクと結婚するさ、そう言いきれる、とうなずくのだった。店を出ると、ドンウクは今度もウォングの手をひしと握り、必ず牧師になると言った。ドンオクや自分のためにも、それだけがこの重たい荷を少しでも減らせる唯一の道だと思うと。

その後一度、用事で東萊まで出た足で、ドンウクの家に寄ったことがあった。その日もやはり、湿っぽい梅雨が続いていた。傘を閉じて縁側に上がっても、ドンウクひとりが迎えてくれるだけで、ドンオクの気配はなかった。部屋へ入ると、ドンオクは毛布を頭まで引っかぶって、死んだように横たわっている。二日もああしているんだと、ドンウクが事のいきさつを説明しはじめた。ドンオクは裏の部屋に住んでいる大家の老婆に、ドンウクの知らぬうちに二万圜《ファン》も貸していたのだが、老婆はこの家を売り払って逃げてしまったと言う。昨日の朝、家を買ったという人が突然引っ越してきてそれを知ったのだが、これがまた横暴な人間で、すぐに部屋を出て行かないとただじゃおかないと言われたそうだ。説明を終えたドンウクは、この間抜け、なにを信じて金を渡したんだ、とドンオクの脇腹を蹴った。こいつめ、二万圜だぞ、旧貨ならいくらになると思ってる、二百万圜だ、二百万圜。おまえが金を取られたことと俺は関係ないと言ったな。ふん、俺がいなかったらどうやって生きてくつもりだ？　そんな体じゃ、おまえひとりでひと月も生きられるもんか。ドンウクは思い出すだけで腹立たしい様子だった。ドンウクはウォングに寿司を食わせるのだと忙しく台所を行き来していたが、ウォングはおちおち座っていられなかった。寿司などどうでもよく、ドンオクは二日も何も食べずに寝ているというが、もしやドンウクの寝ている隙にこっそり起き出し、睡眠薬でも含んで死んでいはしまいかという不安に駆られた。ウォングはそれ以上座っていられず、もどかしい気持ちで席を立ちながら、どうしても部屋を空けなきゃならないのなら自分も新しい家を探してみようと言うと、ドンオクは人家が建てこんだ場所を嫌うから、この近所で探すしかないという返事だった。

その後はウォングも生活に追われはじめた。梅雨でひと月近くもぶらぶら遊ぶあいだ、いくらもない商売の元手金からやりくりしていたのだった。ウォングが借りている部屋も、飽き飽きするような長雨でじめじめしていた。脱ぎ置いた服や布団にまでカビが生えた。彼の心までカビに侵されそうだった。こんな日にこんなわびしい部屋に閉じこもっていると、ドンウクとドンオクの件がずしりと、憂鬱に思い出されるのだった。昼時近くになってから、ウォングはどしゃぶりの雨にもかかわらず家を出た。今日はドンウクと差し向かいで一杯やりながら、カビ臭い気分を洗い流し、ドンオクのことを慰めてやろうという気持ちで、酒と缶詰を買ってから向かった。古い木造の建物は、相変わらず今にも倒れそうな格好で雨のなかに佇んでいた。ガラスのない窓にかけられたむしろもそのままだった。しかし、ドンウク、と呼びかけたとき、熊のようにのそりと縁側に這い出てきた男は、ドンウクではなかった。この家に住んでいた若い男女はどこへ行ったのかと問うと、人相そのものは険しいものの、粗放でどこか抜けていそうな四十歳前後とおぼしきその男は、ああ、おたくが丁《チョン》さんとかいう人かと言い、返事を待つでもなくこくこくうなずくのだった。ウォングがもう一度同じことを尋ねると、男は自分がこの家の主だと言い、ドンウクは外出したきり音沙汰がなく、その後ドンオクもどこへ行ったものかわからないと答えた。ドンウクはもう十日も戻っておらず、ドンオクはつい二、三日前に出て行ったきりだと言う。ウォングは、それ以上なにも言えずに立ち尽くしていた。そうして片手に風呂敷、片手で傘を差したまま、ぼんやりと男の顔を見つめるばかりだった。踵を返して去りかけたウォングは、くるりと振り返って風呂敷の中身を男にやった。こりゃありがたいと言いながら、主の男は顔をほころばせた。そして、家内と子どもらは仕事に出ていて昼をごちそうすることはできないが、上がってたばこでも一服していってくれと勧めた。それには及ばないと言いながら立ち去ろうとすると、男は、ちょっと、とウォングを呼び止め、大変悪いことをした、実はドンオクから、チョンという人が訪ねてきたら渡してほしいと手紙を預かっていたのだが、うっかりして子どもたちに破られてしまったと言う。それでも黙ってぼうっと立ち尽くしているウォングを気まずそうに見やりながら、ドンウクは十中八九、軍に連れて行かれたのだと思う、ドンオクは夜中になるとときどき、子どものように母親を呼びながら泣くので、うるさいと言ったら、明くる日の夜にはどこかへ消えてしまったのだと。死んでしまったんじゃないか、自殺にしろ飢え死ににしろ……とひとりごとのようにつぶやきながら引き返していくウォングの背中に向かって、大事な服やらなにやらは持って出たようだから、自害するつもりがないことはたしかだ、それに、あんな体でもかなりのべっぴんさんだから、どこかで身売りをすれば飢え死ぬようなことはないだろうと男はほざくのだった。かなりのべっぴんさんだから、どこかで身売りをすれば飢え死ぬようなことはないだろうという言葉に、ウォングはふと我に返り、きさまがドンオクを売り飛ばしたのか、とつかみかかりたいほどの激しい怒りを胸の片隅に認めながらも、千鈞の重みにも等しい肉体の重みに耐えられず、黙って踵を返した。きさまがドンオクを売り飛ばしたのか、という昂ぶった声がはるか彼方から自分に向かってくるような錯覚に寒気を覚えながら、ウォングはかぼちゃの蔓が生い茂る畦道を、病み上がりのようなふらつく足取りで歩いていくのだった。

猶予
유예

呉尚源
オ・サンウォン
오상원

小西直子 訳

1955

叺《かます》の中、身を縮めて横たわっていた。一時間後には、すべてが終わる。手足が冷たく強張っている。まるで石になったようだ。泥壁に白く霜が降りた深い穴蔵の中、高さ十メートルほどのところにある丸太で塞いだだけの戸の隙間から、冷たい色の空が見える。かび臭いにおいが鼻を突く。においからして、さほど古くはなさそうだ。ふん、誰かいたようだな、ついこの間まで。あいつじゃないのか。梯子を下りるや、小さな穴の上へと引っ張り上げられた。そのとき聞いた奴らのやり取りがいまだ耳に残っている。あいつと称されたのは、銃殺される直前に私が目撃した、そして、射撃手に向けて無我夢中で引き金を引いた、その人のことだろうか……。でなければ、それはどんな人だったのだろうか……。体が震える。骨の髄まで氷漬けになったようだ。

所属師団は？　学閥は？　故郷は？　軍人として参戦した動機は？　共産主義をどう思う？　対米感情は？　ふむ……同志の話はまったく理にかなっていない。いまだ階級意識が窺える。出身階級がどうのと言っているわけではない。誤解なきよう。その性根が問題だと言っているのだ。今少し考える時間をやろう。一時間後だ。回答次第ですべてが決まる。

朦朧とした意識の中、今しがたの対話が浮かんでは消える。一時間後には、すべてが終わる。ざく、ざくと歩を進めるたびに、足の下で崩れた雪、背中に感じるソ連製軽機関銃の銃口、前を歩く人民軍兵士、その後に続いて崩れた藁ぶき屋根の家の裏塀に沿ってぐるりと歩き、この穴蔵の中の監房に来た自分。それらが心の中にくっきりと浮かぶ。一時間後には、私は彼らに引きずられ、予定通りあの土手道を歩いていることだろう。幾つか言葉を交わしたあと、隊長は言うはずだ。そうか、いいだろう。振り返ったりせず、まっすぐ歩かれよ。ひと足ごとにざくり、ざくりと雪が砕ける音がするだろう。ああ、それとも、奴らは私を裸に剥いて歩かせるかもしれない。私の着ている服が惜しくて（破れてはいても、まだ色あせてもいない米軍の戦闘服だから……）。私は裸で、赤紫に凍てついた肌をして、白い土手道を歩いてゆく。そこへ数発の銃声、私はばったり雪の上に倒れる。やがて赤い血が滲み出、真っ白な雪をひっそりと染める。そのとき、すべては終わるのだ。奴らはぎくしゃくと銃を背負い、本隊に戻っていく。靴底の雪を落とし、かじかんだ手を擦り合わせながら部屋に入る。数分後には彼らは火鉢の火に手をかざして温めながら、何事もなかったかのように煙草を吸い、伸びをしたりしていることだろう。

誰が死のうと、過ぎてしまえば何でもないこと。彼らにとってはすべてがよくあることだ。私だけが血を流し、白い雪をつかんで呻き、永久に黙殺され、埋もれていくのだ。全身の筋肉が痙攣をおこす。寒さのせいか……。かび臭いにおいがまた鼻先を掠める。私だけではない。これまでも同じように、こうして繰り返されてきたのだ。

戦い、その末に死ぬ。それだけだ。ほかには何もない。何のためというわけでもない。人間の天性そのままに戦い、死ぬ。それだけだ。

北へ、北へ。矢のように進撃した。幾度かの戦闘があった。彼が率いる捜索隊は、敵の背後へ回り、深く入り込んでいった。本隊との連絡が途絶え始めた。

焦る小隊員たちはしきりと無線士のほうを振り返る。後退だ！　すでに道は敵によって完全に遮断されていた。敵のどの面を突き破って南下したらよいのだろう。しばしば小競り合いが起こった。ひとり、ふたりと隊員が倒れ始める。できる限り敵との接近を避け、山を登った。飢餓と疲労が襲ってくる。徐々に落伍し、減っていく隊員。積もり積もった雪と寒さに耐え、すでに見失っている方向を手探りする。ありとあらゆる自然の悪条件と戦わねばならなかった。やまない吹雪の中、膝まで埋もれる雪の中をさ迷い、方向を見失った彼らは、悪戦苦闘の末にどうにか山を下り、近くの村にもぐりこんだ。人っ子ひとりいない。がらんとした家々は、みな荒涼と散らばり、ひっそりと雪に埋もれている。敵が入ってきた形跡も、去っていった痕跡もない。小隊員たちが散ってゆく。食料を調達しに行ったのだ。しかし、何もない。見つかったのは凍ったジャガイモの袋がひとつ。凍ったジャガイモは、噛むとさくさくと音を立てた。みな疲れ果て、へたりこむ。疲れと飢えがどっと押し寄せてきた。つま先はすっかり凍てついている。吹雪はますます激しく吹き荒れている。夜が近づいてきた。山中の夜はあっという間に訪れる。身を起こしているのは先任下士［凡例参照。本来は下士官のうち最も高い地位］だけだった。疲労を噛みしめるように門柱にもたれて座っていた。

外は一面、吹き荒れる吹雪に塗りつぶされている。先任下士もしばし浅い眠りに落ちた。奇襲でもありそうな夜だ。

しかし、何事もなく朝が来た。

雪と飢餓と寒さとの戦いが再開された。ひとり、ふたりと斃れ始めた。この自然との戦いに敗れて。小隊長！　そう最後の一声をあげ、雪の中に頭を突っ込んで倒れ込む部下たち。そのひとりひとりの傍らに膝をつき、彼は見守った。部下たちが冷たい骸となってゆくのを。部下のポケットに手を入れ、所持品を探る彼の手は、常に死んでいった部下よりもっと冷たい。小隊長殿……。自分を仰ぎ見る部下の最後のまなざし、寂寞の中、死を見つめるその目には、氷より冷たい何かがあった。

「小隊長殿……北の出身であります。独り者です。南には身よりはありません。これが北の、故郷の住所であります」

折り目が擦り切れかかったしわくちゃの紙。それを受け取った彼の手が部下の手を固く握る。ほかに何ができたろうか。

いまや残るは彼を含めて六人のみ。

次々と雪の上に倒れる隊員たち。それを残し、彼らはひたすら雪の中を進んだ。彼の頭には不安が徐々に押し寄せていた。程なくして。××地点まで来たときだ。山並みは急激になだらかになり、やがてすとんと平地が現れた。道だ。それも大路。地形と敵情を偵察しに行っていた先任下士が急いで駆け戻ってきた。

路上に馬の蹄や馬車の車、そして人の足跡が無数にあるというのだ。先任下士の手には馬糞が握られている。それは手に力を入れるとあっさりと潰れた。人が通ってから、まださほど経っていないという証だ。夜を待つほかはない。そうして、闇に乗じて道を渡り、また目の前の尾根を目指すほかはない。

夜が来た。行動開始だ。できるだけ低い地帯を選び、道沿いの小川の堤を利用してうまいこと道を渡った。畦におりた。遮蔽物《しゃへい》［敵の攻撃や偵察から味方を守る目的で作られた障害物］を利用しながら、すばやく移動する。目前の山の麓まであとわずか二百メートル。彼らは若干の安堵感を感じ、歩みを緩めた。そのときだ。突然、一発の銃声が鳴り響いたのは。ぎゃっと悲鳴が上がり、誰かが倒れる。みな一斉に雪の上に身を伏せた。

一瞬の間が過ぎた。銃弾はどこから飛んできたのだろう。見当がつかない。敵情を窺おうと彼が頭をもたげた瞬間、また弾が飛んできた。側面からだ。道の方向へ体の向きを変える。応戦態勢を取るためだ。

しかし、絶対的に不利だ。敵はこちらの位置を知っているが、こっちは相手の位置がわからないのだ。だからといって、いつまでも手をこまねいてはいられない。いくら夜でも白い雪の上なのだ。彼らは山すそをめざし決死の匍匐を始めた。そのとたん、銃弾が雨あられと降り注ぎ始めた。悲鳴、小隊長殿、という叫び声。彼は固く目をつぶった。汗が滝のように流れる。彼は目を閉じたままで匍匐を続けた。ひっきりなしに意識が霞む。山の麓の灌木の林が白い雪の中でけぶっている。銃撃はやや激しさを増していた。ようやく麓に着いた。山に分け入ろうとしたそのとき、先任下士が倒れた。彼は先任下士に肩を貸し、山中へ、山中へと踏み込んでいった。

どれぐらい深くまで分け入ったのかもわからない。気を失ったように倒れたときは、すでに明け方近くだった。

ひどく寒い。体を軽く捩ってみる。全身の筋肉が寒さに麻痺し、感覚を失っているかのようだ。もうすぐすべてが終わるのだ。かび臭いにおいが鼻をつく。雪を砕く靴の音がかすかに聞こえてくる。だんだん近づいてくる。時間になったようだ。身を起こそうともがいてみる。しばし朦朧とした時が流れる。足音が遠ざかり始めた。何でもない。何でもないことなのだ。ひどく寒い。なぜだろう。なぜまた引き返していく……？　頭がぼんやりする。何も考えられない。

専攻科目は？　なぜ法科を選択したのだ？　同志は幼いころからすでに出身階級的な因習観念に染まっていたのだ。それを捨てられよ。

私は同志のような人物を大切にしたい。いつでも迎え入れる心の準備ができている。敷居から入り込んでくる微風に吹かれるたび、火鉢の中の火が赤く燃え広がる。

私が思うに、同志は立派な若者だ。ほら、煙草だ。吸いたまえ。

曲がった火箸で火鉢の灰が掻きまわされる。そのたびに火はますます赤く燃え広がる。

ならば、同志ほどかわいそうな若者は、この世にほかにいないだろう。心から残念に思うよ。同志のその態度が、とても残念だ。（もうすべては終わるのだ）なぜそんなふうに冷たく見つめる？

ひと言も答えず、口をつぐんだままで……。そうか。わかった。同志が守っている、その沈黙から、同志が言わんとすることが。残念だ。

交わした会話、小さな部屋の中、ひびの入った素焼きの火鉢がかすかに頭をかすめる。彼は重たげに身を捩った。過ぎた時間がまた浮かび上がってくる。

彼らが気を失って倒れたときは、すでに明け方が近づいていた。山中の夜明けは美しい。雪に覆われているときは殊更だ。枝々に積もった雪が陽光にきらめく。あるていど日が昇ってから、彼はようやく身を起こした。先任下士は赤く血に染まった片脚をぎゅっとつかみしめて倒れている。どす黒い血が右の肩甲骨から背中にかけて濃い染みを作っていた。彼は急いで先任下士を抱き起こした。

静かに目を開ける。小隊長が目に入ると、口元に寂しげな笑みを浮かべた。それを見た彼は先任下士をぎゅっと抱きしめ、頬に頬を擦りつけた。二人きり！　他にはもう誰もいないのだ。

「小隊長殿、私の番が来たようです」

彼は静かに先任下士の顔を見守った。悲哀の色などみじんもない。長い軍隊生活に耐え抜いてきた堅固な意志が窺えるだけだ。

先任下士。彼は第二次大戦のとき日本軍に召集され、南洋戦闘に従軍したのちに北支へ移動、日本の降伏に伴い捕虜生活を二か月送ったあと、八路軍［１９３７年８月から47年３月まで存続した中国共産党直系の中国国民革命軍第８路軍の略称。後の人民解放軍］、国府軍［中華民国の国民政府の軍隊］と、時潮の変転に従って異域を漂流した末に故国に帰り、そこでもまた軍人となった男だった。軍隊生活が性に合っているという彼、自分の人生で一番胸躍る経験は戦闘だという彼だった。

「人はね、殺し合うようにできてるんです。歴史とは、人が人を虐殺してきた記録ですよ。そう思われませんか。私はね、戦闘がいちばん面白い。戦闘が起こると胸が高鳴り、私が構えた銃口の前に敵の心臓が浮かぶたび、喜悦を感じます。その瞬間、歴史が刻まれているように感じられるんですよ。人とは別に大した存在じゃない。戦うものなんです。戦った果てに倒れるものなんですよ」

それが人生に向き合う態度だった。それだけだ。彼はもう撃たれた。自分の番が来た。そう思うだけだ。かすかな記憶の向こうから先任下士の声が聞こえる。彼は体を少し起こそうともがいた末に、どさりと倒れた。右腕に痙攣が起きる。唇を噛みしめ苦痛の一瞬をやり過ごす。もうすべては終わるのだ。記憶の中から蘇った先任下士の場面が続く。

「小隊長殿、私の行く先は決まりました。ご安心を」

そう締めくくった先任下士は、穏やかに陽が宿る日向へ這ってゆき、柏の古木に背をもたせかけて座った。

陽ざしを浴びて静かに伏せられた目、悲哀も、哀しみも、孤独も、何ひとつない。雪に覆われた山中の寂寞、それがその面《おもて》におりるだけだ。意識が失われていくのか、体がずるずると斜めに頽れ、ついにはどさりと横倒しになった。彼は慌てて駆け寄り先任下士を抱き起こそうとした。そのとたん、わずかに目が開いた。ほのかな微笑が口元を過《よぎ》る。陽ざしがその笑みを暖かく見守る。

「このまま……」

目を閉じた。弱々しい息遣いがしばしのあいだ途切れ途切れに続いた。

膝上まで積もった雪をかき分けながら、南へ、南へと歩いた。何度も意識を失い、その場に頽れた。時には吹雪と一日中戦い、知る術のない方向を手探りしつつ彷徨った。足は凍てつき、何の感覚もない。不安、絶望が彼を襲った。自分が向かっているこの方向は正しいのか。自分の今のこの位置は？　相談する者もいない。ひとりだけだ。だからといって、このまま立ち尽くしているわけにもいかない。彼は一歩、また一歩と雪をかき分けて歩いた。どこまでこうして歩かなければならないのか。いつまでこうして歩かなければならないのか。夜になれば雪に埋もれて眠った。日が上ればまた歩かねばならない。渓谷、斜面、雪に包まれた灌木の林、切り立ったように険しく聳える山の背、彼は何度も転げ落ちた。膝が擦りむけ、服が破れた。疲労と飢餓。夜になると寒さとともに孤独が押し寄せてくる。悪夢、さらに覆いかぶさってくるような悪夢。呻いた末に目を開けると、寂寞と闇。ひっきりなしに遠のく意識は寂寞の中、永遠に埋葬されていく。私はこのまま永遠に雪にうずもれ、消えてしまうのではないか。しかし、夜は終わりを告げ、夜明けはまた訪れる。彼は起き上がった。歩かねば。また雪をかき分けて。山は険しくなるばかり、斜面は手ごわくなる一方だ。十メートルほどもある上り坂から彼は転げ落ちた。凍てついて足の感覚がないせいで、足を踏み外したのだ。気を失い、しばらくして気がついたとき、強い衝撃が体を走り、彼は唇を噛みしめた。全身がしくしく痛む。這うようにして立ち上がった。握りしめた拳がぶるぶる震えている。七メートル……八メートル……気が遠くなりそうだ。でも、上らねば。彼は唇を噛んで這い上がり始めた。全身から雨のように汗が流れ落ちる。ひっきりなしに気が遠くなる。空がぐるぐる回る。彼はぎゅっと目をつぶり、木の根っこを握りしめてしばし心を落ち着ける。また這い上がる。木の根っこが揺れるたびに雪と泥の塊が砕けて落ちる。悪戦苦闘の末、彼はもとの場所に到達した。その瞬間、意識を失い、倒れ伏した。

夜が来る。また朝が来る。彼はすべてを忘れた。一歩、また一歩、雪をかき分け歩を進めること、それが、彼にできるすべてだった。銃を肩にかける気力もないので腰に結わえつける。ひっきりなしに遠くなる意識を引き止め引き止め、彼は歩を進めた。

一週間目の夕刻、夕闇がそろそろと這い寄るころ、彼はその峻峰を征服してしまった。

翌日、陽が高くなってから、彼は目を覚ました。ところが、そのとたん、彼は驚きを禁じ得なかった。まさに目の前。山並みがCの字に窪んだその奥。そこに家がぽつぽつと建っているのだ！何たることだ。そうとも知らず、雪の中で夜を明かしてしまったではないか……！　ちんまりとした村だ。胸が熱くなり、涙が滲んだ。涙を浮かべて村に向かう。入り口まで来た。家の戸は開けっ放しで中は荒れ果てている。村中がすっぽりと雪に覆われている。足跡ひとつない。豚小屋、牛小屋、ああ、人が住むところだ……！　彼は部屋の中に足を踏み入れた。開けっ放しの箪笥……床一面に散らばった埃をかぶった物……。服だ！　破れた古い服！　彼はそれらの服を拾い、ぐっとつかみしめた。人のにおい……垢じみた人のにおい……。部屋の中を見回す。荒れ果てている。仮にも人の住むところがこんなに荒れ果てるなど、あり得るのかと思う。が、見てきた。これまでに何度も。でも。それでも……。

そのときだ。怪しい足音が聞こえた。片側の壁に身を寄せる。壁の穴に目を押しつけ、外の動静を窺った。何事もないようだ。不安定な精神状態のせいだろうか。しかし、次の瞬間、彼は確かに人の声を聞いた気がした。期待と緊張が同時に芽生える。彼は塀の穴から四方を注意深く窺った。五十メートルほど離れた向かいの藁ぶきの家の裏、坂道を人が群れを成して歩いている。彼らはじきに歩みを止めた。

軍人だ。遠目ではあるが、間違いない。米軍の戦闘服も混じっているようだ。味方の領域に入っているだろうか。ならば……？　彼は息をひそめ、見守る。しかし、少しおかしなところがある。中綿の防寒服を着た軍人の、その服の形がどこか。もう少し正確に正体を把握すべく、彼は向かいの茅葺き屋根の家へと移動せざるを得なかった。塀を伝い、牛小屋や稲むらなどの遮蔽物を巧みに利用してその家の裏庭まで行った。裏塀の陰に身を隠し、崩れた塀の穴から彼らの一挙手一投足を見守る。影絵のようにゆらゆらと見える。言葉を交わす声が時おり聞こえてくる。

同志……銃殺。ふたつの言葉が彼の頭に突き刺さった。目の前がくらくらする。彼は努めて気を落ち着かせ、彼らの動きを窺った。ひとりの若者が両手を後ろ手に縛られて立っている。髪はもじゃもじゃで痩せており、下着姿で足は裸足だ。

「我らの振る舞いについて、何か異議があるのか、同志?」

その威厳からして、隊長かと思われた。

「生命体と道具とは異なるもの。これ以上、言いたいことはない。捕虜になって初めてわかった。自分が確かに呼吸している人間だということが。ただそれだけだ。私は嬉しい。私が一介の機械や道具ではなかったということ、ひとつの生命体である人間として生きていたということ、そして、人間として死んでゆけるということ。それがこの上なくうれしい。それだけだ」

はっきりと冷たい声音だった。

「そうか。いいだろう」

口元に浮かぶ侮蔑、嘲笑。

「この土手道をまっすぐ歩かれよ。南に続く道だ。あんなにも行きたがっていた道だ。心残りはなかろう」

犠牲者はそちらへ体を向けた。一歩、また一歩と歩き始めた。背後でふたりが銃に弾を込めている。

今まさに火を噴かんとする銃口を背にし、少しもためらうことなく正確な足取りで、犠牲者は雪道を裸足で歩いていく。じきに何発かの銃声が轟き、彼は無残にも倒れ伏すことだろう。視線をまっすぐ正面に向け、少しも乱れることのない彼の沈着な足取り……。

目の前がぐるぐる回る。あの坂道を歩いているのが自分のような気がする。銃を握る手にぐっと力を込める。明日のために今日の戦いを避ける。それは卑怯なやり方だ。今あの雪道を歩いている犠牲者はあの若者ではない。自分自身だ。自分がいま殺害されようとしているのだ。撃たなければ。彼は射撃手に狙いをつけた。彼が息を止めた瞬間、銃口からは銃弾が続けざまに飛びだしていた。倒れる。確かに倒れた。ふたりだ。彼は銃を連射した。一瞬の間が過ぎると、敵が応戦してきた。額からとめどなく汗が流れ落ちる。目の前が回る。全身の筋肉が台尻の振動に従って躍動する。意識がひっきりなしに遠のく。彼は地面に頭を突っ込むようにして倒れた。危機一髪。また狙いをつける。またも肩の上を急激な振動が通り過ぎる。ひっきりなしに遠のく意識。奴らの射撃がぴたりとやんだ。敵は前後左右に散り、じりじりと迫ってきている。意識が遠のく中での乱射。彼はがばっと身を起こした。

そして、すぐさまどっと倒れる。意識が途切れる。過ぎたばかりの激烈な銃声の余韻が耳元でぐるぐる回る。体のあるひと隅が刺されるように痛む。ねばねばした液体が流れ出ているような感覚。音がする。何かが近づいてきている。頭をガン、と叩かれる。意識が遠のいた。

右腕に激痛が走る。彼はやっとのことで左手を伸ばし、右腕をまさぐった。指先にまといつく粘っこい感触。彼は手を離した。

目の前に掲げた。指先にも指の間にも血、どす黒い血がべったりとついている。どこからか、ぼそぼそと話す声が聞こえる。煙草の煙が立ち込めている。埃にまみれ蜘蛛の巣が垂れ下がる天井の裂け目から流れ出し消えてゆく。部屋の中だ。部屋の中に寝かされているのだ。白い雪を踏んで通り過ぎる足音が、かすかな意識の中に時おり漂う。足音が遠ざかるにつれ、彼の意識も薄れてゆく。

その後、何度もの尋問が過ぎていった。すべては決まった。

いまやすべては終わるのだ。下のほうが氷のように冷たい。何の考えも浮かばない。全身の筋肉が感覚を失い、時おり痙攣をおこす。足音がする。話し声も。時間になったらしい。扉がきしみながら開き、ついには闇を切り裂いて流れ込む光線の中、梯子が下りてくるだろう。息を殺したまま待つ。一瞬が過ぎた。静かだ。何の動きもない。どうしたことか……？　意識が朦朧としているせいか。靴音だ。間違いない。だんだん近づいてくる……正確な……彼は身を起こそうと努めた。顔をあげた。

明るい光が目を刺す。梯子《はしご》だ。

「何をしてる！　はやく出てこい！」

錯覚ではなかった。彼らはとっくに早く出てこいと叫んでいた。急き立てていた。一段一段、這い上がる。気を落ち着け、感覚を失った膝をつき、入り口に着いた。力強い手にうなじをつかまれ、引きよせられた。体が外に出たとたん、雪の中に頭を突っ込んで倒れた。冷たい雪が面《おもて》に触れ、意識がはっきりしてきた。立ち上がらねば。そして、正確に歩を進めねば。すべてはもう終わるのだ。最後のその瞬間まで確実に、私をおしまいにするのだ。

雪の上。五本の指をぐっと突き、震える足に力を込めて、彼は立ち上がった。そして、一歩、また一歩と正確に歩を進めた。意志と信念が宿った目は、冷たく光っていた。

本部で幾つか言葉を交わしたあと、準備完了報告がなされ、執行命令がおりた。

雪が分厚く積もった白い土手道だ。おお、この土手道……！　いったい何人、この道を歩いたのか。遮るもののない野原の向こうに見える丘、白い雪。胸がすかっとするようだ。まっすぐ歩かれよ。南に続く道だ。あんなにも行きたがっていた道だから、心残りはなかろう。踏み出すごとに白い雪の上に足跡が残る。一歩、二歩。正確に歩かねばならない。撃ち方準備！　銃弾を込める音が風のように冷たい。目の前には白い雪。ほかに何もない。もうすべてが終わる。最後のその瞬間まで、気を抜いてはならない。すべてが終わるそのときまで私を、自分を見失ってはならない。

足取りは彼の意志のごとく正確だった。その一歩、また一歩と進むその道が死に続く道だとしても、断じて無意味な、不安な、絶望的なものにしてはならない。白い雪、その中を歩いている。遮るものなく広がる野原の向こうに見える丘、白い雪。続けざまに轟く銃声。あたかも外部世界の雑音のようだ。いや、違う。何でもないのだ。彼は真っ白な中を一歩、また一歩と正確に歩いていく。雪を砕く足音がかすかに聞こえてくる。小声で話を交わす声がする。誰かに後頭部をつかまれ、引っ張りあげられているようだ。腰の後ろに衝撃を感じた。いや、何でもない。何でもないのだ。

白い雪が灰色に散ったかと思うと、だんだん暗くなってゆく。すべては終わったのだ。奴らはぎくしゃくと銃を背負い、本隊に戻っていく。雪を払い落とし、かじかんだ手を擦り合わせながら部屋に入る。数分後には火鉢の火に手をかざし、何事もなかったかのように煙草を吸い、伸びなどしていることだろう。誰が死のうと、過ぎてしまえば何でもないこと。すべてはよくあることなのだ。意識が遠のく。目の前が暗くなっていく。白い雪の上だ。暖かな陽ざしが雪の上で砕け散る。

ヨハネ詩集

요한시집

張龍鶴
チャン・ヨンハク 장용학

カン・バンファ 訳

1955

むかしむかし、奥深い山のなかにほら穴がひとつありました。一羽のウサギが棲むそこは、七色で彩られた花のような家でした。ウサギは、その壁が白い大理石だとは知らずに暮らしていました。出口などない、深さもわからないほど地中深く伸びたそのなかに、岩がどういうわけでそんな組み合わせになったのか、うまい具合に一条ぶんだけ空いた隙間から差し込む細い陽光が、あたかもプリズムを通したかのように、きらきらと揺らめくスペクトラムを映し出していたのです。ウサギは、まったくもって不幸など知らずに育ちました。七色の美しい虹色しかそこにはなかったからです。

そんな彼が、七色の美しい光が天井近くの窓のような所から入ってきていることにようやく気づいたのは、なんとなく体がむずむずするような、わけもなくなにかが恋しく切なくなる時期に入ったからでした。言うなれば、この深い地中にも思春期が訪れたのであり、外へ向かっていた心が内面を振り向いたのでした。彼は思いました。

(こんなにきれいな光をもたらす外の世界は、どんなに美しい所なんだろう……)

たとえて言うなら、それはひとつの開眼、革命でした。これまでうっとりするほど美しく見えていたその岩の棲み処が、突然みすぼらしいものに思えてきたのです。エ、デ、ン、の園にフクロウが啼きはじめたのです。

しかし、いくら探しても、外の世界へ出られる穴はありませんでした。叩いてみたり、泣きながら全身で押してもみましたが、岩はびくともしません。冷たい監獄の壁。閉じ込められている自分の身を思い知るばかりでした。

どうしてこんな所で暮らすことになったのか？

わかりません。そんな難しい問題は考えたことがありませんでした。どんなに記憶をたどって考えてみても、頭に浮かぶのは七つの色だけでした。七色にもつれ合う記憶の彼方に、なにか無限を感じさせる世界があったような気もしますが、それは、今目の前に描いている外の世界がそう感じさせているのかもしれません。

（生まれたときからここに棲んでいるわけじゃないことだけはたしかだ）

結局、そう結論づけないわけにはいきませんでした。そうして初めて、外の世界があるということが確実にもなるのでした。

（自分が外の世界からやって来たことだけはたしかだ。光がああして流れ込んでくるように……）

こうしてその日も、ため息混じりに自分に言い聞かせていた彼でしたが、その耳がなにかの拍子に、驚いたようにピンと立ちました。それは誕生日のことでした。誕生日を喜ぶでもなく、今では出口を探そうともせずに、ただぼんやりと窓を眺めていたのでした。そんなふうにだらりと垂れていた長い耳でしたが、そうして一度ピンと立つと、あとは垂れることを知りませんでした。

震える胸を押さえながら、彼はおそるおそる立ち上がりました。足音を忍ばせながら窓の下へ近寄りました。背伸びをしてそちらへ手を伸ばしてみます。

触れるものはなにもありません。もう少し伸ばしてみます。それでも触れるものはありません。彼の鼓動は、部屋ごと吹き飛びそうなほど激しく打っていました。

と同時に、なにかを確かめるようにもう一度窓へ手を伸ばしながら、後ろを振り返りました。悲鳴を上げる間もないほどびっくりしました。部屋のなかが真っ暗だったのです。泡を食って脇へ退きながら、その場に倒れてしまいました。

数日数夜、彼はそのまま起き上がれませんでした。ひどい熱に苦しめられていたのです。誕生日に彼の頭に浮かんだのは、それほど恐ろしい考えだったのです。それは、あの窓から出られないだろうか、というものでした。これほど奇想天外な着眼をついにやってのけたのです。

そこから差し込む光なくしては、この虹色の家も外の世界があることも考えつかない、ある意味では岩壁よりも確固たるものであるためにかえって無のように見えるあの窓から、這い出ることができるだろうか、そう思いついたのです。地上に暮らすウサギたちが空気を吸わずしてはいっときも生きられないのに、その空気の存在に気づけないでいるのに比べて、これほど驚くべき発見、いや、発明があるでしょうか。でも、それは同時に、危険な思想でもありました。手を伸ばしただけで、世界が真っ暗に転じたではありませんか。

熱が引きました。彼は窓へ這っていきました。途中で広くなっている箇所もありましたが、虫のように腹の皮をこすりながら進まねばなりませんでした。肉は裂け、白い体が血で真っ赤に染まりました。遠目に見れば、喉をぶくぶくと這い上がってくる喀血のようだったことでしょう。

後ろに迫る闇に追われている格好でした。何度引き返そうとしたか知れません。そんな思いに駆られるのは、今や引き返すほうが進むより遠く、同時に、一歩一歩前進するにつれ、道のりも長くなっていくとばかり感じられるときです。彼は今、一歩でも先を行くカメは、アキレスの俊足の脚をもってしても決して追い抜けないという詭弁の世界にはまり込んでいたのです。それは、前へ進むのではなく、しきりに引きずり込まれる道でした。

どれくらい這い続けたか自分でもわかりません。彼は動きを止めました。耳がかゆかったのです。音を聴いたのです。鳥のさえずりでした。音というものを初めて聴いたのでした。押し寄せてくる歓喜と共に、くたびれた殻が剝がれ落ちていく身震いを感じました。疲れと絶望からくる鈍化は退き、新しい血が血管を巡りはじめました。

心は逸るばかりなのに、足は前へ動こうとしません。外の世界はそれまで頭にあったような、いいことばかりの場所ではなさそうに思われたのです。後日、あのとき引き返していたらとどれほど後悔したか知れませんが、そのとき誰かに「引き返せ」と言われたとしても、彼は本能的に「自由、さもなくば死を！」という感傷的なポーズをとってみせたことでしょう。最後のコースをくぐり、ついに最後の関門へたどり着きました。

あとは岩の隙間から顔をのぞかせれば、あの七色のなかで音がリズミカルに踊る楽しい外の世界が、彼の前にきらびやかなパノラマをくり広げるのです。わななく生命の鼓動に身を預けながら、彼は一度落ち着かせた頭を岩の合間からのぞかせ、最初の一瞥を外の世界へ投げました。そのときでした。

ブスリ！　十年ものあいだ待ち構えていたかのような、綾巻の棒に目玉を突き刺されたかのような衝撃に、そのままその場に倒れてしまいました。

ほどなく意識を取り戻したウサギの目には、なにも映っていませんでした。目が見えなくなったのです。七色の世界で生きてきた彼の目は、自然の太陽光線に耐えられなかったのでした。

ウサギは、死ぬまでその場を離れなかったといいます。故郷《ふるさと》への帰り道であるその穴を見つけられなくなるのではないかと思ったからです。故郷に帰ろうとするそぶりを見せたことは、ただの一度もありませんでしたが。

彼が死んだ跡にはキノコが生え、彼の後裔たちはどういうわけか、それを「自由のキノコ」と呼びました。困ったことが起きると、そのキノコの前で祭祀を執り行いました。ウサギだけでなく、のちにはリスやノロジカ、キツネに、クマやトラまで一緒にひれ伏してお辞儀をしたそうです。効き目があるときもあればないときもあり、ですからどれほど意味があるかはわかりませんでしたが、いずれにせよキノコの前でぺこりとお辞儀をすれば、それだけで心が晴れやかになるというのでした。

そのキノコがなくなれば、この世の終わりがくるとでも思っているようでした。

上

陽は屋根の上にあった。

西の山に傾いてしまってはいたが、屋根を見上げると、沈みかけていた黄昏は後ろへ押しのけられ、再び空が明るくなるようだった。時間は場所によって感じ方が変わる。どれが本当の時間なのか？

時計が指す時間と、位置が生む時間。このふたつの時間のあいだに横たわる空き地。それがいかほどの出血を強いようとも、我々はこの空き地で遊ぶとき、自由を感じる。

我々にふたつの時間をもたらした、かような空き地こそが、結局は私をふたつに引き裂いたきっかけだったのかもしれない。

空間のなかを時間が流れているのか、時間の流れに沿って空間が分泌されるのかはわからないが、今屋根の上に座している太陽を見ると、時間は空間に閉じ込められているようだ。現在の秩序は、この関係の上に成り立っているらしい。

空間に閉じ込められている時間が、仮に、その壁を突き抜けてあちら側へ飛び出すとなると、世界はどうなるのか？

我々がなにかを見るというのは、視線がそちらへ届いているから見えているのではなく、その物体に反射した光波が網膜に映っているにすぎない。されども、音速より速い飛行機に乗れば消え去った音を追いかけて聞くことができるように、光より速い飛行機から地上を見下ろせば、我々はそこに過去を見ることができるのではないか。飛行機はどんどん高くなっていく。地上で時間が逆戻りしているのが見える。過去へと向かう時の流れが見える。

そこで飯は米になる。口から出た飯が匙から茶碗に戻り、茶碗から釜へ、その釜がぶくぶくいったかと思うとすっかり冷め、蓋を開けると水に浸された米がある。水《ムル》パガジ［瓢箪を二つに割った水汲み用の容器］に移されて泳がされたあと、糠《ぬか》が付いて店の米然とした格好になる。米屋から精米所へ移り、もみ殻を付けて畑へ向かう。わらわらと集まって稲穂を結ぶ。このまま数か月すると、それらは地中の種となる……。

こうして見ると、そこにもひとつの生成があるのだ。ひとつの世界が成り立ち、歴史が生まれる。実りゆくのはどの生成なのか？

米が飯となる変化と、飯が米になる変化と……。

どの世界が生産の地なのか？　夜が昼になる薄明と、昼が夜になる薄明と……。

どの歴史が創造の道で、どの歴史が滅亡の道なのか？　どうなれば創造で、どうなれば滅亡なのか？

どちらへ流れる時間が過去で、どちらへ流れる時間が未来なのか……？

妄想に囚われていたこの身が、やにわに痙攣を起こす。見ると、ふたつの胴体からなる輸送機が初夏の夕空を南へ飛んでいる。とっさに陰を探そうとした私だったが、痙攣はさほどひどくないことに気づいた。ちょっと胸がむかむかしただけだった。爆撃に縮み上がっていた胸も、この間にほぼ健康を取り戻したようだ。

ハコ房《バン》［掘っ立て小屋の意］の前まで近づいていった。島から戻り、数日かかってようやく見つけたのだったが、さっきから主に会うのが怖くなっていた。面倒だった。足でちょっと押せば見る間に崩れてしまいそうなこんな家にも主がいるのかという不満だった。だが、こんな家だからこそ主がいるべきでもあった。主さえいないとなれば、とっくの昔に朽ち果てていただろう。

ところで、山のふもとにあるあの城郭のような大きな家にも主はひとりというのは納得しがたい。我々は、ある種のかくれんぼをしているわけだ。

ここまでのぼってくる途中、ひとりの老人が土間に座って米や麦、豆が混ざったものをひと粒ひと粒より分けていた。その黄昏の五分前の作業をキャンバスに移すなら、題名を「白髪が原色をより分ける」としてはどうだろう。ルネサンスの後裔たちは今、自分たちが塗りたくった近代画の塗料をそぎ落とすのに余念がない。原色をより分ける錬金術に没頭しているのだ。だが、地理上の発見の時代はとうの昔に過ぎ去って久しいではないか。

　眼下の通りから、明日の朝刊を売りさばけないでいる幼い声が聞こえてくる。それでカラスは、あの痩せた枝の上からこの浪費の二十世紀を、ああして黄昏に啼いているらしい。

　カア、カア……

　私は**ハコ**房をよそに、十歩余りそちらへ歩み寄った。石を拾った。カア。カラスはさして気にも留めない様子ながら、バサバサと空へ舞った。手にした石を捨てかけてやめ、カラスが止まっていた枝に向かってえいと投げた。そうしてカラスが山の向こうへ消えたあと、その古木の下に座ってみた。

　水平線はいつも、向こう側が恋しくなる無を反芻している。

あの向こうになにがあるというのか。ここと同じ丘が果てしなく傾斜を成しているだけではないのか。そこではまた別の誰かが、こちらを恋しがっているのではないか。同じ空の下で、これはいったいなんの真似だろう……。

　そんなかくれんぼをするには、もう陽が隠れてしまった。水平線を持ち上げて脇によけ、タイトにしなければならない。あるいは、垣を巡らして完全にふさいでしまうか。結局、突き詰めれば、果てしないものだけが平然としていられる今宵ではなかろうか。明日の朝が来るかどうかはわからなくとも、終わった今日は終わった今日なりに片をつけなければならない。まずは誠実に生きることだ。

　なにより、誠実に生きねばならない。真理を追い求めるのだと、曖昧なジェスチャーをとってはならない。いっそ、その真理を捨てるべきだ。そんなジェスチャーのためにこの空気がどれほど濁ったことか、それを正確に計量できたなら、我々は生きていることがばからしくなるだろう。

　私はここ、この木の下を恋しがるべきなのだ。さっきあのふもとからこちらを望んだとき、ハコ房の背後で空へ向かって寂しく片手を挙げているこの古木が、どれほど涙ぐましく感じられたことか。ところが今すでに、水平線の向こうを恋しく思っている。私は売笑婦ではない。必要ならば、来た道を下りていって、もう一度涙ぐましい気持ちでこちらを見上げてもいい。小雨のけぶる夜、ミミズクの啼き声に耳を澄ますかのような感慨に再び浸るのが、私の義理でもあるから。

　ミミズクは今も啼いているだろう。故郷のK城、北東の隅の望楼から彼方に望める山麓に、草葺きの家が一軒あった。石遊び、魚獲り、戦争ごっこなどをしながら十数年の子ども時代を送った山河であるから、思い出という思い出が次々に浮かび、目を閉じればユスラウメの畑や七星堂《チルソンダン》「北斗七星の神を主神として祀った堂」、水車小屋などが目に浮かぶようだったが、春にはカッコウが啼きしきっていたあの草葺き家の一帯を思い出すことは一度もなかった。それが、さきほどあのふもとからこちらを見たとき、忘却の霧のなかからよみがえったのだ。言うなれば、今ここがひとつの帰郷となったのだった。

「ドンホ……」

　私は自分の名を呼んでみた。

　だが、近くに答える声は起こらず、夕陽がにじむ傾斜を静寂が流れていくばかりだった。心がざわめいた。この場を離れたい。横目で、そばに横たわる影に視線を這わせた。無愛想なところが、私の影には見えなかった。誰か別の人がそばに座っていて、その影が映っているかのようだ。

「ドンホ！」

私はその声にびっくりした。自分の声とは思えず、冗談かと思いきや、声には悲観がにじんでいた。そこでとっさに「誰だ」と言おうとした。ところが私の唇は、ふいに頭に浮かんだ侵入者のために逡巡した。

祖父の墓があそこにあったのでは……？

突然のことで信じがたかったが、あのハコ房からちょうどこのぐらいの距離だった。祖父の墓は事実、あの草葺き家からちょうどこのぐらいの距離に立つニレの木の下にあったのだ。

じゃあ、これまで自分はどこに行っていたのか？　その間、祖父の墓はどこにあることにしていたのか？　墓の後ろに咲くツツジを手折って祖父に叱られたことは憶えていながら、その墓がそこにあることはすっかり忘れていた。忘れていることさえ知らなかった。でなければ、さっきあれほど驚くこともなかっただろう……。

気が動転していた。こういう行方不明が、まだ戻ってこない行方不明がどれだけあるのか……一箇所に集めれば相当な量になるはずだ。それは、ここに座っているドンホより大きな塊になるはずだ！

私は私の一部分を生きているというわけだ。私は私の一部分にすぎない。影にすぎない。

それでもドンホは私なのか？　私は私なのか？　さっきドンホを呼んだのに私がついに答えられなかったのは、そのためだったのだろうか。

フゥ、と長いため息をつこうとした私は、いきなり押し寄せてきた考えにはっと息を呑んだ。あの草葺き家は、わが家……?

だがそれだけではなかった。リンゴの木が西側の勝手口の外にでんと立っていた。筵《むしろ》を敷いたその木陰に片脚を伸ばして座り、いつもお腹をさすっていた祖父が生涯を終えたわが家の煙突は、そのリンゴの木のすぐそばにあった。たとえ神様でも、ここへきてそのリンゴの木を、山のふもとにあるこの草葺き家の煙突のそばに移すことはできないだろう。

そう。神様にも移せない。移さない。私もそう信じている。

だが、いつの間にかそこに立っていたことになればどうだろう……そのときは誰をつかまえて泣けばいい?

ああ、そのときは、私の眉毛が私の頬にくっついていることだってありえるではないか!

私の眉毛を私の頬に。私の足の指を私の膝にくっつかせるためにも、リンゴの木はあの草葺き家の煙突のそばに立つことになるかもしれないのだ。この世界がそこまで膿んでいないなどと、誰が断言できよう……。

私の手は知らないうちに石をつかんでいた。だんだん寒くなる。頬に触れてみるのが怖い。膝を触ってみるのが怖い。

まさかだと? いかにも。けれど、そうなってしまえばそうなってしまうのだ! ひとたびそうなってしまえばそれまで。こういうものを事実と呼ぶ。真実は事実をもって正せるが、事実は千個の真実をもってしてもひとつとして正せない、それが現在我々が暮らすこの世界だ。世界とはそんなふうに、岩のようでありながら卵のようにもろい。

私は石をつかんだ手に力を入れた。どんなに握り締めても、こう見えて卵は割れないのだと言っていたのは誰だったか。割れたらどうするつもりなのか？　そのときは眉毛が頬に、足の指が耳の下へ移動することもあると認めるというのか……。

　全力を指先に集中させた。

　これでも割れないか……これでも……これでも……。

　額に汗がにじんだ。手を開いた。卵は割れていない。だが割れていないのは、私が割れることを恐れたからかもしれない。

　それが割れる日には、私の立っているこの世界が割れてしまう。だから野合したのだ。恐れる私の心を、なにものかがすでに洩らしていたのだ。

　このような内通の上に、卵は握っただけでは割れない、という言葉が成立したのだ。今日の今日まで、全力を出せた人は皆無だからだ。出せないようになっている。空気のなかで生きているのは、言葉のなかに生きているのと同じだ。言葉があるのは最初だけではなく、最初から最後まで言葉しかなかったのだ。人間はその口にすぎない。口の侍従としての労働、これが人間の行為の正体だった。

　さっきは割れなかった。だが、次の瞬間も割れないと誰が言い切れるというのか。なにをもってして？　今、この現在をもってして……？　しかし、次の瞬間は現在ではない。

　突き詰めれば、頼れるものはなにもない。だから私は、付き従っただけだ。私が私の主人となり、私の先に立って私の道を、私が歩いたことがあったか？　ない！　一度もなかった。いつだって電信柱のあとを追い、いつだって汽車の時間を待っていた。そのくせ私は、一度も汽車に乗ったことがなかった。だがそれでも私は待ち、それでも付き従った。なぜ？　道には電信柱があり、停車場には待合室があったからだ。

考えてみると、惨めでばかげている。どういうわけで、生きているほうが死ぬよりまだましだというのか？

考えればきりがない。ただひたすら、知らないことを保留しながら、付き従い待つしかない。生とは、あらゆるものを保留するという約束の下に受け継いだものかもしれない。だから、このまま死ねば、すべてを保留したまま死ぬことになる。

いまだ手に握っていた石ころをその場に捨て、ハコ房へ下りていった。今見ると、屋根までレーション［米軍の戦闘食料］の箱でないものはない。家になりすましたレーション箱のなかに、ヌへの母親は暮らしていたのだ。

私の目には、レーション箱がそこかしこに散らばっていた戦場の光景が浮かぶ。

それは、二年前のある日曜日だった。

猛り狂ったオオカミの群れのように、人民軍は日曜日を遵守するアメリカ帝国主義の陣地に突入した。そこかしこに散らばるレーション箱のなかには、食べ残しの七面鳥のカスが入っているものもあった。政治安衛局の将校はそれを、「日曜日の贈り物」と呼んだ。彼らはなんであれ、あるひとつのものをあらゆるものと結びつけ、ついには抹殺してしまうのだった。

「日曜日の攻勢」「勝利の日曜日」「日曜日の後退」……「日曜日の休暇」。

人民もそうだったし、自由もマルキシズムもそうやって消し去ってしまうのだった。

我々義勇軍の孤児たちは、片手に鶏の足を、片手に手榴弾を握って五十年前の資本主義に向かい、万歳攻撃をくり返した。

三百年は経っていそうなヤマナシの木がどっしりと構える、なだらかな稜線をいざ駆け下りようとしたときだった。ボッ！　黒々とした火炎がヤマナシを包むと共に、ドン、と天地が斬刑に処された。アリの髭ほどになった私の息は、その爆音に眉毛ひとつ動かせず、吸い込んだとたんにふさがった。

　内臓が散り散りになっていくかのような私の体は、爆撃機が知らんふりを決め込んで飛んでいく、その同じ空にあった。実が熟しはじめたヤマナシが根こそぎ引き抜かれて、私と同じく空に放物線を描くのを網膜に感じながら、意識を失った。

　ほどなく私は、体のあちこちに傷をこしらえて血を流しながらも、鶏の足をぎゅっと握り締めたまま「日曜日の捕虜」になった私、ドンホをそこに見つけた。

　胸にかけられた「POW［戦争捕虜］」という札《コリピョ》を顎《トク》の下に見たとき、ドンホの目から悲痛な涙がとめどなく流れ落ちた。よだれかけ《トクパジ》、よだれを垂らしていた子どものころを懐かしむ涙が、その先端《コリ》を濡らしていた。

　そこに立っていたのは、幼い子どもだった。よだれかけをした子どもだった。彼がそこに立っていた。異邦の子どもがそこにぼんやりと立っていた。

　この私とあの私を同じ私と感じられるたしかな根拠はなかった。私は私を私だとすんなり呼べなかった。足も手も、喜びも悲しみも、私のものとは思えなかった。この体にくっついているから、渋々私のものということにしてあるだけのようだった。だから、私の家で私は、客にすぎなかった。私の服を着ていながら、私は私ではなかった。誰かが私の代わりをしているのだった。

　決して頭がおかしくなっていたのではない。強い刺激、それもゴオという飛行機音のようなものを聞くと、度肝を抜かれ、ところかまわずひっくり返って泡を吹き、時にはこん棒を手に自動車に飛びかかっていったこともあったが、私はむしろ、当時のそういう状態は正常だったと今も思っている。普通以上の刺激を受けながら平気でいられるというのは、それだけ神経が麻痺しているのであり、心を病んでいるからだ。人を轢き殺すこともできる自動車を叩き壊すのが、どうしておかしなことであろうか。

他人の感じる苦痛も、私の神経をえぐるのだった。虫が木から落ちるのを見ても、落ちているのが自分のように思えて、しばらくその場に這いつくばって痛みに耐えねばならなかった。時折、大声で笑ったり黙って泣いたりしていたのも、すべて正当な理由があったのだ。

ヌヘに会ったのは、捕虜の島に移されてからのことだ。私たちの寝床は隣り合っていた。彼は私を嗤《わら》わない唯一の友だった。島に渡って以来、神経は再び麻痺してしまい、私は落ち着きを取り戻した。その代わり、すべてが生ぬるく感じられるようになったのもこのころだった。それに比べて、ヌヘはあらゆる現在に満足しているようだった。テント内の用事の一切を引き受ける、そんな人物だった。だが、誰も彼をこき使えなかった。反対に、彼が皆をこき使っているのかもしれなかった。と同時に、彼が時折知らず知らずのうちに浮かべる沈痛な面持ちに、私は戸惑わずにはいられなかった。彼の死後、私は岩陰にじっと座って、船が来るのをひたすら待った。あれだけ来ると言われていた船は、なかなか来てくれなかった。春が過ぎ、夏の波が海岸線を食い荒らしても、舟は来なかった。秋が過ぎ、またも冬が過ぎて、青い息に染まっていた大地に緑陰が濃くなっていくころ、ついに私は船に乗り込んだ。

波をかき分け、体が本島の懐に抱かれても、喜びは湧いてこなかった。島になにかを置き忘れてきたとしか思えなかった。

振り返ると、島は猟師の網袋のように水平線に投げられていた。

ひと握りの平和もなしに、雨風にしごかれ洗われた溶岩の残骸。寒流と暖流がぶつかってのたうつ、現代史の石臼だった。その石のあいだに挟まれ、引き裂かれて粉々になり、流れ落ちる人間の粉末。人類史の誤算が血に埋もれて回り続けるカオス！　ああ、その岩の隙間にも、春が来れば青い芽が萌え出ていたのだったか？

海岸線を啼くカモメのもの悲しい声……あの島はなんのゆりかごだったのか？

なにかが近づいてくる足音。霧を割いて新しい影が落ちるべき島！　来てもいいころだ！　今日は今消えつつあるのだ！

血や汗ではない、ほかのなにかを流すだろうそれは、あの青い空のごとき肌触りをしているだろう。空はあんなにも近い。かように遠く見えるものは、かように近いからだ。

それはかように近い存在だ！

だが、この手が頭にかざした傘をなかなか放そうとしないのをどうしたものか……。

振り返ると、本土の重圧はこの額に覆いかぶさりつつあった。

自由は重みだった。胸騒ぎだった。それは別の島への道にして、もうひとつの捕虜収容所への扉にすぎなかった。

これも扉ではある。二度三度、声をかけたが返事はない。押していいか引いていいかわからずためらい、見たところは押すように思われたが、普段の習慣から引いてみた。ゴトリ。やはり押すほうの扉だったが、引いてもかまわなかった。とはいえ、そうもいかない。向こう側へ押そうとしたとき、黒い塊がぴょんと飛び出してきた。

それはすでに、下の家の屋根の先からこちらを見ている。陽が沈んだあとの地上には、ネコの世界があった。今度は、その世界の一員としての私の存在を感じなければならなかった。そこかしこに蜘蛛の巣がかかっている。

「誰だね？」

砂に揉まれたような声。私をヌヘだと思い、こうして生きて帰ったことが信じられない様子だった。毛布のなかからもそもそと這い出てくるそれは、一応、人ではあった。生きているのものではあった。だがそれは、ひとつの過去形にすぎなかった。過去に死んだ事実はないから今も生きていることになっているという印が、そこに付いているにすぎなかった。さっきのネコは、この老婆からさっと現在を噛みちぎって逃げたのかもしれない。

もそもそしているうちに気力が尽き、ぜいぜい息をついているその肩を支えて横にならせた。藁束のように軽かった。言葉もまともに話せない中風にかかっているのだ。真ん中より向こうの半身をまったく動かせないでいる様子は、あたかも寂寞に釘で打ち付けられているかのようだ。元金は凍結し、利子だけで生きている格好だった。

箸を握る機能も失われていそうな、私の膝に力なく置かれている手。息子でないことに気づいたのか、いまや感情を表す気力もないのか、いかなる表情も読み取れない。目尻からかろうじて流れ出た涙が、六十日も干上がっていた土地を湿らす水のように、深いしわをじりじりとたどって耳殻へ流れ入る。ともかくその顔は、六十数年ぶりに初めて訪れた凶年に違いなかった。死んだヌヘを思えば、やさしい言葉や涙混じりの台詞がこの状況にふさわしいことはわかっていたが、そうはできなかった。

手の置き場に迷っていた私の目に、土色の毛布が留まった。部屋は暗かったが、老婆の手に付いているまだらは、紛れもなく血が乾いたものだった。

怪我をしているのか？　血を吐いたのか？　だが、今それを知ったところで意味はない。彼女は今、死にかけているのだ。

よそへ向けた私の視線は、枕元に転がる、フライパンのようなアメリカの食器の上に留まった。それを見たとたん、空腹を感じた。と、この老婆は六十日間なにも食べていないのではないかと思われた。

「食べたいものはありませんか？」

その言葉を聞いた老婆の目に精気が宿り、喉がごくりとひもじさを呑む。私の膝に置かれていた手が、すっと流れ落ちる。私は、冷たい風が顔を撫でるのを感じる。この中風患者は餓死に直面しているのかもしれない。

ここもひとつの島。どん詰まりだった。胸が押しつぶされそうな悲感を胸に、立ち上がった。ひとまず食べ物を手に入れてこよう。

なにも考えずに扉を押した。改めて引っ張ろうとすると、さっきのネコがするりと入ってくる。そのまま出ようとすると、チィッ！　という悲鳴が聞こえた。ネコがネズミを咥えてきたのだ。

生きたままを口に咥え、老婆の足元からぐるりと回って枕元へ行く。ちょっと迷ってから、米軍の食器のなかに置いて前脚で押さえる。言い聞かせるようにそうやってぎゅっと押さえつけてから、身を引いて首を傾げる。

老婆の手がそちらへ伸びる。死んだようにしていたネズミは、その手の影を避けるようによろよろと起き上がり、そのままちょろちょろと足元へ逃げる。ネコは機嫌を損ねたように肩を下げたかと思うと、ものすごい勢いでネズミに飛び掛かる。早くも前脚が逃走者を押さえ込んでいる。しばらくそうしてにらみつけたあと、口に咥え、ぶんと顎を突き上げる。ネズミは見事に天井へ舞い上がる。落ちてくるのをこちらからも飛び上がって咥え、そのまま叩きつける。ネズミのほうは、なんとか生き延びようとふらつく足取りで逃げる。ネコはそれをしばらく放っておく。そして、一度縮めた体をばっと解き放つ。

そばに人間がいることも忘れたように、白い歯を剝き出しにして口と前脚で押しやってはすくい上げ、とことんもて遊んだ果てに咥えてひゅんと空中にさらす。

楽しくて仕方ない様子で、何度でもそれをくり返す。ネズミは今や、ふりではなく本当に力尽きてしまう。するとネコは、やわらかい鼻先でつつきながら、逃げろと強いる。するとネズミは仕方なく、またもやよろよろと逃げる。が、もう無理だ。ネコはわくわくしどおしで、私はその残忍さにうんざりした。

振り向きかけて、動きを止めた。空中に投げ上げられたネズミが、今度は偶然、老婆の胸の辺りに落ちたのだ。ネズミは息絶えたのか、微動だにしない。

私は息を呑んだ。老婆の手がそちらへ向かっていた。蜘蛛のようにゆっくりと忍び寄り、それをつかむのだった。

得体の知れない予感に、体内の血が陰へ陰へと集まっていく。ネコのほうを見ると、前脚を揃えて得意げにその場に座り、老婆の動きを見守っている。

次の瞬間、私は悲鳴を上げながら、老婆のその手に駆け寄った。どこにそんな力が残っていたのか、老婆は手を離そうとしない。ネズミをつかむ老婆の手と格闘しながらも、その共謀者が背筋に怒気をはらませながら、背後から私をにらんでいるのを感じずにはいられなかった。

さっきの老婆の目、手、口、それはネズミを食らおうとしていた目であり、手であり、唇のうごめきだった！

指のあいだからネズミを奪ってネコの顔面に投げつけながら、私は老婆の胸に顔をうずめた。

「お母さん！」

だが彼女をお母さんと呼んだのは、間違いでなければジェスチャーにすぎなかっただろう。本音を言えば、人間の体面をここまで汚した老婆の首をぎゅうと押さえつけて、息の根を止めてしまいたかった。あの山のふもとにある城郭の主、その肥えた腹をぱんぱんに満たしてやるために、こういう人間がここにこうして横たわり、ネズミを食らっていたのだ。この老婆は、ネコが捕まえてきたネズミを食べて生きながらえていたのだ！　毛布のまだらは、ネズミの血に違いない。あの山のふもとでは、シェパードまでもが牛肉を与えられているのに、この哀れな病人は！

唾を吐きたい衝動が喉元に突き上げてくる。いつだったか、こんな吐き気と憤怒を感じたことがある。島でのことだ。便所に入って用を足そうとしたとき、なにかに呼ばれているような気がして下を見たとたん、声も上げられずに泡を吹いた。それは人の手だった。黄土色の排泄物のなかに斜めに挿さっていた人の手、ぱっと開かれた指が私の足首をつかもうとしてつかめずにいるようなそれは、前日に死んだヌへの手首だった。

「お母さん！　ヌヘですよ！」

ネズミを奪われ、最後の綱までも逃してしまったかのように気の抜けた老婆の胸にすがりついて、怒れる涙をごしごしぬぐった。

チィ！

私の背後では、ネコがネズミを食べている。私の前では、老婆が死相を浮かべている。私はふたつの死に挟まれていた。その針の先のような絶壁から転がり落ちまいと、老婆の手首にしがみついて子どものように「お母さん」と呼んだ。その声に、私は自分が本当に彼女の息子になったような気がし、ドンホはヌヘのような気がした。あちらに「1＋1＝2」の世界があるように、ここに「1＋1＝3」の世界があってもいい。

「お母さん、一緒に四大門《サデムン》［首都ソウルを取り囲む興仁之門、敦義門、崇礼門、粛靖門］のなかで暮らしましょう！」

私の心のどこにそれほどの悲しみが積もっていたのか。もつれ合いひと塊となったその悲しみに比べれば、この身は豆粒のようなもの。風にさらされた埃のようなもの。冷たくなっていく手を感じた。私の手ではない。眠りから覚めたように、その手を振り払おうとした。だが私の指は、老婆の指に絡めとられている。ついに捕まったのだ。便所の手が私を捕まえたのだ！

背筋がひやりとする。老婆の冷えた血が指をつたい、私の血管に流れ込んでいるのだ。老婆の顔に浮かぶ冷気を見るがいい。冷気は私の腕を凍りつかせていくではないか。上へ、上へと……。

本当は私が死にかけているのではないか！　でなければ、なぜこの肉体がどんどん冷たくなっていくのか？　銅《あかがね》のごとく冷たくなっていく手……腕と肩を過ぎて胸へ……穴居地帯へ、穴居地帯へ、しだいに青銅時代へと引き寄せられるかのような郷愁……。アイスキャンデーを買い食いしていて、同志に肩をつかまれた惨めな自分の姿。ところで、あの同志の顔にはなぜあんなにもにきびがあったのか。顔中にきびだらけだった。そうして南へ南へと手榴弾を携えて移動していた夜道、カエルが生きていた。なんだってあんなに鳴いてるんだ？……突撃だ！　ドン！　ヤマナシが放物線を描く。そうして私は捕虜になった。この無意味！　これがカモメの啼く南海の島か！　便所の手。眼孔から垂れ下がったヌへの目玉！　そこかしこで空気が裂け、いくつもの目玉が見下ろしている野原に立って、それでも叫ばねばならない「自由万歳！」

私は後ろへ押しのけられた。老婆が暴れはじめたのだ。固く縛られていた縄は切れた。こんな力があったのだから、事切れなかったのも合点がいく。大声を上げて足掻《あが》くその腕に弾かれて、あやうくひっくり返るところだった。

陽の沈んだ峠を下っていく荷車と老いた驢馬、いつなんどき自分の車輪に轢かれて転ぶやもしれない。

ふくらんでいた老婆の胸が深く沈む。見開かれた濁った目。宙を噛んでいるかのように開け放たれたままの口。横長に開かれた唇からどろりとしたよだれが細くつたい、その先でぽとぽと垂れている。ひと粒ひと粒、息遣いから命がこぼれ落ちているのだ。

ぜいぜい……徐々に荒くなる息。自分のそのリズムを踏み散らすことができないでいる。喉元で死が、自分の夜明けが近づいていると踊っているのだ。

見ているこちらまで息苦しくなり、目玉が腫れ上がってくる。恐ろしい。あの息が途絶えるとき、その渦にこちらの命まで押し流されてしまいそうだ。

私の命を燻《くす》べた死の鼓動は、耳の奥にまで入り込む。耳の奥で死が泣く。泣き叫ぶ振動で瞳が焦点を失う。幻影が浮かぶ。

頭のなかを幻影が駆け巡る。泣いている。部屋が泣く。空が泣く。空の下で野原が泣く。野原じゅうが泣き声に覆われる。ぶうぶうというブタの鳴き声……。

ぶうぶうと、ブタの鳴き声が聞こえてくる。黒いブタ、白いブタ、赤いブタ、青いブタ。ぶうぶうと、存在する限りのブタたちの鳴き声が押し寄せる。山嶺から谷間から、野を抜け小川を越えて、ブタたちの鳴き声が押し寄せてくる。

屠殺場を突き破って出てきたブタの大群が、空の下を真っ黒に覆い尽くした。

ぶうぶうと、町を覆う。漁って回る。腐ったものを嗅ぎつける。柱の根元を掘り返す。建物が崩れる。立っているすべての物が倒れる。百万の人口を誇っていた公民社会は、一瞬で荒れ地と化した。真っ黒だった文明が白い腹を見せ、そこかしこでのたうつ。立っているものなどひとつもない。死んだ。都市は死んだ。

無意味を意味へと還し、ブタの大集団は引き潮のように地平線を越え、退廃へとぶうぶう泣きながら向かう。

ペストが通り過ぎたこの土地に向かって、声をもたない行進が現れた。木の行列。木々が進駐してくる。ナツメ、ムラサキツリバナ、チョウセンマツ、ニレ、チョウセンカラマツ、マツ、ケヤキ、ボダイジュ、カツラ……辞典から解放されたすべての木がゆっくりと歩いてくる。キャピタルレターの順序を脱ぎ捨て、おのれの望む場所にどんどん立っていく。立つと、影をつくる。静かだ。とても静かだ。楽園だ。楽園は静かだ。いつかこんな悲しみがあった。屠殺屋が、鑑札を失くしたメリーの首を鉤爪に掛けてずるずる引きずっていったのが悲しかったようだ。九歳のときだったと思う。いやというほど泣いたあとの午後、地上にはセミの鳴き声以外に動くものひとつなかった真昼の、アカシアの陰がこうだった気がする。静かだ。深い。故郷は深い。もっと深いかもしれない。

　だが、世界はいつまでも静かではいられない。一方では、すでに騒がしくなりつつある。楽園は揺らぎはじめたのだ。ばさばさと空へ羽ばたいていくミミズクの群れ……。目の潰れた鳥の後ろには、人の影がつきものだ。

　枝をつたって侵入してくる猿人。まだまっすぐに伸びない腰に下げているのは石斧で、手にはたいまつを持っている。彼が学んだ芸はそれしかないというのか？

　あの見るに耐えない者たちが、やがてヴィーナスを見つけ、その前に祭壇をつくる。何度か呪文を唱えると大地が動きだし、自我が目覚める。その敷地に工場が建ち、煙のなかで二階建ての建物が誕生する。その共和国は万歳を叫ぶ市民たちに、自由を保障する鑑札を分け与える。

　外の世界ではしんしんと雪が降っているが、こんな歴史は早いところやんでほしいものだ。

　雪が降る。外でははらはらと、牡丹のような雪が降っている。空ごと落ちてきそうに降っている。雪は降る。雪は降り落ちる。降って覆う。世界中が雪に包まれる。雪が布団になった。

　それでも雪は降って積もる。屋根まで積もった。山嶺まで積もった。空まで積もる。世界は雪になった。空気が奪われ、風が死んだ。世界は雪のなかにある。生物教本を直さねばならない。雪を吸って暮らす新しい生活が始まったのだ。もう少しすると、忘れっぽい彼らは、空気を吸って暮らしていたことを忘れてしまうだろう。

　ならば、空気を吸って暮らす前は、なにを吸っていたのか……？

……雪のなかから黒い影が現れた。笠《カッ》を目深にかぶったその若い道僧《ドスン》［悟りを得た僧］は目が見えないのだ。手で先を探りながら近づいてくる。杖も持たず。目玉をどこに残して、険しい山と広い野を越え、千里の道をそのようにしてここまでやって来たのか。そこまで来て立ち止まり、見えないその目から涙をこぼす。

この物乞いのようないでたちをした道僧こそが、あの屠殺場を壊し、辞典を破ったその人ではないだろうか？

「ヌヘ！」

老婆が声を絞り出した。私は驚いて幻想から覚めた。老婆の喉からことん、と音がした気がした。部屋は闇に染まり、私の前には冷え冷えとしていく老婆の怨恨が横たわっていた。こうしてヌヘの母親は死んだ。

道僧が立っていた場所では、ネコのふたつの目が蒼い妖気を放っている。体がかっと熱くなった。ヌヘの目が、今そこにそうして点っているとしか思えなかった。

中

ヌエは鉄条網で首を吊って死んだ。

捕虜収容所でも、皆がヌヘを蚕《ヌエ》と呼んだ。捕虜と呼ばれるのにまだ慣れず、皆が一様に虚脱状態から抜け出せないでいたとき、心ない連中は、空を見上げるのが好きだった彼をこんなふうにからかった。

「クワ、クワ、クワの葉が落ちるよ。クワ、クワ、クワの葉が落ちるよ」

「虎は死んで皮を残す、蚕は死んで絹を残す。ははは……」

彼は絹を残したかったのではない。鳳凰になり、龍になり、あの青い空の彼方へ飛んでいきたがった。

彼は義勇軍ではなく、以北から攻めてきた傀儡軍だった。ところが、収容所内が雑然としていたときも「赤旗の歌」を歌おうとはせず、暇さえあれば寝転んで青い空を眺めていた。

監視兵の目に、収容所はカラスの巣窟のように映ったかもしれないが、その底流には行き場を失った衝動が昼夜を問わずうごめいていた。何世紀ものあいだ、自分たちの戦争を経験したことのない同胞だった。近代的意識といえばサーベルと**ジカタビ**しか知らなかったこの国に、民主の砦やらふたつの世界やら万国平和アピール運動やらいうリアリズムがナパーム弾の洗礼と共になだれ込んできたとき、農夫の服を脱げていなかったこの田舎者たちの皮膚は裂け、血をだらだら流しながら呆気にとられていた。いつの間にか都会人に出世したようでもあり、なにかの催眠術にかかったようでもあった。わけもわからないまま、ラッパの音を聞いて死に物狂いで走った。ずいぶん走ったところで立ち止まってみると、辺りはヨモギ畑だった。私の家、私の学校、私の地元が、マッチ箱を鉄槌で打ったような廃墟と化していた。開化党［旧韓末に金玉均・朴泳孝らが指導者となり、政治制度と思想風俗を改革して独立国家を起こそうとした党派］以来、少しずつ少しずつ積み上げてきた文明が台無しになってしまった。素っ裸になってしまった。世界の物乞いになった。そんな彼らが、あたかもこそ泥が監獄暮らしをするうちに大泥棒になっていく調子で、捕虜暮らしをするうちに骨っ節が太くなり、ジュネーヴ条約だとか人道的待遇などとしゃちほこばるようになった。

（私の肉がちぎれ、私の血が流れたこの戦争は、果たして私の戦争だったのだろうか？）

片や、世界の孤児となった捕虜兵たちの胸にかように去来していた懐疑は、あちらへこちらへと追いやられるうちに、ついに生への愛着に突き当たった。一本のねじ釘としてしか扱われなかったわが人生への愛着だった。生きねばならない。なんとかして生きるのだ。そして彼らは人殺しを始めた。再び争いが起こった。人を殺さねば自分が生きられそうになかった。南海の孤島には、赤い旗と青い旗がまたしても潮風にはためくことになった。生きるために、彼らはふたつの旗の下で分かれ、血まみれになって身もだえした。鉄条網の内側で起こったこのふたつ目の戦争は、完全に自分の戦争だった。純粋に、自分の命を守るための、自分の戦争だった。そのため、その戦争に参加しないことは、みずから生存の権利を放棄するも同じだった。

それは人間の限界を超えた争いでもあった。あれほど人を殺す争いもなかった。どんなに悪辣で、憎くて仕方ない敵だとしても、死以上の罰を与えることはできないのが人間だ！　どんなに残忍で凶悪な者だとしても、死以上の罰を与えられないのが人間だ！　そうあってこそ人間の名に値する！　これは人間がもつことのできる、人間に対する最後の信仰だ！　死には生の全重量がかかっている。人の罪はその生より大きいはずがなく、死は終わりを示している。すべてが終わるのだ。悲しみも喜びも、くすぐったさも痛みも、血も汗も、善も悪も、地上のあらゆる約束が終わるのが死だ。最後の労いにして、安息にして、最後の赦しだ！

ところがそこでは、死体から手足をもぎとり、目玉を引っこ抜き、耳と鼻をえぐりとった。でなければ石で叩き潰してしまった。そしてそれを、便所に放り込んだ。思想の名の下、階級の名の下に。人民という名の下に！　彼らは生をおもちゃ扱いした。人間を青虫扱いした！　これをどうすればいいというのか？

　お手上げだった。人間の外側で起きているエピソードのひとつとしてはぐらかすしかなかった。そんな空気のなかで、ヌへは相変わらず空を食べて生きていた。いつからか、私はその隣に小さく座っているのが習慣になった。私はうすのろ扱いだったからそうもしていられたが、情勢はしだいに険悪さを増していたため、彼がいつまでも放っておかれるはずもなかった。ある日彼は、柿の木の下に呼び出された。

「同志よ！　我々は同志を人民の敵、戦争を挑発する集団であるアメリカ帝国主義の犬だとは思いたくないのだ。いかがか、同志よ？　……同志よ、なぜ答えない！」

　彼らの語勢は当初の勢いを失い、訴えるような口調になっていた。それもそのはず、彼はこのたびの戦争で、その勇敢さにより最高勲章を受けた人民の英雄でもあったのだ。

「同志よ！　ならば民族反逆者とみなされてもいいというのか？」

「……」

　彼らの顔に殺気が浮かんだ。

「答えろ！　お前は反動分子なのか⁉」

「……」

　やはり返事はない。答えはふたつにひとつであるべきだ。だが彼は、そのふたつとも自分の答えではないと思っているようだった。

「堕落者め！」「反逆者！」「人民の敵！」そんな怒鳴り声と共に、こん棒が立て続けに彼の肩に振り下ろされた。彼はまるで牛のように、杭のように突っ立っていた。こん棒が頭を打った。よろめき、倒れた彼を、そこにあった足という足が蹴りつける。皆が去ったあとに近づいてみると、彼の目は空に浮かんでいた。細い涙がつたい落ちている。見上げると、夏の日の雲が本土へ向かって白く漂っていく。

私も彼の隣に横たわり、青い空を見つめた。地上の黒い影がひとつも映らない、鏡のように平和な空……。

「あそこに穀物を植えられたらなあ……」

彼を慰めようとそう言ってみた。

「山もないしあんなに広いんだから、豊作になるんじゃないか？　平和な時代が来るんじゃないかな……」

「穀物が獲れるようになれば、人間はそこにも杭を打つ」

「……」

「君は長生きしろよ」

「ん？　死んじゃうのか？」

「いや、僕には老いた母がいる」

「……」

「どんな縁も切ることができるけど、へその緒でつながった縁だけはしぶといよ。それさえ切ることができれば……」

「絹は残せるってことか」

「鳳凰になって、龍になって、あの空の彼方に行くんだ」

「……」

数日後、

「ヌエが自殺した！」

未明の空を破ったその声は、彼が鳳凰となり、龍となって空へ昇ったことを告げる鐘の音かと思われた。先が内側に曲がった鉄条網の杭で首を吊り、だらりと長くなっていたヌエ。

あんな前夜を過ごしていなければ、私はそこまでショックを受けなかっただろう。その前夜、彼は眠っていた私に抱きついてきたのだった。

「君の肌は本当に温かいな……」

性的な息遣いが私の耳元をくすぐった。鳥肌が立った。事実を言えば、私たちはそこまで親しい仲ではなかった。それまで私たちのあいだで交わされていた会話にしても、よく言えば浪漫主義、悪く言えば寝言という暗黙の了解があるものと思っていた。ところが私は、それが一画も違わぬリアリズムだったことについての事後承認を、自分に強いるのだった。

「昨日の夢でね、とびきりきれいな女に抱きつかれたんだ、こんなふうに……」

私は大蛇に捕らえられたカエルのように動けなくなった。

「その瞬間、母さんも結局は死ぬんだという事実にようやく気づいたよ。そんなことに今さら気づくんだ、気づくべきことがあとどれくらい残っているんだか……」

「……」

「その女が誰だかわかるか？……　君の肌は本当に温かいな……」

それは男色さながらの抱擁だった。私たちのテントでは、そういった行為が公然の秘密として行なわれていた。

「誰にも言うなよ。まだわからないんだから……」

彼は息を殺した。そんな興奮のなかでも言葉を継いでいることを、はなはだ気まずく感じているのだった。じゅうぶん理解できた。

「サロメ……知ってるだろ？　ヨハネの首を欲しがったあの女さ。あの女だった！」

と、彼は私の体を押しのけた。そして息を弾ませながら言った。

「僕の実は熟した。だが僕は、僕の実に耐えうるほど熟していない……。永遠に熟すことは叶わないだろう！　僕には翼がない……」

私の肉体は犯されたかのように、ぐずぐずとくたびれていくのだった。

その反逆者の死体には、すぐさま復讐が加えられた。彼がそれほど無残な復讐を受けなければならなかったのは、彼が人民の英雄だったことと、それまで彼には手を出せなかったこと、それ以外に理由が見つからなかった。

そして私に、悪い冗談でもなかろうに、彼の目玉を手のひらにのせて、太陽が東の海から昇るまで立っていろというのだった。私は拒むこともできたけれど、ヌへの目ではないか。

遠く鉄条網の向こうでは、監視兵が口笛を吹きながら郷愁を歌っているのに、私はヌへの目玉を手に日の出を待っている。この目玉とあの口笛はどんな関係のなかに位置するのか。なにかの誤算を見ているようだった。我々はなにかの誤算のなかに生きているのだ。あの口笛が懐かしむべきは太平洋の向こう、ケンタッキーの我が家ではなく、この目玉であるべきではなかったろうか……。

私は、彼がどうして死に場所に鉄条網を選んだのかということに、彼の遺書を読むまで気づきもしなかった。私の目に見えていたのは、私が目玉を手にのせて立っていなければならなかった内の世界と、監視兵が郷愁を歌っていた外の世界、そのふたつだけだった。世界をふたつに分かつ、したがって、ふたつの世界をつないでもいる鉄条網は、瞳に映ってはいても見えていなかった。その鉄条網に、ある日の明け方、一体の骸《むくろ》が掛かった。それは、ひとつの突破口がそこに開いたということだ。

彼には、彼が捕虜になったという噂を聞きつけ、後退する国軍を追って南へ下ってきたという母親がいたが、その遺書は、母親宛てのものではなかった。遺書というより、手記だった。

下

遺書

私は一歳で生まれた。

生まれたとたんに一歳になり［数え年のため］、名前がつけられたのは五日後のことだから、その数日間のみが私の唯一の故郷なのかもしれない。世界は名前からなっているから、もしもその数日のあいだに死んでいたら、私はこの世に存在しなかったことになっていただろう。

名前がつけられると、ほどなく戸籍に載った。これで私は、分厚い戸籍簿のひとマスに捕らわれの身となる代わりに、死亡届という法的手続きを踏まない限りは消滅できない、厳然たる存在になったのだ。

三歳のときに乳を捨て、米を食べるようになった。これが、連帯責任を負う契約になるとは知らなかった。また、言葉を覚えはじめたことで、類化作用が本格化した。

九歳で小学校に入った。私はこうして公民社会の一分子になる過程を、自分でも知らないうちに着々と歩んでいったのだ。学校は罰の舎《やど》だった。罰から罪を学んだ。一分の遅刻で三十分も地に手をついて**オットセイ**のごとく伏せていれば、学校はそのぶんうまく回るのだった。そうして伏せている私の前を、私より十秒ほど先を走っていた子どもがにこにこと列に加わって、「いち、に、いち、に」足並みを揃えて教室へ入っていった。そのとき私は、六十秒の遅れは遅刻でも、五十秒の遅れは遅刻でないことを学んだ。子どものころの我が家はひどく貧しかったのだが、一度裕福になりだすとどんどん裕福になっていった。その理由《わけ》もそのとき知った。

窓ガラスを割った罰として、水がなみなみと入ったバケツを手に廊下に立っていた自分の姿を、今も忘れることができない。友達は皆帰り、太陽は西の山に沈みかけていた。廊下の先の職員室から、担任の眼鏡が時折こちらをのぞいて消える。あとどれくらいこうして立っていなければならないのか？　がらんとした運動場を、子犬がトンボでも追いかけているのか、あちらへこちらへと駆け回っている。私は腕が恨めしくなった。腕が肩についていなかったら、こんなものを持って立っていなくてもよかっただろう。腕が取れてしまいそうな感覚に、すでに自分の腕とは思えなかった。とうとうバケツを放した。水たまりのなかに座って、わんわん泣いた。新しい罰に対する恐怖と、誰ひとり私のために弁護してはくれないだろうという孤独……。

そうするうちに中学生になった。袖の先と帽子には、白い二本線が入っていた。その線の向こうへ行ってはいけないというのだ。その代わり、こちら側ではなにをしてもいいというのだ。私は二重に縛られた身となった。

ある日の朝会で、千人もの生徒たちが胸に五つのボタンを付けていることを発見して、めまいを覚えた。恐ろしい事実だった。辺りをうかがうと、どこもそんな恐ろしい事実だらけだった。

どの家にも窓があり、どんな鉛筆も細長い形をしていた。どの目も一様に眉毛の下にあった。私は上級生を見かけると、浮かれて帽子に手を当てた。すると向こうは、しごく当然のことだというように、そっけなくうなずいた。そんな姿が誇らしく、私はますます浮かれて、腕が痛くなるほど敬礼した。中学校での私は模範生だった。十七歳になるある夏の午後、石垣に映る私の影を、ヘビがさっと掠めていった。私はつるはしを持ってきて、その石垣を叩き壊した。模範生という壁にさえぎられて光を見られなかった私が、道を歩みだしたのだ。

とうとう、私の机の前の壁には、「自立」というモットーが貼られた。それがさらに深い他律の沼への分岐点となるとは知らないまま、もう少しすると大学生になってしまった。

ぼんやりと二階の窓辺に座って故郷の空を眺めていた私の瞳が、動きを捉えた。いくら目を凝らしても、目の前に動くものなどないのに、瞳はなにかの動きを感じていた。やがて私は身震いした。丘の上にある妙心寺《ミョシムサ》の松たちがこちらに移動してきているのだった。私は驚いて壁の陰に隠れた。とうとう革命が起きた。私はどちらに加担すべきか。
「松よ万歳！」と叫びながら飛び出していくのか。それならこの夕刻、クニコとターザンの映画を観ようとしていた予定はおじゃんになってしまう。私は革命と外国の女に挟まれて窮地に立たされた。にっちもさっちもいかなくなり、二律背反のなかでぐずぐずするうちに、ともかくすっぽんのように首を伸ばして革命の進行を見守った。中止となった。革命は中止となったのだ。妙心寺の松たちは寺へ戻り、元どおりの姿で立っているのだった。私は大きく息を吐きながら、さきほど松が動いたのを錯覚ということにしておいた。起きないことは起きないままがよかった。楽だった。進化論の講義を聴いて大学を卒業した。偶然が強者だということをまだ知らず、したがって、存在が罪悪だということにも気づけていなかった。ただ、ふたつの細胞に分裂した私の影をじっと見下ろしている自分を、鏡のなかに感じただけで。

私は山中の小川のある地へ戻ってきた。暁《あかつき》に静やかに響いてくる山寺の鐘の音は、私を無為へと引き入れた。ノロジカとたわむれ、ウサギを追いかけた。いかなる生産もない詩人になった。だから詩を詠むのが好きだった。

鐘ならよかった
夜空が白む、鐘ならよかった
肉を抉《えぐ》って血を抜き
やせこけたこの骨が、私は鐘ならよかった
青い秋の空
黄金色に染まる落ち葉の音
一枚
また一枚……
劫から業へ
脈搏が刻むここ、この寂寞

端午の日に結んだ露は
生命が零れ落ちたリズムか……

翳る季節
私は鐘ならよかった
意欲も仏陀もいやだ
夜空が白む、私はただの鐘ならよかった

第二次世界大戦が終わった。

私は人民の友になることで再生しようとした。党に入った。入ってみると人民はそこにおらず、人民の敵を殺すことで人民をつくり出していた。つくり出すことと殺すこと。埋まらない間隙。それは生の乖離でもあった。生は意識した瞬間、消えてしまった。我々はその灰を生活と呼ぶ。我々は他所を懸命に生きているのだ。生きるとは、他所を生きることだ。善の意識にのみ善があるという様式。この深淵。それは十秒間の間隙であり、自由の道をさえぎる壁だった。

その壁を穿つために、私はこの肉体を戦争に投じた。

捕虜になった。寂しかった。あの廊下でのように、私は寂しかった。職員室からのぞく眼鏡もそこにはなかった。その寂しさと絶望のなかで、私は生活の新しい様式を見出した。奴隷。新しい自由人を、私は奴隷に見出した。いっそ奴隷であるほうが自由だった。不自由を自由意志で受け入れるこの第三の奴隷こそが、現代の英雄であるという認識に至った。その認識は、私と息がぴったりだった。久しぶりに思い返してみると、名前がつけられて以来初めて、私は自分の呼吸をし、この肉体はその自由の息遣いのなかで背伸びをしたのだ。

だが、それもいっときの欺瞞だった。興奮にすぎなかった。

思えば、歴史は興奮と冷却のくり返しにすぎなかった。地動説に興奮し、バスティーユの破獄に興奮し、適者生存に興奮し、赤の広場に興奮し……そのたびに幻滅を覚えていたのだ。

その奴隷も、自由人ではなく、自由の奴隷だった。自由がある限り、人間は奴隷でなければならなかった！　自由もひとつの数字。拘束であり、強制だった。克服するべきなにかだった。後のものだった！

神、永遠……自由からつくり出されたこのような後付けの説明をもってこの先の生を測ることは、ある種の屠殺にして、冒瀆だ。生は説明ではなく権利だった！　迷信ではなく意欲だった！　生を救うただひとつの道は、自由が死ぬことにある。

自由、それはまさに、その後に来たる真者やらのために道を叫ぶ預言者、その靴紐を結んでやり、剣で刺されて道端に倒れるヨハネにすぎなかった。

荒れ野で、私はまたもや寂しかった。月はすでに西の山に沈んだのに、東の空には日の出が見えない。かといって、自分の影についていく気はない。ここにそのまま立っているわけにもいかない。

ここは地の果て。地の始まる場所。来た時間と来たる時間の結び目。つま先で立つだけの余地もないここは、境界だった。

だが、なんと広い世界だろう。この沃土、生産の中庭、時間と空間がここから流れ出す混沌……。

この世界に二律背反はない。無数の律が、あたかも弓窿《きゅうりゅう》の星座のように、互いに変わりなく、静かなる詩の夜を照らしている。ここには、王者もなければ奴婢もない。憂いがない。したがって妥協がない。風習がなく退廃がない。万物はみずからが自己の原因であり、みずからが自己の尺である。太陽が必ず東から昇らねばならぬ理由が、ここにはない。つねに新しく、つねに朝、つねに春だ。ああ、若き大陸……。

いつになったら矮人《わいじん》［小人］の島に流れ着いたガリバーの迷夢から覚めるのか。抜け出せるのか……。破壊するべきはバスティーユの監獄ではなく、この島を囲んでいる海岸線だ！

私はもう待てない。今すぐ私を見なければならない。最後の権利をもって、この目で自分を見ることを要求する！ 私を囲んでいるすべての視線から解放されたとき、それらの視線が絡まり合って映し出した幻燈、その影を切り取った輪郭でしかなかった私は、ついに私を見て、私から抜け出し、霧のなかから立ち上がる世界を見ることができるのだ。

自殺はひとつの試みにして、私の最後の期待だ。そこでも自分を見ることができないのなら、この死は無意味なものになるだろう。そして、そんな無意味な死が待っているのが生ならば、私はいっそ、いっときも早くそこからの転身を図らねばならぬのではないか……。

西暦一九五一年九月×日　記

「遺書」がそこから、青いふたつの目で私を見ている。漆黒のような闇のなかから、化石となった呪文のようにいつまでも私をにらんでいる。額に汗がにじむのを感じる。それは私にとって、勝てない戦いだった。私にはその目玉しか見えないのに、ネコは私の眉毛まで見ているのだ。私の罪はなにか？　生きていること以外に、私の罪とはなにか……その瞳は言う。動くものはともあれ、すべて罪だと……。

　あいつの目をどうにかできないものか。あの眼差しで、私の体は穴だらけになりそうだ。私は眠たくて仕方がない。島から持ち帰った疲労が、今ここで解き放たれようとしているようだ。

　この恐怖と眠気、それが生み出す緊張。そこには無限の可能性が内包されている。

　ニャオン、とこの緊張が裂かれて途切れるとき、海岸線は切れ、あの丘の上の乾いた枝には、赤い花がぱっと咲きほころぶかもしれないのだ。ありうることは数え切れない。その無数の可能性がひとつの偶然によって抹殺された場が、存在だ。したがって存在とは、罪を犯した存在だ。生において罪を犯したということは、また罪を犯すことを意味する。存在は犯罪だ。その総目録が世界であり、人生はその犯罪者だった。

　生きるとは罪を犯すということ。私がここに座っているがために、彼らがここに座っていられない。彼らを押しのけて、私がここに座っているのだ。だから、いつ彼らに押しのけられるか知れない。一瞬一瞬、無数の可能性が自己を主張している。あらゆる存在は、次の瞬間に起こる可能性を前に震えている戦慄なのだ。この戦慄を、眠っている世界では自由と呼ぶ。それでも眠り続けるのか？　目覚めるのか……？

　闇のなかで、ネコはいまだに私をにらんでいる。私はその主人を殺したのだ。あの横並びの目があそこであんなふうに光っている限り、私は殺人者なのだ。

　二者択一を強いていた、そのふたつの目の距離が狭まった。私は私の呼吸を取り戻した。ネコが顔を背けたのだ。次の瞬間を狙っていた私の手が、バッとそちらへ飛んだ。手は空をつかみ、私の罪の目撃者は脇の下をすり抜けて、すでに戸の隙間から飛び出していた。

あとを追って外へ飛び出した。そこでオオカミのほうを見ていたネコが、今度は丘を駆け上がる。

追いかけていったが、どこへ消えたのか見えない。

ニャオン……。

見ると、遠くへ行ったのではなく、さっきカラスが黄昏に啼いていた木の枝に、ふたつの目玉が光っている。

遠くへ追い払おうと石を見つけて投げても、ふたつの目はそこからなくならない。我々の祖先だというサルの才能を、遠い昔に失くしてしまったことが残念だ。呪いと復讐を湛えていたふたつの目が消え入ると同時に、その辺りに丸みを帯びた輪郭が浮かんだ。月が丸くうごめきながら、雲間から顔をのぞかせたのだった。

木の枝に丸くなって座っているネコの輪郭が、黒い童話のごとく月に掛かった。

ニャオン……。

はるか遠い海岸線を凍りつかせるかのようなその鳴き声のなかに、ネコの蒼い妖気は依然息づいているのだった。

明日の朝、日が昇って初めて、あの目は消えるのだ。私は疲れ、その目を見続けることがつらくなった。

夜は静かに深まっていくのに、ヌへの絹の服を借り着した私の影は、そうしていつまでもその古木の枝の下で、ただそわそわしていたがるのだった。

果たして明日の朝、日は東の山に昇るのか……。

不信時代

불신시대

朴景利

パク・キョンニ　박경리

オ・ファスン 訳

1957

九・二八ソウル収復［一九五〇年六月二十五日に勃発した朝鮮戦争の過程で北朝鮮軍に占領されていたソウル、同年九月十五日の仁川上陸作戦の成功後、九月二十八日に韓国軍と国連軍が奪還した］前夜、真英《チニョン》の夫は爆死した。夫は死の直前、京仁《キョンイン》道路で目にした人民軍［朝鮮人民軍のこと。北朝鮮軍］兵士の臨終の話をしていた。まだ年端もいかぬ少年兵だったという。少年兵は街路樹の下に倒れていたが、爆風により内臓が破裂してむき出しになり、血生臭いそのにおいをかぎつけたハエが群がり貪っていた。少年兵は一口でいいから水がほしいと訴え、夢うつつのなか母親を呼んでいたとも。通りすがりの人が道端に転がっていたスイカを石でたたき割り、少年に差し出したが、口にする前に息絶えたそうだ。

夫はあたかも自分の死を予見していたかのように、そんな話をした数時間後に爆死してしまった。


夫を亡くした真英は一・四後退［朝鮮戦争のさなか、鴨緑江および豆満江流域まで北進していた国連軍が、中国人民志願軍の攻勢により一九五一年一月、ソウル以南まで撤収し、一月四日に志願軍が再びソウルを占領した］の際、最後の最後になって三つになる息子を背負い、実母とともにソウルを脱した。だが安養《アーヤン》に達する前に中共軍［朝鮮戦争に参戦した中国人民志願軍の韓国での略称］はすでに南下しており、避難民たちは国連軍の爆撃にさらされた。おびただしい数の人々が凍てついた川の上で命を落とした。避難民の荷を引いていた牛はくつわをはめたまま土手の下に転げ落ちた。血が溢れ出る死体の傍らで子どもが泣いている。真英は目を覆い先へ先へと急いだ。

悪夢のような戦争が終わった。

真英は息子、文秀《ムンス》を連れて荒廃したソウルに戻った。家は廃墟と化し、土台すら跡形もなく失われていた。雑草のなかに埋もれた一枚の瓦の下から、湿気でよれた一冊の本を拾い上げた。『フランス文学の展望』という日本の書籍だった。この本が本棚に収められていたあのころ——その光景がまるで幻覚のように真英の脳裏をかすめた。真英は無心な子どもの瞳をいつまでもぼう然と眺めていた。

文秀も成長し、九つになった年の初夏、真英は内臓が破裂して無数のハエがたかる少年兵の夢を見た。まるで死の予告だったかのように、翌日、文秀が死んだ。雨の降る夜のことだった。

早くに夫に先立たれ、一人娘の真英を頼りに生きてきた母は、「なんであたしじゃないんだい」と敷居に頭を打ちつけるが、真英の視線は虚《うつ》ろに宙に向けられたままだった。

息子は病気で死んだわけではなかった。道端で転び、病院で死んだ。だが、それだけなら戦争がもたらしたまた別の悪夢とあきらめ、真英の記憶も時とともに薄れていったかもしれない。しかしそうではなかった。不届きな医者が息子に非業の死を遂げさせたも同然だった。重大な脳の手術だったにもかかわらず、医者はレントゲンひとつ撮らず、そのうえ薬の用意もないまま手術を開始した。麻酔もしていない息子の最期《さいご》は、屠殺場の仔牛のような死だった。真英は息子をそうして捨てたのだった。

外は土砂降りの雨が夜の街を濡らしていた。

横たわってぼんやり天井を見つめる真英の瞳に、やがて閃光が走る。蒼白な頬が朱《あか》く染まる。肺結核による発熱だ。

表の雨音は勢いを増す。

息子が死んでまだひと月。だが千年にも感じられるほど長い日々だった。目をつぶる真英の耳に潮《うしお》のごとく打ち寄せるのは、手術室の息子の泣き声。

真英は飛び起きると酒を呷《あお》る。寝つけないときに呑むようにと友人がくれた葡萄酒だ。

床に伏せた真英の耳には、手術室のなかの泣き声がやまびこのように遠のく。

どうにかして眠りに就く。夢の中でおぼろげに浮かぶ路をさまよい、息子を探し続けるが、包帯をぐるぐる巻きにして目も鼻も口も見えない子どもの姿に驚愕し、と同時に目を覚ます。汗みどろの体は小刻みに揺れている。

じきに恐怖に包まれる。

雨のやんだ夜明けが窓辺からゆっくりと部屋の中へと忍び寄る。

虚空《こくう》を見つめていた真英はなぜ恐怖を感じているのかわからない。息子はすでに幽冥《ゆうめい》の霊魂だからなのか。だとすれば、これほどう悲しい人間関係もなかろう。真英は反吐《へど》が出るほど己《おのれ》を嫌悪する。

遠くに教会の鐘の音《ね》が聞こえる。こんどの主日［キリスト教の日曜日。聖日とも］には、必ず聖堂に連れていってほしいと葛月洞《カルウォルドン》のおばさん《アジュモニ》に頼んでいたことを思い出した。今日はその主日だ。

葛月洞のおばさんは約束どおり、八時前にやってきた。おばさんはだいぶ前に亡くなった、真英の遠い親戚にあたるおじさんの女房だった。子どももいない彼女は敬虔なカトリック教徒だが、ここにきて契《ケ》［頼母子講に似た庶民の融通組織］が原因でひと悶着起こしていた。真英も方々からかき集めてどうにか工面した二十万圜《ファン》相当をその契で失ったも同然の状態だった。契主《ケジュ》［講元］だったおばさんの懐事情はそれほど逼迫《ひっぱく》していた。

蟬の羽を模したような、からむし織の服を着たおばさんは、泣きしきる母をなだめるが、おばさんが口を開くたびに金をかぶせた犬歯が見え隠れする。

母は人に会うたびに相手の手をとって孫の死を嘆いた。真英はそんな母の姿に嫌気がさすが、一人娘だけが頼りの母のやるせなさを理解できないわけではない。

「そう泣かないでくださいよ、お姉さん《ヒョンニム》。生きてる娘《こ》のことも考えないと。真英だってさぞかしつらいでしょうよ。泣いてばかりいないで、今後のことでも考えようじゃないですか」

真英は職を失い働きにも出ていなかったため、たしかに食べていくのもやっとだった。

おばさんは母をなだめすかしつつ、ほどけた結び紐を直しながら（おばさんはチョクサム［単衣のチョゴリ］にも必ず結び紐を付けた）

「とにかく生きていかないと……。それに、お姉さんのお金はできるだけのことはしますから。元金だけでも……」

母の顔はほんの少し和らいだ。真英は無言で靴下をはく。

三人連れ立って家を出る。朝の街路樹は冷気をはらむ。

元来、仏教徒の母は聖堂に行くことをためらったが、反対もしなかった。決定権は常に娘にあったから……。

おばさんは真英の日傘に潜りこむと、耳元でささやいた。

「天主様がいらっしゃる限り、不幸なんかじゃないよ。おまえを愛されているからこそ、こうしておまえさんをお呼びになったんだよ。なにもかもが虚しいこの世の中、光り輝くのは天主様のみ」

おばさんは、信者なら誰でもいえそうな台詞《せりふ》を口にした。

真英は目を伏せたまま、

「救いを求めて行くわけじゃありません。天国があって、文秀はきっとそこで遊んでる、そんなふうに思いたいからです」

「そう、そう、天国にいるとも。あんないい子……、いまごろ花園で楽しく遊んでるに決まってるよ」

　年長者らしく気を使っているのではあろうが、どうも芝居じみている。

「いくら花園にいてもあの子はきっと寂しいはずです。母親を恋しがって」

　真英はつぶやくようにそう言うと、天を仰いだ。ノウル［黒い薄絹でつくった女性の外出用の被り物］のような薄雲が流れていた。

「そんなこと言わず、領洗《りょうせん》［洗礼を受けること］の準備でもなさい。相培《サンベ》もとっくに領洗を済ませてるんだからね」

　おばさんの声は地平線の彼方から聞こえてくるようでもあった。真英は機械的に、

「あの無神論者が……領洗ですか……？」

「あの子も近頃じゃだいぶ変わったわよ」

　白粉《おしろい》のにおいが鼻をこそぐる。真英は金歯がちらつくおばさんの口元をまじまじと見る。

　相培はおばさんの家に下宿する大学生だ。たしかこの春にも、

「おばさん、イエスが水の上を歩いたですって。ハッハッハ！　そりゃ左足が沈む前に右足上げて、右足が沈む前に左足上げたんやろ。ヘッヘッヘ……」

　と釜山なまりでおばさんをからかうと、自ら悦に入って鼻を膨らめて笑っていた。真英がそんなことを思い出していると、おばさんはハンカチで汗を拭きながら、

「あの子ももうすぐうちを出ていくのよ。お父さんが事業で上京するらしいわ……。だからその前に領洗をと思ってね……」

　穏やかな声だった。

三人が聖堂に差しかかると、銀杏の木に太陽の光が細やかに弾けていた。路辺には淡い桃色のグラジオラスが咲いていたが、真英はなぜか仏教の象徴である蓮の花を連想していた。突拍子もなくふたつの花がかもす西洋と東洋の街の雰囲気を想い描く。ただ漠然と。だが、はたとわれに返る。文秀のためを思って神に会いに来たというのに、不謹慎にも景色にうつつを抜かすとは。これを単に視覚がもたらす自然な発想と片づけてしまえるのだろうか。あるいは、悲しみのなかでもそれだけの余裕があったということなのか。真英は文秀に顔向けができない気持ちになる。すまないと。

真英は、汗にまみれて白粉のにおいを漂わせるおばさんの胸元をぼんやり見つめる。

木陰に子どもたちが集まっていた。その隣では中年の男が十字架やら聖書やらを露天商のように並べて売っていた。真英は、とある流域の異邦人のようにその光景を眺める。雰囲気に馴染めない心の奥には冷たい風が吹き下りていた。

聖堂の中に入る。おばさんは脱いだ履き物を風呂敷に包みながら、

「この時間は子どもたちのためのミサだから騒がしいのよ。つぎからはもっと早く来ましょう」

真英はおばさんのことばより、大儀そうに履き物を持って入る信者たちの姿が気になり目で追った。真英はだしぬけに、イエスを愛するために礼拝堂に行くと、目をつぶっている間に靴を盗まれた、という皮肉たっぷりの歌を思い出した。だが、たちまち形容しがたい恐怖におそわれる。神殿で神を冒瀆するとは——そんな罪の意識にかられながら、真英はおばさんのあとについていった。

ほどなくミサが始まる。

「哀れなわが息子、文秀のための祈りを捧げます。心から……心よりお祈りいたします。あの子が苦痛から解き放たれますよう、幼い霊魂に平和が訪れますよう……」

真英は目を閉じ、そんなことばをつぶやいた。だが、心の片隅に潜む妨害者のささやきのほうが執念深かった。妨害者はささやく。文秀は死んだ。永遠に失われたのだ。真英は目の前が真っ暗になるのを感じる。妨害者はささやく。メスで脳を裂いて殺したのだ。無惨に殺したのだ。

眼前に真っ赤な火の玉が転げる。妨害者はなおも続ける。薄暗い冥府《めいふ》［閻魔（えんま）の庁］、押しつぶされたようにしわがれた息子の泣き声。真英は汗だくになって目を開ける。鼻先に迫る母の頭部から汗のにおいがする。めまいを覚える。信者たちの白いベールが時間と意識をいっぺんに漂白してしまった。

いくばくかの時間がたち、真英は顔を向けた。まるで救済品が並べられるように聖歌隊の子どもたちが目の前に現れる。めいめいの音階が重なった讃美歌は、風を吸いそこなったオルガンの雑音のように真英の耳元で鳴り響く。そのなかで無様にひざまずく自分の姿、真英はそれがどれほど滑稽であるか心づく。

真英はふたたび目をつむる。だが、自分が憎い。自我という意識を捨てられない己が憎いのだ。真英は自身を客観視している意識からなんとしてでも逃れたかった。失われた浪漫を求めるように、神と文秀の死は同列の神秘であり、神と死を批判することなど誰にもできない、それは事実だと考えた。

真英が聖堂に行こうと決めたのは、それ（宗教）が架空の世界に築かれたひとつの仮定だとしても、文秀のためならば、自分はピエロだろうと起き上がりこぼしだろうとかまわないと思ったからだ。しかし観念のなかの盲目は、けっして盲目になりえなかった。

ミサも終わりかけたころ、長い柄に献金袋をぶら下げた虫取り網のようなものが真英の胸元をかすめた。おばさんがあわてて数枚の札を放り入れると、虫取り網のような献金袋ははらっと後ろの列に移された。真英は見物人に回される大道芸人の帽子を思い出した。そんなことが頭に浮かぶと、聖堂を飛び出してしまう。

真英は木陰にしゃがみ、赤い目をして出てくる母を見る。文秀と同じ年ごろの子どもたちが靴をはいて表に出てくる様子も見える。

真英の目には、夏の日差しの下に佇む聖堂が、かすかに揺れているように映る。

真英は朝から縁側の端に腰かけてぼんやりしている。気晴らしにどこかへ出かけてきたらどうかという母のことばが気に障り、眉間にしわを寄せて頭を抱え込む。

気晴らしが問題ではない。真英は職を探しに出なければならないのだ。

頭を抱えたまま、いったいどこへ行って、誰に働き口の世話を頼めというのか、肺まで患っているこの私に……。

文秀を想う。生にしがみつく母と己の姿が卑しく思えてならない。

庭先には真昼の太陽がじりじりと照りつけている。陰の短いイブキの木のまわりにたかっていたハエの一群が、真英の目の前まで寄ってくる。母は甕《かめ》置き場のそばで洗濯物に糊づけをしていた。平たいヒマワリの葉の隙間から覗くそのやつれた横顔に、真英は海に浮遊するクラゲを思う。鈍くとも、生存本能だけは失われず、ひたすら生きつづける。真英は母に、これ以上そんな残忍な視線を注ぎたくなかった。うっとうしいハエを追い払うと、縁側に寝そべる。

空が青い。千切れ雲が浮かんでいる。だが、急に空が海に見える。千切れ雲はまるで海の上にぷかぷかと浮かぶクラゲのよう。寝そべって天を仰いでいるのではなく、うつ伏して海を見下ろしているのかもしれない、真英はそんな錯覚を覚えた。

日がわずかに西に傾く。イブキの陰もわずかばかり伸びたようだ。真英はからだを左向きにして縁側の下の地面を眺めていた。

門扉のきしむ音がしたかと思うと、地面を見ていた真英の目に人影が映った。影を追うようにゆっくりと視線を這わせると、頭陀袋《ずだ》を背負った尼僧が立っていた。超現実主義《シュルレアリスム》の絵のような、ことばなく影を踏んだ尼僧の長い佇まい。

合掌していた尼僧はやがて口を開く。

「お嬢さん！」

不釣り合いなほどの、少女のようなはつらつとした明るい声だった。頭陀袋を背負い丸まった肩はどう見ても四十がらみだが——尼僧は、おもむろに体を起こし、無言で視線だけを向けてくる真英の形容しがたい曇った眼光に気が滅入る。

折よく前掛けで手を拭きながら出てくる母を目にした尼僧は、一息つくように、

「奥さん？」

明るい声のままだ。

母は縁先に腰かけながら深いため息をもらす。

「わたしも暮らし向きが良かったころはお釈迦さまを信じてずいぶんお寺にも通いましたが、それもせんないことでした。一念通天とはいったものですが、それも嘘っぱち……」

たちまち孫を失った愚痴が始まる。判で押したような繰り言はいつ終わるともしれない。目を瞬かせて機をうかがっていた尼僧は、ついに母の話の腰を折る。

「……まあ、まあ、それはお気の毒なことで……。ですがね、お布施のお願いに上がったのではなく……米がご入り用ではないかと思いましてね……。重いもので……」

そんな湿っぽい話はいいから、とっとと買っておくれよといいたげな顔だ。真英は安っぽい同情すら渋る世の中になったと感じる。同情を求める母が憎いというより、憐れに思える。

まだ話し足りない母は、面食らったような顔つきだ。

「重いったらありゃしませんよ。置いていかせてもらえませんかね」

尼僧は縁先に頭陀袋を下ろすと、買い取ることを要求する。ようやく尼僧の目的を知った母は、気を取り直すように前掛けの腰部分を引き上げると、すぐに返事をした。

「うちも米を買って細々と暮らしているので、せっかくですから引き取りましょう。たっぷりおまけでもしてくださいな」

尼僧は頭陀袋の中の米をふくべ〔ひょうたんでつくった容器。升（ます）の代わりに使用した〕ではかりはじめる。母は量が少なすぎると文句を言い、尼僧はふくべに米を足そうとする母の手を振り払ってそれをとめる。それでも互いにまずまずの取引が成立したようだ。

支払いを済ませた母はあいさつ代わりに、

「どちらのお寺からですか？」

「え？　ああ、学校のすぐ裏の寺ですよ」

学校の裏なら米を減らしていくほど遠くはないはずだ。

尼僧が出ていくと、母は思い耽るように立ちつくしていた。

「真英」

低く呼ぶ。真英は返事の代わりに母の目を見る。

「文秀をこのままにしておくのは忍びないと思わないかい。なんの形もないままじゃ……。そうだよ、お寺！」

母を見る真英の視線はそのままだった。

「お寺なら近いし、祠堂だから身近だし……あんまりかわいそうじゃないか。あの子の魂が泣きながらさまよっているようで、どうにも寝つけないのさ」

真英は視線をはずし、甕置き場に咲くヒマワリに目を移す。長い間を置き、

「そうしましょう」

ヒマワリに目を向けたまま返事をした。

「それにしてもなんだって尼さんをあんなに商売人扱いしたんです？　あの子を預けるつもりだったら……」

真英の視線はヒマワリに向いたままだった。訊きたくて訊いている口ぶりではなかった。

「なんだいそりゃ。それはそれ、これはこれだよ。ったく、お布施にもらった米を売り歩く坊主がどこにいる」

真英はそんな母が憎らしかった。

「だったらどうしてそんなお坊さんのいるお寺に預けようとするのです」

「坊主じゃなくてお釈迦様に託すんだよ」

真英は納得して口をつぐんだ。と同時に、当面の生活費にと、二万圓を差し出しながら、真英が教会に行かなくなったことを詰《なじ》るおばさんのことを思い出していた。こうして寺に託すことを同意すると、おばさんを裏切ったようで申し訳ない気もする。それにお金にしても、当然もらうべき金ではあるが、自分だけ融通してもらったようで借りができた気持ちになる。だが、真英にとって宗教とは、ひとえに文秀を想ってという名分のためならば、教会より寺のほうがずっと形象的だ。少なくとも寺ではお金さえ払えば、文秀一人のための供養をしてもらうこともできるのだから。

真英はすっくと腰を上げた。

日はすっかり西の山に傾いている。街に出た。薬局でストレプトマイシンを一本買い求めた。これまで通っていたY病院に行くのは気が進まなかったので、薬局で買ったのだ。葛月洞のおばさんは、Y病院の医師は同じ教会の信者だから信用できると言っていた。しかし、一度の注射に必要な分量である一アンプルの三分の一しか使用していなかったことがわかった。それを知った以上、その病院に通い続ける気にはならなかった。

真英はアンプルを手に、しばらく路上に立ちつくすが、近所のS病院に入った。家のすぐ近くなので医者とは顔見知りではあった。だが、S病院も同じ穴の貉《むじな》だった。

真英は何から何までぎこちない手つきの新米とおぼしき看護師に胡乱《うろん》な目を向け、アンプルを手渡した。診察も受けず、注射だけ打ちにくる患者を医者は冷遇するものだ。だから真英ははなから医者に会うつもりはなかった。だが、患者を診ていた医者がこちらを向いたとき、真英は驚きを禁じえなかった。医者ではなかった。近所に住むゴロツキだったのだ。本物の医者はそのときになって書類のようなものを抱えて中から出てきたかと思うと、そそくさと出かけていってしまった。聴

診器を手にしたゴロツキは、真英のとがめるような視線にひるんだのか、慌てた様子で看護師に
「ペニシリンを二グラム」

と指示するとどこかに消えてしまう。

いくら門外漢のゴロツキでも、ペニシリンといえば万病治療薬、ていどの知識はあったようだ。

真英があっけにとられていると、看護師は消毒もせずにおぼつかない手つきでマイシンを注射器に注入していた。気をとられていた意識が戻ると、注射器には白濁色の液体が注がれている。薬が溶ける前に注射器に移したのだ。それ以上見ていられなくなった。

「なにしてるの！　ちゃんと溶けてからじゃないと大変なことになるじゃない！」

尖った声をあげると、アンプルを奪って振った。

ペニシリンの注射を待つ黄色い顔をした老婆は、注射器を手に立ちつくす看護師を不安げに見ている。

病院を出ると、すでに夜の帳が下りていた。

最前、「大変なことになるじゃない」とアンプルを奪いとった自分の姿が暗闇のなかにぽっかり浮かぶ。この煩わしい命がそんなに惜しいというのか――何度も死を望んだはずではなかったか。

真英は夜空を見上げ、腹を抱えて笑いたくなった。けれど、その笑いを漏らした瞬間、自分は発狂するであろうという恐怖心に、頭を両手で抱える。実はもう狂っているのかもしれない。目の前のすべてが狂人の幻覚なのかもしれない。いまは夜ではなく真昼なのではないか。

真英は頭を抱えたまま家へと駆けだした。

麦藁帽子を被った、冷たい飲み物を売り歩く行商人は、駆けていく真英の後ろ姿を凝視する。

月暈《つきがさ》をまとった月がほの赤かった。雨でも降りだしそうな、湿気を帯びた生ぬるい風が吹いていた。

真英の母は、尼僧が米を売りに訪れて以来、中元［百中日（ペクチュンナル）という。陰暦七月十五日、寺で供養をする日］を待った。その日は死者に施食《せじき》することになっているからだった。

中元の前日、母は文秀の遺影と、二千圜を寺に持っていき、法要を頼んでおいた。翌朝、空が白むなり、真英も果物の詰め合わせを手に母について家を出た。

B国民学校の裏手にあるやや上り坂の道を行くと、ほどなく寺の中庭が見えてくる。中元の供養の日を迎え、人手の足りない寺には近所の女衆が手伝いに来ていた。

大柄な住職は母をうれしそうに迎え入れた。

「ずいぶんとご熱心だこと。こんなに朝早くから……」

母はすぐにハンカチを目元に運ぶ。

「ご住職さま、あの子が極楽浄土に行けますよう、どうかお助けください。あんまり可哀そうで……」

鼻をすする。住職は前日にもたっぷり聞かされたはずで、母の繰り言にじっくり耳を貸す道理もない。住職はしごく事務的な口調で、

「ところで……朝一番で来るとおっしゃっていた署長の奥様がまだお見えになっておられないようでしてね……」

なにか思い巡らす様子だ。

どこの署長かは知れないが、なにやらこの寺にとっては貴重な檀家のようだ。母は卑屈な笑みを浮かべて住職を見る。

「ご住職さま、それならうちの孫を先にお願いできませんかね」

住職はしばらく母を見ると、

「……では、そうすることにいたしましょう……」

そう決めると、住職はちょうど通りがかった尼僧を呼ぶ。

「妹様《アウニム》！」

妹様と呼ばれた尼僧がふり返る。しわくちゃの顔をしたその尼僧は、はりのある住職よりずっと年嵩に見える。おまけに表情も乏しい。

「昨晩、二千圜を置いていかれた方ですが、署長の奥様はまだお見えでないようなので、先に法要を行ってはどうでしょう」

住職は相手にお伺いを立てるような口ぶりだ。

年嵩の尼僧は返事もせず、真英親子をじろりと見ると、お布施の額が気にくわないといわんばかりに、仏頂面のまま行ってしまう。

真英と母は、本堂のそばに背中合わせで所在なげに立ちつくす。

向こうに望む山の端に、昇ったばかりの朝日がさしていた。その澄みきった朝空を、真英は壁画を前にしたように見るともなく見ていた。

費用は最低限にしておきながら、朝一番に供養してもらおうと夜明けとともにやってくるとは、なんて厚かましいのだろうと恥じらう。

若い僧侶が供養膳を手にやってくる。

「あのう、背の高い比丘尼《びくに》さまはおいでては？」

母は米を売りに来た尼僧について尋ねた。

「あの人は寺にはほとんどいませんよ」

若い僧侶はそっけなくそう言うと、本堂の中へ入る。

じきに法要が始まった。真英は年嵩の僧侶が木魚を叩き、生気のない声でお経をあげはじめると少なからず失望する。大柄で声にも艶のある住職でないことにがっかりしたのだ。願わくば、クッ［シャーマニズムの儀式］で評判の巫堂《ムーダン》に頼みたいと思うのと同じ心理だった。

僧侶は経を唱えながら、懸命にお辞儀を繰り返す母の横で直立したままの真英を横目でじろり一瞥する。

紫色のワンピースを着た真英の腰はあまりに華奢だ。青ざめた顔に瞳だけが黒々としている。僧侶は不服そうに何度も真英をにらむ。そんな視線を感じると、しかたなしにぎこちなく額《ぬか》ずくのだった。諺に、僧侶の心は念仏にあらず供養膳にあり、とあるが、この僧侶も念仏ではなくお辞儀をしない自分に気をとられているようだと真英は思う。まるで僧侶と一戦を交えたかのように、からだじゅうに疲労感を覚える。

それでもだいぶ時間が過ぎたようだ。住職が息をはずませながら本堂にやってきた。

「急いでくださいな。署長の奥様がお見えになりましたよ。ここはもうそのへんにして」

住職は本堂の端にかけておいた墨染めの僧衣《そうい》をまとい、慌てた様子だ。年嵩の僧侶は仏前から霊前へと移る。経を最後まであげたのか、それすら疑わしい。先刻、供養膳を運んできた若い僧侶がこんどは大ぶりの器を持って入ってきた。真英と母に目を向けると、遺影の前に来るよう手招きする。

真英は文秀の写真の前に進み額ずく。冷たい板の間に、初めて熱い涙が溢れ出る。文秀の温もりが心に沁《し》み入るようでもあった。

「文秀、たくさんお食べ。可哀そうな子よ!」

母の声がこれほどうら悲しく真英の耳に響いたことはなかった。母は線香を立て、銀行からおろしたばかりの新札のような十圜札を二十枚、霊前に供えた。真英も起き上がり、お線香を立てた。踵を返す際、僧侶が首を伸ばして霊前に供えられた金額をあらためようとする様子を目にした。そのピン札は百圜札のように見えなくもない。真英は心苦しさからうつむいてしまう。

器を持ってきた若い僧侶はお布施を端に押しやりながらぶすっと一言、

「お布施が少なすぎますね。この世の沙汰もあの世の沙汰もすべて金しだいだっていうのに。あの世に帰る前に、友だちと遊ぶにも必要だろうに」

真英は頭に血が上るのを感じる。これしか工面できなかった母の甲斐性のなさを呪う気持ちだった。

若い僧侶は持ってきた器に、霊前に供えられた食べ物を少しずつ入れた。ナムル、餅、魚、果物、と順に手を伸ばす。最後に見栄えのいい薬菓《ヤックア》［はちみつと油を小麦粉に混ぜて作る菓子。お供え物に使われることが多い］を入れようとすると、木魚を叩いていた僧侶がすかさず、

「それはもうよい!」

と一喝した。若い僧侶は真英を一瞥すると、そそくさと表の施食石［法事を済ませた後にお供え物の一部をまいて周辺のよろずの鬼神に分け与える風

習がある」にまきに出る。

真英は言葉を失った。はなから取引であることは百も承知だった。しかしここまでとなると、さすがの彼女もとうとう抑えきれなくなる。真英は両手で顔を覆った。涙が溢れ出たのだ。誰にぶつけることもできないその憤りを涙で洗い流すしかなかった。涙に濡れながら、喉元にしがみついていた文秀の手の感触を感じる。言いようのない孤独と恋しさが湧《わ》き上がるのだった。

供え物をまいて戻ってきた若い僧侶は果物を包んだ風呂敷を差し出しながら、

「持っていかないんですか。風呂敷……」

と母に目を向ける。真英は真っ赤に充血した目で若い僧侶をねめつけると、

「けっこうです」

声を限りに言った。儀式を済ませて本堂の外に出てきた年嵩の僧侶は、

「持ってきたのだから持って帰らないと」

目もくれない真英の代わりに母は、

「でも……」

母は真英の顔を、盗み見るようにうかがう。年嵩の僧侶は唾を呑み下すと、

「お宅のような家ばっかりじゃ、坊主も飢え死にしちまいますよ」

真英の眼が光った。

「朝食でも召し上がっていかれればいいんですが、なんせ早い時間なもので、まだ支度が整っていないようです。しばらくお待ちいただけますか」

若い僧侶はそう言い残すと去ってしまう。

真英は本堂の踏み石にへたり込んでしまう。「この世の沙汰もあの世の沙汰も金しだいだっていうのに」と言われたことがよみがえる。たしかにこれは取引だ。だとしたら、文秀への追悼の気持ちも金額によって変わるというのか。真英がそんな鬱憤に駆られていると、上品な身なりの例の署長夫人とおぼしき若い女性が住職に案内されて本堂に入っていった。じきに、経をあげるよく通った声が聞こえてくる。うとうとしていたお釈迦様もようやく目を覚まして耳を傾けるのではないかと思えるような、腹の底からのよく響く声だった。真英はつと立ち上がる。

「お母さん、行きましょう」

なにも朝食目当てに寺に来たわけではない。先を行く真英を止められないことを知る母は、所在なさげに庭先に立つ年嵩の僧侶に、

「これで失礼します」

「朝食も召し上がらずにお帰りですか……」

あえて引き留めようともしない。門先まで来て見送ると、

「お宅のような家ばっかりじゃ、こっちも飢え死にしちまいますよ」

真英は怒りよりあきれてしまう。

下り坂で雑草を引き抜くと、真英はそっと涙を流す。旅費を使い果たし、見知らぬ旅館に文秀ひとり残してきたような、そんな後ろ髪引かれる思いに駆られる。

真英は燃え盛るような額に手を当てる。

夏の間じゅう、病床に伏した。発症当初はごく軽い肺結核だったが、放置していたためにしだい

に病状が悪化したのだ。さらに別の病まで併発した。水を口にするだけでも腹を下した。目がやられ、口元に熱の華ができるのは茶飯事だった。しまいには耳まで侵された。何年もほったらかしておいた虫歯もうずき、昼夜問わず痛みが走った。

真英は、ひとつの肉体がバラバラに解体される過程のなかで心の底からの恐怖を感じた。それはあたかも、太陽がギラギラと照りつけるなか、身動きの取れない一匹のミミズのような生命《いのち》だった。肉身同様に、真英は精神も砕かれていった。

夜毎、耳元をかすめる子どもの泣き声、山、丘、家が崩壊する轟音、粉々に砕け散ったガラスの破片が顔に突き刺さる幻覚、目を閉じると内臓が破裂した少年兵の顔、夫の顔、我が子の顔が、ピンク色、黄色、ブルー、ついには真っ暗闇となり、そんな色の世界につぎつぎと覆われると、とうとうなんの色彩ももたない果てしない霧が真英に覆いかぶさるのだった。

音、感覚、色彩、順に真英の神経は常軌を逸脱していった。

これ以上耐えきれなくなると、真英はようやくH病院へと向かった。だが、病院通いも長続きはせず、一週間もしないうちに行くのをやめてしまう。

わずかな貯金を生活費にあてなければならないというのも理由のひとつだった。だがそれよりも、外国製のアンプルの空き瓶を売り飛ばしている場面を目撃したのが直接の原因だった。Y病院では注射の量をごまかし、S病院は替え玉。H病院までもアンプルの空き瓶を売りさばいていた。

真英は看護師が空き瓶を数えているのを見て、偽の注射剤を連想した。空き瓶を売っているのはなにもH病院だけではない。空き瓶にしても、必ずしも偽の薬品を入れる容器に使われるわけではないかもしれない。インキ、染料、あるいは胡椒を入れる容器としてもよく使われている。だとしても、事実、街には偽の注射剤が溢れかえっている。商売人たちはそんな代物を正真正銘の薬だと悪びれもせずにうそぶく。そんなことを思うと、医は仁術という名の下に権威と言われる医者が、詐欺師まがいの商売人のように思えて不信感が募るのだった。もちろん、ただの空き瓶とはいえ、その所有者はたしかに医者であり、どう処分しようと彼らの勝手ではある。それでも真英は彼らのそんな基本的権利よりも、数多の、まるでペストのように、目に見えないところで蔓延していく偽の薬品を思わずにいられなかった。

ヒマワリの花が種をつけた。

数日前、おばさんが「元金だけでも返す」と言っていたとおり、残りの一万圜を届けに来た。これで元金の十万圜は返してもらったことになるが、小分けの返済だったのでもう手元には一銭も残っていない。

おばさんは借金を返して腰を上げる際、文秀の位牌を寺に預けたことへの不満を口にした。また、なぜそんな偶像を崇拝するのかと非難する。真英は偶像でないものなどあるのかと口走りそうになるが、その衝動を抑え、おばさんに虚ろな目を向けるばかりだった。自分自身の抱える矛盾を説明するべくもなかったからだ。

秋夕《チュソク》［旧暦の八月十五日］の日のことだった。

真英は母が寺に行くのをとめなかった。むしろ買っておいた果物を丹念に篭《かご》に詰めた。梨、りんご、ぶどう、栗、なつめ、見場のいい菓子もいくつか入れた。

篭を手に出かける母の後ろ姿を門前で見送る真英は、「お宅のような家ばっかりじゃ、坊主も飢え死にしちまいますよ」という言葉をふと思い出した。文秀の分を坊主が食べるだなんて、もったいない。憎々しい。しかしすぐさま恥ずかしさに顔を赤らめる。なんて破廉恥なことを思ったことか――。

真英は戸締りをして裏山に向かった。泣きたかった、思い切り叫びたかった。

山には粗末なテント張りの家がいくつかあった。野花や木の一本も見当たらないそこは、すでに貧民窟が形成され、山とはいえないようなありさまだった。

水がろくにわいてもいない泉から水をくむ、蜘蛛の足のように細い少女の腕、テントの中からのぞく血色の悪い顔の数々――真英は泣き叫びたい気持ちで家からこの山まで来たものの、ここでは自分こそ恵まれた存在であることを悟る。

先へ先へと登り、大きな岩に腰掛ける。

山稜から望む市街地は雑然としていた。丘陵地はどこも家々がまるでアブラムシの塊のように密集している。そのなかには寺があり、礼拝堂があり、また、洋館、韓屋があたかも過渡期のように混在し、調和を失った雑多な暮らしがそのなかにあった。

こんな都会に夢を見いだすとしたら、それは街路樹くらいなものだろうか。薄紫に染まった遠くの山の端にかかった雲くらいだろうか。

真英は細い顎に手を添える。大群のミツバチの羽音のような都会の騒音が耳に響き、高級車が山荘のある峠を下っていった。山の頂からその様子を眺めていると、そんな車も単なるカブトムシのようなものにしか見えない。のっしのっしと這いつくばるカブトムシ……。

真英はあらためて四方を見渡す。どれも無意味な思いつきだった。だからどうしたというのか、わけもなく自分をいさめる。たしかにそうだ。だからどうしたという。カブトムシならどうで、アブラムシなら、街路樹、雲、だったらどうだと――

真英は髪をかき上げる。

どんな苦しみもすべて自分のなかにある。矛盾もしかり。神も、文秀の感触も、すべてはこのなかにあるのだ。

だが、その実体はどこにもない。自分は娼婦のように節操もなく、ふたつの神殿に参拝した。そして供え物と金を捧げた。だがそれすらも、文秀と自分との仲立ちを託した神への手数料だったはずだ。その手数料は、実際には僧侶たちの数日分の食費となったはずだ。結局、わたしは自分をだまそうとしていたのだ。文秀はどこにもいない。

額にばさっと覆いかぶさる髪をふたたびかき上げる。蒼白い手は透明に近い。

神秘だの予告だの、夢、そんなものは偶然の一致にすぎない。文秀の死。あれは誰がなんといおうと人為的なミスだったはず。人は歳をとれば誰もが死ぬですって。たしかにそれはそう。老衰で死んでいく……はたしてあの子はあれが寿命だったとしよう、だからって、あんな死に方をさせるなんて。屠殺場の仔牛のような……。人を、人間を憎むべきなのだ。いるのかいないのか知るべくもない神のことなど考えてどうなる。いや、今し方はいないと言っておきながら……。もうわからない。人を、人間を憎むべきなのだ。反抗しよう。にっくき人殺しをひとり残らず呪ってやるのだ。

真英は酒に酔った男のように、とりとめのない独り言をいつまでもぶつくさとつぶやいていた。

色白の顔に影が落ちる。果てしなく高い秋の空に雲が流れたのだ。市街地にはまるで色紙をちぎったかのような秋夕の挨拶を交わす人々が往来していた。

真英は熱を帯びた瞳でその光景を見つめると腰を上げる。彼女にはもう反抗精神も、何も残されていない。眼前には荒涼とした心の迷路がどこまでも広がるばかりだった。

癖のように髪をかき上げると、山を下る。

テントからのぞかせる黄みがかった顔の数々、真英はここでは自分は恵まれた存在なのだと、ふたたび最前と同じことを考える。


陰暦の正月も間近の冷え込んだある日、葛月洞のおばさんが襟巻に顔をうずめてやってきた。どうも落ち着きのない様子だった。

「折り入って相談したいことがあってね……ちょいと聞いてくれるかい……」

「……？」

おばさんは口に出すのも憚られるといった体《てぃ》で、

「実はね、お金貸した人が死んじまってね、どうしよう」

真英は猜疑の目を向ける。

「五月に貸したお金を、利子も一銭ももらえないまま……」

真英の顔色が変わるのを見てとると、おばさんは口をつぐんでしまう。五月といえば、真英が契《ケ》の配当金を受け取ることになっていた月だ。契自体が終わる月でもあった。そればかりではない。その前から配当金の受け取りを要求していた人が何人もいた。

「いくら貸したんですか？」

真英がようやく口を開いた。

「五十万圓」

真英は内心驚いた。契のせいで借金がかさんでいたとばかり思っていたが、そんな大金を自分勝手に動かしていたとは、いったいどういうことなのか。

真英はおばさんに冷たい視線を向ける。

おばさんは目に涙を浮かべながら、

「子どもも夫もいないこのあたしには、なけなしの金だったというのに。あたしだってこれまでどれだけ踏み倒されたか。借金ならお金さえ入ったらいくらでも返しますとも。けどあの金が戻ってこなかったらあたしは一巻の終わりよ」

あれがあんたの財産だったとでも？　と嫌味のひとつでも言ってやりたかった。

おばさんはさんざん流した涙を拭くと、いきさつを説明しはじめた。内容はざっとこんな話だった。死んだというのは金を使った会社の専務だが、五月に貸した五十万圓に対する利子は一銭ももらっていなかった。不安になったおばさんは専務に元金を返すよう迫ったが、まったくなしのつぶて。仕方なく同じ教会に通う信者に相談したところ、その信者の夫である金氏が取り持ってくれるというので任せることにした。その金氏という人物はなかなかのやり手で、ついに社長名義の約束手形を受け取ったのだが、その数日後に専務が交通事故で死んでしまったという。社長名義の約束手形を受け取ったのは不幸中の幸いではあったが、どういうわけか、金氏という人間は約束手形を一向に渡そうとせず、何を企んでいるのかわからないというのだ。かといってその人を疑り、気を悪くさせてしまったら、金を借りた当人が死んでしまった以上、女である自分が社長に直談判するわけにもいかず、にっちもさっちもいかないのだと、おばさんは嘆くのだった。

黙って話を聞いていた真英は、

「いったい、その専務という人はどんな知り合いで、そんな大金を貸したんです」

「それはそのぉ……相培《サンベ》、相培のお父さんよ」

「なんですって？　洗礼を受けたっていうあの？」

おばさんは顔を赤らめる。真英はあきれて言葉も出ない。そういえば、事業で相培の父がソウルに上京してくると言っていたのを思い出した。

「信仰心をうまく利用したってわけですね」

おばさんは真英の眼光に耐えかねるように目を伏せる。

「いま考えてみると、最初から計画的だったのよ。領洗にしたって……」

「宗教以上の信用保証もありませんものね」

おばさんは、真英にあてこすられてぐうの音も出ない。真英はそんなおばさんから視線をそらす。洗礼を受けたからと信じて金を渡したおばさん、信者だからと信じて仲介を頼んだおばさん、単純としか言いようがない。そんなことを考えながら真英はふたたびおばさんを凝視する。おばさんの弱みをなじる気持ちはすでに失われていた。

「それで、どうするおつもりなんです？」

「そうね、だから相談してるのよ」

「金さんという人が仲立ちしてくれるのはいいですが、手形はおばさんが管理するべきだと思いますけど」

「そんなこと言って、面倒を見てくれなくなったらどうするのさ」

「そんな人は、はじめから別の目論見があったってことですよ」

「じゃ、金氏が手を引いたら、あんたが手助けしてくれるかい？　女ひとりじゃ、なめられるに決まってるものね……」

おばさんは懇願するような口ぶりだ。

「そう言われても……」

そんなことに巻き込まれるのはまっぴらごめんだった。しかし、おばさんの苦境を知った以上、断るのは悪趣味のような気がし、平然と、

「では一緒に行ってみましょう」

そう言うと、事情を知らない母が昼ご飯の膳の用意をして入ってきた。おばさんは気持ちがいくらか軽くなったのか、食事をしながらつぎからつぎへとよもやま話をする。

「お金があっても問題だよ。これに懲りて、金輪際、人に貸したりなんてしないわよ」

真英は冷めた顔でご飯を呑み込み、

「余計なことは考えずに、お金が戻ってきたら商いでも始めたらどうです。人の目を気にしてる場合じゃないですし……わたしも商売でもしようと思ってるんです」

「おまえさんは就職だってできるじゃない」

「就職はそんなになまやさしくありませんよ。だめなら露店でパンでも焼いて売らないと」

「勉強だって人並みにしてるんだから、その気になれば就職ぐらいできるだろうに。あたしのほうこそいよいよ商売でも始めないとね。でも契ほど楽な商売もないんだけどね。じっとしてても稼げるんだから……」

おばさんは箸を置いてマッチ棒を楊枝代わりにしながらそうつぶやく。

真英は、それはそうでしょうよ、そこまで腹が据わってるから……と思いつつ、おばさんの目をのぞき込む。悪意を感じさせない、純真な瞳だった。

「とにかく、お金を稼がないことには。お金が一番。世の中そうなってるんだもの……」

その口調には自分の失態に対する苛立ちや反発のようなものが表れていた。

「そりゃそうさ。昔からよく、子を押し立てれば腹もすくけど懐に金さえあれば安心と言ったもんだよ」

と母が調子を合わせる。

真英は軽いめまいを覚える。視界から二人の顔を振り払うかのようにかぶりを振った。

「お姉さん《ヒョンニム》も天国に行くのは難しいかもしれませんよ。金、金って言ってるようじゃ、あはは……」

おばさんはケラケラと笑い声をあげると腰を上げて手袋をはめた。

真英はその笑い声にふたたび不安と彼女に対する反発心が起こる。顔を上げておばさんを凝視する。やはり寄る辺ない孤独な人なのだ――。

おばさんが出ていくと、真英はその場に倒れ込む。綿のように、からだに力が入らない。

真英は部屋で焚いている練炭のストーブからガスが漏れているのだと確信する。部屋中にガスが充満したら自分は死ぬのだと。

息苦しさを覚えるなか、いつしか眠りに落ちていた。

内臓が破裂した少年兵が夢に現れた。夢から目覚めようと必死になる。

「あさっては旧正月だから、お寺にも千圓は持っていかないとね……」

夢うつつのなか、聞こえてくる母の声。真英は寝返りを打ちながら目を開ける。

「幽霊も人間もおんなじだよ……。みんな自分の食事にありつけてるっていうのに、うちの文秀だけは指をくわえて母親を待ってるさ」

すっかり目覚めた真英はすっくと立ちあがる。外套と襟巻を手にして縁側に出ると身にまとう。真英は台所のマッチを一箱、外套のポケットに入れると家を出た。

以前から胸の内にしまっておいたことを、ようやく実行に移す決意をしたのだ。

雪に覆われた山道をのぼる。真英はハリネズミのように、自分が総毛立っていることに気づく。襟巻と外套の裾が風になびく。すると雑木の梢に積もった雪が外套の襟元にはらはらと舞い落ちる。

真英は寺を目指していた。

寺の庭先に立つと、「お宅のような家ばっかりじゃ、坊主も飢え死にしちまいますよ」と言った年嵩の僧侶が出てくるところだった。寺は静まり返り、ほかに人影はなかった。

真英は顔面がひくつくのを意識しながら僧侶のもとへと歩を進める。

「すみませんが、わたしたち田舎に引っ越すことになったので、息子の写真と位牌を引き取りたいのですが」

深くうつむいたまま、真英はささやくように言う。虚ろな目で真英を見ていた僧侶は、なにか思いついたかのように、

「お引っ越しですか。ならそのままにしてお行きなさい。盆と正月にお布施を送ってくれれば済む

ことじゃないかい」

真英はうつむいた顔をぱっと上げると、ぷいっと横を向き、

「とにかく、さっさと写真をください！」

と語気を強める。僧侶は勢いに押されたように、ぶつくさと独りごちながら本堂へと向かった。

僧侶が文秀の写真と位牌を手に出てくると、真英はそれを奪うようにして受け取り、あいさつもせずに寺門の外に出ていく。

憤慨した僧侶は真英の背をにらむように見つめ、ぶつくさぶつくさ言いながら手洗いに向かう。

真英は僧侶に悪感情はなかった。ただ、一刻も早く写真を受け取って寺門の外に出たかった。だから気持ちがはやったのだ。

真英は斜面を上へとのぼる。のぼりながら方々を確かめるように見回す。大きな岩の裏に雪が積もっていない乾いた芝生を見つけると、真英はその場にへたり込む。すると文秀の写真と位牌を置き、しばらくぼんやり眺める。

しばらくすると、ポケットからマッチを取り出して写真に火を放つ。位牌はほどなく灰となった。だが、写真は途中で炎が勢いを失う。真英はポケットからちり紙を取り出し、それを裂いて燃え残った写真の上に放る。ふたたび炎が燃え上がる。

写真はすっかり燃えてしまった。黄みがかった煙もしだいに細くなる。

真英は煙が風に飛ばされて消えていく様子をいつまでも眺めていた。

「わたしに残されたのはひどい記憶だけ。無惨に殺された記憶だけ！」

真英の彫刻のような静謐な顔に、二筋の涙が零れ落ちていた。

冬の空は無慈悲にも澄み渡っている。雑木の梢に積もった雪が風に乗り、真英の外套の襟元にはらはらと舞い落ちてくる。

「そう、わたしにはまだこの生命《いのち》が残されている。抗うことのできる生命が！」

真英はそうつぶやき雑木をつかむと、雪の積もった山道を下るのだった。

明暗

명암

呉永壽　オ・ヨンス　오영수

オ・ファスン 訳

1958

宮倉六号室——

看守に背中を押されて一歩踏み入れると、背後でガチャンと扉が閉ざされる。

この日、また一人、新参がやってきた。

幽《かす》かな電灯のもと、塊になってシラミをつぶしていた受刑者らの視線が一斉に新参者に向けられた。好奇に満ちた眼差しだ。だが、ぼんやりした視線はすぐにそれまでいじっていたボロ服へと戻る。

新入りは壁に背を預けて倒れ込むようにしてしゃがみこんでしまう。目をつむる。すえたような臭いが漂い、鼻を突く。漂うというよりもドロドロの液体が、麺のようにずるずると鼻の奥に吸い込まれていくようだ。腐った肉の臭い——ともまた違う。魚が腐敗した臭いでもない。溝《どぶ》、ごみ箱、公衆便所——そんな臭いとも異なる。これらすべてを混ぜ合わせたらこの種の臭いになるのかもしれない。時間がたつにつれ、喉が詰まり、胃がむかつく。

新参は耐えきれず、立てた膝を抱え、顔をうずめる。

初めての人間は誰もが汗と脂、埃に黴《かび》、口臭にまみれた監房のこの独得な臭いに慣れるまで、悩まされる。

新参はなるたけ息を吸わず、できるだけ吐き出そうとつとめる。当然のことながら息苦しくなる。

「よう――」

「……」

「おい！」

顔を上げる。いきなり目を開けたせいでまぶしさに目がくらむ。目をしばたたかせる。こっちにニヤついた顔を向けている者がいる。それほど険しい印象ではない。どこか浮き世離れしているような――それでいてある種の自信と軽蔑に満ちた眼差しにも見える。

「おい」

「俺に？」

「ああ、おぬしだ。ちょっと来い」

のちに知ったことだが、その男がこの部屋の監房長《ボス》だった。

「話があるならここで聞く」

この恐れ知らずの返事に、シラミをつぶしていた者たちが一斉に新参者に顔を向けた。

だが、ボスはわずかに同情をたたえたような目に、口の端にはさらなる軽蔑の微笑を浮かべて言う。

「ふん、もういい」

すると受刑者らは復唱するように、声をそろえて、

「もういい！」

「もういい！」

「……ところでおぬし、ここをどこだと思ってる」

ボスは真顔で多少語気を強める。

「……」

新参者が無言でいると一人が、

「どこって、極楽列車六等室でっせ！」

するとボスは目をむき、

「どいつだ！　こっち来い！」

「……」

「とっとと出てこい――」

空気を読めず、いつも軽口を叩いてはボスの怒りを買う役回りのハリネズミ《コシミ》がシラミを追ってまさぐっていた下着をつかんだまま立ち上がる。

「てめえ、新入りの申告式の最中だろうが――」

「はいっ！」

「おめえ、わかってんだろうな？」

その瞬間、ハリは床にひっくり返る。足を払われたからだった。

「突撃――」

一同、すかさずハリを取り囲んで足蹴を加える。微塵の温情もない。ハリは両腕で頭をかばい、胸元に膝をつけた態勢で、左右から蹴られつづける。

廊下の端から看守の軍靴の靴音が近づいてくる。

ようやく攻撃がやむ。

ことによるとそれは、ハリに対してというより新参への警告だったのかもしれない。

看守が就寝を告げた。

穴の開いた、ところどころ綿がはみ出した敷布団が二枚、床の上に敷かれる。敷布団の上に数枚の毛布がかけられ、敷布団に数人が間をあけて横になる。その隙間に残りの者たちが頭を反対にして寝る。互いの足の裏が互いの胸元に向くかたちだ。

明かりが落とされる。静まり返る。新参は暗闇のなか、ようやく部屋の様子をうかがう。またも喉がつまり息苦しくなる。

東か西か、方角はつかめないが、鉄格子の向こうからほの白い月明かりが差していた。時折、看守の靴音が近づいては遠のく。

「おい、新入り」

ボスだ。

「私ですか」

「訊き返すな。ここでは返事と服従のみ。いいな」

「はい！」

「ここはだな、トップに看守が君臨し、その下に司令とボスがいる。絶対的な掟も存在する。それを破れば罰を受ける。さっきのようにな……。それはおいおい教えるとして、今日からおまえも仲間だ。新入りが加われば申告式をすることになっとる。申告とは互いへのサツアイだ。いいな」

「はい！」

「じゃあ、ええっと、まずはカエル《ケグリ》から順にだ」

「へっへっへっへ……」

廊下にまた軍靴の音が近づいてくる。慎重に、ゆっくりと歩く足音。

一同、寝息をたて、寝たふりをする。

足音が遠のくと、

「おいカエル、とっとと始めろ」

「ええ、所属は×××　第×××隊、名をチェ・スマンといい、階級は下士《ハサ》［上等兵に相当］、任務は輸送部隊の運転手」

「そんだけか？」

「えぇ、補給輸送途中、宿屋の売女《ばいた》に入れあげて米三俵を……ああ、だよな、三俵だったな、キム中士《ジュンサ》［兵長に相当］？」

キム中士とは、共犯で共に捕らえられたカエルの上司だ。

「おまえなぁ、いったい何回訊きゃわかるんだー」

「だよな、キム中士」

「そうだっつってんだろうが！」

「よし、次はハリ《コシミ》！」

ここでは誰もが、身体の特徴や出身地によって付けられたあだ名で呼ばれる。

たとえばカエルとキム中士とハリは同じ全羅道出身で「ハワイ」と呼ばれる。だがハワイが複数いる場合は紛らわしいのでキム中士だけをハワイと呼ぶ。

いわれてみると、カエルはぎょろ目で薄べったい唇を三角形にとがらせる様がいかにもカエルに似ている。

ハリにしても、ハリネズミ《コスムドチ》の略だが、ボコボコにされるのに慣れっこで、最前のように両手で頭をかばい、膝を折って体を丸める姿からハリと呼ばれるようになった。

江原道はマヌケ《パプトン》［パプトンは本来、櫃の意だが俗語でマヌケの意を持つ］、咸鏡道《ハムギョン》はアカ《パルゲ》［左翼の意］、平安道はチンコロ《シャンガンナ》、慶尚道はどアホ《ムンドゥンイ》［ムンドゥンイは本来、ハンセン病患者を差別的にさした言葉だが、のちに軽い悪口で使われるようになった］──司令は江原道出身で、ボスは生粋の慶尚道男児のムンドゥンイだが、さすがに二人をマヌケやどアホなどと呼ぶわけにはいかない。

「ハリ、早くしろ──」

「ひき逃げでっせ！」

「なんのために！」

「母ちゃん会いたさに……」

「てめぇ、近所の姉ちゃんじゃなかったのか？」

「あのアバズレ、おいらが休暇で帰省すると、水汲んできた道すがら、しきりにおいらに色目使うじゃないか。そんでその晩に麦畑のあぜ道で出くわすと、また好きにしろってこうだ。そんなのに、よその男のところへ嫁に行くって言い出しやがって。あのクソ女のせいで人生、棒に振っちまったようなもんさ！」

「よし、次はゴック《コルトギ》ンだ──」

出身は忠清道だが、常に腹がへっていて他人の飯を狙って生唾を飲みこむところからゴックンと名付けられた。ところで、このゴックンの自己紹介はこの監房のなかでも最も受けがいい。

「あの日……」

「なるべく詳しくだ！」

「あの日、ピクニックの帰りに『清賓館』で一杯ひっかけてな。上司がどうも、その店の姉ちゃんといい雰囲気なんだわ。おいら、そっち方面の目端は利くほうでな――そこでおいらが目配せしながら……大将《テジャン》殿、お待ちになりますか？　っつうと、上司もそんなときだけ呑みこみが早くてな……」

「ぐずぐずしないで先へ進めろ、このボケが――」

「ああ、ちょっと会っていくから、家内を連れて先に帰ってくれ！　ってこうだ――そりゃ、女房がいちゃどうにもならねえ。そんで車はどうするか訊くと、キム大領《テリョン》［大佐級］の車で帰るからいいってな……」

「それで」

「そんで奥さん――奥さんつったって名ばかり。歳もおいらより二つも下で……」

「わかったから、その先」

「そんで奥さん乗せて帰ると、そのうち日も暮れて……」

「いいから、とっとと先を話せ、このボケ野郎――」

「上司は今夜、あのカワイ子ちゃん抱いておねんねかと思うと悔しいような、奥さんへの同情もあって……」

またも軍靴の音が響く。寝たふり再開。いびきを立てる者もいる。

軍靴の音が遠ざかると、

「それで？」

「もう寝ましょうよ！」

「てめぇ、おちょくってんのか」

「そんで林の中に引きずり込んで一発ヤろうと……」

「まったまった、そこは詳しく、じゃないとてめぇ、明日わかってんだろうな、元山《ウォンサン》爆撃だ［元山は北朝鮮に属す軍港で、朝鮮戦争当時、国連軍の爆撃が激しかった］、このゲス野郎――」

「峠を越えて二股に分かれた所で車止めて――そばに栗の木の林があるんだわ、そんで、車を降りてタイヤいじったり、ボンネットあけてエンジン確かめるふりしたりして――奥さん、エンコしたようです、降りてもらえませんか――ってな……」

「そしたら？」

「すぐそばは畑で道が悪いから、降ろしてやるふりして抱きついたさ。そしたらその女、必死に抵抗しながらイ下士どうしたの、やめてちょうだいって――突っぱねやがって――」

「それでどうした」

「抵抗しようが知ったこっちゃねえ、そのまま抱きかかえて林の中に引きずり込んださ。そこで押し倒したら、あの女……」

「そんで、早く言え、このボケ――」

「イさん、こんな所じゃなくてうちへ行きましょう。そしたら好きにしていいわよ、って言うじゃねえか――こっちの股間はもうビンビンでどうにもならねえってのに――」

「じれってえな、もう」

「スカートまくってハメようとすると、もう抵抗もしなくなったさ。ところがだ、ツイてないったら、背後から懐中電灯の光が差して足音がするじゃないか。そしたら女が急に――きゃあ、助けてえ！　悲鳴あげやがって。仕方なく、体起こして――」

「それで」

「立ち上がって振り向くと、数メートル先から――動くな、手を上げろ――憲兵。そんでパクられたってわけさ！」

「つまりご馳走を前に、見物だけだったたってな」

「だから強姦未遂！」

次は食い逃げして店主のあごに頭突きして、骨折させたかどでしょっ引かれてきたという平安道のチンコロ、人をぺしゃんこにひいてバックレて捕まったジープの運転手、移動の途中、泥酔して軍の文書を失くして捕まった司令、休暇中に飲み屋の女がらみで銃をぶっ放した（殺したそうだが）、殺人未遂のボス――

だが、結局のところ、ここでは臭い飯を一番長く食った者が大将で、重罪を犯した者がのさばる。つまり補給物資の窃盗や食い逃げ、脱走ごときは犯罪のうちにも入らない。その習わしにいち早く気づいた者のなかには、犯してもいない重罪をでっちあげる輩もいる。だが、そんな虚言がバレた暁には漢江《ハンガン》爆撃という名の超ド級のリンチが待っている。

「新入りの番だ――」

「……」

「ぐずぐずすんな――」

「名はシン・ドシク、×××政訓《チョンフン》中士〔政訓は軍人の教養、報道、宣伝などをつかさどる〕、休暇中に病気になり、知らぬ間に脱走兵に……」

新参がおもしろくもなんともない申告を終えると、ボスは、

「みんないいな、政訓中士、脱走兵だ――」

そう繰り返すと、

「これでおまえもファミリーだ、だからいいな、絶対に輪を乱さず、ルールを守るように。へたなこと考えるんじゃねえぞ。みんなで心を一つにして寝食を共にするんだ。看守を敬い、司令とボスの命令に従い秩序を守れ。ここの掟を破ったらリンチが待ってる。いいな？」

「はい！」

「よし、就寝――」

新入りは座ったままの姿勢で腕に顔をうずめて目を閉じる。頭痛がする。おそらく臭いのせいだろう。

歯ぎしりが聞こえてくる。

ピチャピチャ音を立てる者もいる。

廊下にこだまする看守の軍靴の足音を何度聞いたことか。鉄格子の外が白む。

「起床――」

起床時間は六時。軍隊と同じだった。

他の部屋もざわつく。

ハリとカエルが機敏に布団をあげる。

監房に設けられた二、三坪ほどの中庭に出て、一列に整列して点呼を取った。異常なし。

看守のあとについて用を足しに行く。

司令は炊事場で飯と汁の食缶を受け取ってくる。

飯は軍隊と似たようなものだ。

みんなでがっついた。

新参も飯を一口、口に運んだ。口の中がザラザラして食欲がわかない。なかなか喉を通らず、噛みつづける。米粒が噛みしだかれて甘みが広がる。汁に手をつける。数本の豆もやしが浮かぶだけ。一口飲む。ただしょっぱいだけだった。

母がよく作ってくれた白菜のキムチのウゴジ［白菜などの外側の葉の部分］と豚肉の脂身入りのチゲが恋しくなる。何度か口にしただけで手を止めた。匙を置く前にゴックンが茶碗をかっさらっていく。と同時にハリが汁の器を奪う。

ボスがゴックンをぎろっとねめつけた。奪った汁を飲もうとするハリの頭を司令がゴツンと一撃する。その拍子に汁が少々、床にこぼれる。

ゴックンは奪った茶碗をボスの前にすうっと差し出す。

ボスはゴックンとハリ以外の者たちに一口ずつ分け与える。

司令は回収した器と食缶を元の場所へ戻しに行った。

朝食が済むと修養の時間になる。一同、膝を揃えて座る、いわゆる正座をする。各自、犯した罪を振り返り、反省するための時間だ。

壁際の本棚には埃まみれの本が数冊並んでいる。この時間は本を読んでもいいことになっている。だが、本を読む者など誰一人としていない。

刑務所暮らしのなかで、この反省の時間ほど退屈な時間はなく、リンチより苦痛だ。看守が見張っているため、やむなく正座をして目を閉じてはいるものの、十分もしないうちに火あぶりにされている大蛇のように体をくねらせたり、もぞもぞ尻を上げたりと落ち着かない。

昼食前に刑務所内の運動場に追い立てられる。運動を兼ねた労働の時間だ。倉庫の整理、レンガ運び、草むしり、掃除など。

この日はゴミを運び出した。とりたててやることがないときには営内のグラウンドを十周走らされもする。

十二時から一時までが昼休みだ。

昼休みが終わると、ふたたび正座で反省の時間が待っていた。夕食の前にも労働時間があり、六時に夕食が終わる。

この時間になるとほとんどの職員が帰宅するので刑務所内は静まり返る。

夕食を終えるとようやく大便ができる。一日に小便は二回、大便は一回。看守が全員を引き連れていき、一度で済ませる。

この日の大便の時間、看守はどうも虫の居所が悪いようだった。早く入れと尻を蹴り上げ、出ると時間がかかりすぎだといって小突いた。

大便の時間が終わると娯楽の時間だ。ここでの生活で最も楽しく待ち遠しいのはやはり飯の時間だが、その次に楽しみなのがこの娯楽の時間だ。時間は限られ、行動の制限もあるが、それでも自由が許される。

めいめいが得意な踊りを踊り、歌を歌い、話に興じる。だが、楽しいのも初めのうちだけで、何度も同じレパートリーを繰り返せば飽きるものである。だからこの日もほとんどが寝そべり、あるいはしゃがみこんでシラミ退治に精を出していた。

表向きは就寝時間の前に反省の時間が設けられているが、だらだらと時間だけが流れることが多い。

看守が姿を現す。

看守は藪から棒に司令とボスを起立させる。反省の時間に何をしているのかというのだ。全員膝を揃え、新入りに目をやった。

司令とボスは小声で何やら言葉を交わし、ボスは新参を部屋の片隅に引き連れていく。

「あるか?」

「……?」

ボスは親指と人差し指で円をつくり、

「これだ――」

新参は手持ちの五百圜《ファン》玉を二枚差し出した。ボスはほっとしたように司令に渡す。司令は廊下で看守を相手にしばし交渉する。

ほどなく、人数分のうどんが運ばれてきた。所内の売店からだった。

一人一杯ずつまわった。

その後、娯楽時間が許された。ボスは――ここは一心同体だから自分のものと他人のものの区別もねえ。どれも平等に分け合う――と言うと新参に目を向け、こいつらもみんなそうしてきた――と言う。

うどんは一杯五十圓だった。だが釣りはない。返ってくることはない。新参には所持金があることを心得ている。だから看守は難癖をつけ、受刑者たちも煙草の一本でもおこぼれが回ってくるのではないかと期待する。面会があったときも同様だ。面会には差し入れがつきものであることを承知している。にもかかわらず、看守に声をかけないとなると、抜き打ちの所持品検査を行い、あるいは娯楽時間を与えないという手に出る。それは看守の特権だった。というわけで差し入れ（金、日用品、煙草など）があっても、そのほとんどが看守や司令、ボスの手に渡ることになる。それは自分だけでなく、同部屋の者たちのためにも、やむをえない習わしでもあった。とはいえ、口実もなくむやみに渡すわけにいかず、また相手も受け取りもしない。

この口実というのは、たとえば最前のうどんの一件のように、看守が規則違反を大目に見てくれたことや売店に出前を頼んでくれたことに対し、ボスや司令を介して謝礼（賄賂ではない）をすることであり、釣りは看守の懐に入る。あるいは、風呂や代述［かつては監房長など、読み書きのできる者が看守の代わりに、日用品の申請など服役囚が必要とする書類を代筆することもあった］の順番待ちの間、看守にコヌ［遊戯の一つでます目の盤を地面や紙に描き、相手の駒を多く取った者の勝ち］の相手をしてもらう。看守は相手の意図を察して快諾し、金をかけることを持ちかける。

わざと負けてやるのは言わずもがな。

こうした直接交渉は時には大きな成果を得る。たとえばだが、腹痛を起こして下痢をするとする。大便の時間は晩飯後の一度と決まっている。もしも看守に許しを得られなければ漏らすしかない。

気合いという名のリンチならいくらでも耐えられるが、それだけは勘弁願いたい。実際に漏らした人間もいる。後始末は言うまでもなく、同部屋の者からの仕打ちといえば、それは無惨だった。ボコボコにされた挙句に二食も飯抜きを食らわされた。

ここでは飯抜きほど恐ろしく、また切ないものもない。

とはいえ腹痛を起こすほど食えるわけでもなく、そんなことは稀ではあるが、とにかくその場合は看守との直接交渉が功を奏すものだ。

刑務所ほど金が塵のようにバラまかれる所もなかろう。だが、刑務所ほど金のありがたみが感じられる所もまたないはずだ。

「おいゴックン、あの話――」

「なんですか！」

「あれだあれ、人妻とヤりそこなった……」

「またですか？」

「ああ、まただ！」

「そうだ！」

「そうだ！」

かくしてゴックンの強姦未遂事件は娯楽時間のたびに語られ、何度聞いても飽きないのだった。

朝から土砂降りだ。

労働時間は免れた。その代わり、一日中正座で反省、つまり修養の時間が続く。リンチ以上に苦痛だ。体をくねらせ、あくびばかりが出る。

ひとりがズボンの腰部分を裏返してシラミを捕まえる。ハリ、チンコロ、ハワイもそれにならう。捕まえたシラミを床に落として戦わせる。はたしてシラミは戦っているのか、喜んで抱き合っているのかわからないが、重なり合って転げまわる。どれがどれだか区別もつかない。だが、おのおのが、音が出ないように手を打ち、小声で、

「俺の牛が優勢だ――」

「こっちの牛のもんだ！」

すると残りの連中たちも上着の内側――ここでは牧場と呼ばれる――をまさぐり、シラミを捕まえるとこぞって参戦する。

「オマエ、頼むぞ――」

「俺の牛のがつえぇぞ――」

廊下の先から看守が歩いてくる。

この合戦を遠巻きに見ていたボスが突然、

「おまえら、いまなんの時間だと思っとる――」

と怒号を浴びせ、目を見開く。みながたじろぎ、そそくさとシラミを片づけると正座に戻る。

看守が覗く。

司令は書棚の本を一冊選び、新参に読むよう差し出した。ここではこの新参が、一番学識があるとみなされている。

本は聖書だった。

ここの連中はみな学がなく、本もまともに読めない。

新参が聖書を開くとボスは、

「ええっと、これから聖書を読む。修養の時間らしく、静粛にするように！」

すると、一同目をつぶり、耳を傾ける。しかしシラミをつまんだ親指と人差し指は動きっぱなしで、指先でころころ転がしつづける。

「マタイによる福音書第一章、アブラハムの子であるダビデの子、イエス・キリストの系図。アブラハムはイサクの父であり、イサクはヤコブの父、ヤコブはユダとその兄弟たちとの父、ユダはタマルによるパレスとザラとの父、パレスはエスロンの……」

「は？　みんな父か？」

「つまんねえから、他のページを読め――」

ページをめくる。

「イエス・キリストの誕生の次第は次のようであった。母マリアはヨセフと定婚していたが、二人が一緒になる前に、聖霊によって懐胎していることが明らかになった……」

「まったまった、どういうこっちゃ……イエスの母マリアが誰とどうしたって？」

「ヨセフと定婚して…」

「定婚ってのは婚約だろ？」

「まあ、最近の言葉では……」

「ああ、そんで？」

「婚約して一緒に住む前に懐胎して……」

「懐胎ってなんやねん？」

「まあ、妊娠……」

「ってことはなにか？　嫁に行く前にガキができちまったのか。わあ、進んでんな。で、誰の子なんだ」

「ここでは聖霊の子と…」

「そのセーレイってのは、いったい誰なんだ」

「そんで、その腹ん中の子、産んだんか？」

「ここでは、『おとめが身ごもって男の子を産む。その名はインマヌエルと呼ばれる――』と書いてあります！」

「インマヌエルってのはまた誰だ？」

「イエスのことですが、民を罪から救うと……」

「てことは、イエスのおっとうはセーレイって奴で、そんで婚約したってのは誰だったか…？」

「ヨセフ！」

「ああ、つまりヨセフはバカを見たってわけか――」

「シケてんな」

「もっと他にないんか――」

「情熱的な恋物語とか」

「てめえら、これは聖書だ。アホぬかしてると天罰受けて天国行けねえぞ！」

「また罰か、そいつはかなわねえ」

ボスは別の本を持ってくる。

「こっちはなんて書いてある。読んでみろ――」

ルカによる福音書。表紙を開くと十戒が記されている。新参は黙読する。

「声に出して読め――」

「第六、殺さないこと。第七、姦淫しないこと。第八、盗みを……」

「まったまった、カンインってのは？」

「おそらく他人の女と……」

するとカエルがゴックンを指さしながら、

「ヘッヘッヘッヘ」

と腹を抱えて笑う。

「続けろ」

「第八、盗みをしてはならない」

「畜生、天国行けねえじゃねえか！」

「俺らだけじゃねえ、大韓民国中どこ探したって一人も行けやしねえ！」

「けっ、天国ぐらい金さえありゃどうにでもなるっぺ！」

「金よりコネだろ――」

「アホか、天国ってのはな、金やコネでなんとかなるもんじゃねえ！」

「このうすのろめ、金とコネ出しやがれ。明日にでもちょっくら行ってくらぁ――」

「天国がどこだかわかってんのか、このアホ――」

「つづきを読め」

「第九……」

「つまんねえな」

「もういい！」

ボスは聖書を書棚へ戻してしまう。

雨はやむ気配がない。

昼休みまでまだ長い。

いつの間にかゴックンは、座ったまま口を半開きにして居眠りしている。

一人がそれまでずっと手にしていたシラミをゴックンの口の中に入れた。ゴックンはまったく気づかない。カエルは床にたまった埃をかき集めて放り込む。それでも気づかない。するとチンコロがゴックンのズボンの前をめくってマッチ棒でぶっさす。

ようやくぴくっと身を動かし目を開けた。キョロキョロすると、口の中の不快に気づきぴちゃぴちゃ舌なめずりをする。

一同、それにかまわず素知らぬ顔。

ゴックンはしかめっ面で口の中のものを手の平に吐き出した。念入りに中味を確かめる。

隣に座っていたハワイがぷっ、と吹き出す。それをきっかけに一斉に笑い声があがる。

ゴックンはしばらくハワイをにらみつけると、平手打ちを食らわした。殴られたハワイは二、三度頰をさすると、ゴックンの顎を一撃する。二人は取っ組み合いになり、殴る蹴るの大騒ぎ。ボスと司令も端にどき、暇つぶしにもってこいとばかりにみんなで見物する。

その騒ぎに看守が飛んできた。とっさにボスが怒号を放ち、止めに入る。看守にこん棒で一発ずつ殴られてようやく喧嘩は収まった。

鼻血を流し唇が切れ、額にはコブができて服はずたずた。看守は、

「おまえら、よくも——」

と言うと全員、壁に足裏をつけて逆立ちさせる。

いくらもたたないうちに全員崩れ落ちる。倒れるとこん棒で滅多打ちにされる。また逆立ち。肘が曲がり、でこが床につく。顔、目ん玉が真っ赤になる。鼻血がたれる。また倒れる。殴られようが蹴られようが、もう起き上がれない。

看守が去ってもしばらく倒れたまま、目だけがキョロキョロ動いていた。

司令がふらつきながら昼食を取りに行くと、ようやく一同、どうにか体を起こした。それでも飯を前にするとがっつく。

唇がラッパのように腫れ上がったゴックンは、飯を口に入れることもままならず、汁に混ぜると片手で唇をめくって流し込む。

食事の最中もボスの眼光は厳しい。看守による体罰の後難は想像に難くない。全員、びくびくしながらボスの顔色をうかがう。

昼食後も雨はやまず、またも反省の時間。

ボスは一隅に新参を連れていき、訓示の内容を書くよう命じた。だが新参は、なにも文字にする必要はなく、思うまま話せばいいと告げる。

正直、訓示を書いたところで、国民学校すらろくに出ていないボスに、まともに読める道理もな

い。しかしボスは、こんなときは書き記したものを手にして話すべきではないかと言う。新参は新参で、何も見ないほうが立派だと譲らない。するとボスは二、三度咳払いをし、

「これから訓示を始める――」

一同正座になり、緊張の色を浮かべた。

ボスはもう一度咳をすると、

「てめえら、おめえらは犬や豚以下だ、おまえらなんぞ百年たっても人間にはなれねえ。ここは何があっても秩序を保ち、規則正しく生活して心を入れ替える場だ。修養の時間にふざけ、喧嘩までして罰を受けるとは、我が監房の名誉にかけて許すまじきこと――」

ボスは訓示をこう結ぶと、新参にどうだという視線を向けた。新参は良かったとしか言いようがない。だが、許すまじきとは、何をどうしようと考えているのか気がかりだった。

一同目をつぶり、無言でいる。

「おい、ゴックン――」

ゴックンはびくつき、

「はい!」

「てめえ、反省したんか?」

「はい?」

「てめえがやったこと、反省したかって訊いてんだ」

「はい、ずっと反省してます。あのときは魔が差して……相手の言うとおりにしてたら……」

「言うとおりって、なんだ」

「奥さんに、イさん、こんな所じゃなくてうちで……って、あのとき言われたとおりにしてりゃ……」

「この変態ヤロー、そっちじゃなくて今日の喧嘩のことだろうが！」

「あっ、はい、反省してます！」

「ハワイ、おまえはどうだ」

「こいつがいきなり手出すからですよ。シラミと埃を突っ込んだのは俺じゃないってのに——」

一同、また吹き出す。

ゴックンはあらためて指で口の中をたしかめる。

「二人ともこっち来い——」

ゴックンとハワイはボスの前に出る。

「服脱げ——」

服を脱ぐ。下着まで脱がせ、素っ裸になった二人を廊下に背を向けて立たせた。

「俺は犬だ——言え——」

「俺は犬だ！」

「俺は豚だ——言え——」

「俺は豚だ！」

「犬と豚になれ。ハワイは犬、ゴックンは豚、ええな——」

「はい！」

「四つん這いになって犬と豚になれって言ってんだ——」

ゴックンとハワイは言われたとおり、四つん這いで部屋中をうろつく。

「ブーブー――」

「ワンワン――」

「ブーブー――」

「ワンワン――」

「やめ！」

今度は廊下に向かって立たせる。

隣の部屋に悪口を浴びせろと命じる。

こんなときの常套句がある。だが廊下の向こうでは看守が見張っている。

「早くしろ――」

「……」

ボスは近寄って二人の尻を一発ずつ蹴り上げた。すると、

「てめえこのヤロー、耳の穴かっぽじってよく聞きやがれ。『ば～か、あ～ほ、おめえの母ちゃんで～べそ、ついでにおめえも……』」

看守が飛んできた。

「何をやってる！」

ボスと司令が、部屋のルールを破ったやつらに教育中だと事情を説明する。看守はにたつくとあっちへ行ってしまう。

ボスはさらに険しい語調になると、

「二人ともこっち向け――」

向きなおる。

「宣誓――言え――」

「宣誓！」

「晩飯は食いません――言え――」

「……」

「とっとと言え――」

「ボス、もう二度と……」

「てめえら……」

「へへ、たのんますよ、ボス……」

「晩飯は食いません、早くしろ」

「……」

「どうしても言わない気か？」

ゴックンは目に涙を浮かべる。ハワイは首が折れたようにうなだれる。

「そっちがその気なら、元山爆撃だぞ、いいんだな」

ハワイとゴックンは気をつけの姿勢になると、敬礼までして、

「はいっ！」

「はいっ！」

ボスはひとしきり思案すると、

「よし、こっち来て『ノドゥルの川辺』［一九三四年に作られた新民謡と呼ばれるジャンルの楽曲で、発表当時大流行し、現在も歌い継がれている］でも歌え――」

「は、はいっ！」

ゴックンとハワイはどういう風の吹き回しかと、そそくさといつものように――つまり、アソコから毛を一本ずつ抜く。春の柳の代わりだ。それを指先でつまみ、子どもたちが好物を手に入れたときに親指を頬に添えて前後させて喜ぶように、目元で揺らしながら、

――ノドゥル川辺の春の柳……

「もう片方の手と両足、もっとゆらゆら愉快に踊らんか――」

――ゆらゆらと垂《しだ》れた枝に無情な歳月が……いつのまにやらみなで合唱していた。こうなるとゴックンもハワイもご機嫌だ。

「いいぞ！」

「その調子だ！」

「よいや、よいや！」

「ソーレ、ソーレ――」

「そうだ、そうこなきゃ！」

「ゴックンもハワイの××ポ握れや――」

「おお、イカすね！」

「回れ、よいや！」

「前、後ろ、前、後ろ――」

「ソーレ、ソーレ――」

いつの間にか看守も笑いながら覗いている。

新参に面会があった。

他の部屋ならいざ知らず、この部屋ではめったにないことだった。

突然のことに房内はざわつく。

新参が戻ってくると、好奇と羨望がないまぜになった目が、新参に一斉に向けられた。彼を囲むと、ボスをはじめ、一言ずつ質問攻めが始まり、

「誰だ？」

「何しに？」

「どうだった？」

「差し入れは？」

新参は一呼吸入れると――面会に来たのは兄、じきに再審が始まること、そして数日以内に釈放されるらしいこと――をかいつまんで話した。

するとボスは、

「誰のコネだ？」

「コネ？　コネだなんて！」

「ふん、そんなはず――」

するとハリが、

「ああそうさ。引き金引いてみろ、コネがなきゃ、銃弾だって出てきやしねえ。かけてもいい

ぞ！」

「差し入れは？」

新参は首を横に振る。一同、チェッ！　とがっかり。

それはうどんの一杯や煙草の一本が惜しくてというより、看守の難癖が部屋全体に及ぶことを恐れてだったのかもしれない。

その晩、ふたたびボスの訓示があった。

「貴様らのような精神では絶対にまともな人間になれはしねえ。ここではどんなことでも分かち合い、抜け駆けは許されねえ、わかってるな？」

「はい！」

「はい！」

なかには新参にチラチラ目をやる者もいた。

ボスの訓示は、新参に差し入れがあったにもかかわらず、すぐに出所できるからと白を切っているのかも、と思ってのことだったのかもしれない。


新参が再審を受け、翌日には出所が決まった日の晩、ボスは――俺たちは同じ釜の飯を食った仲間だ、だから娑婆に出たからって絶対に知らん顔することなく、大切にするんだ――と言い、司令は鉛筆の先に唾をつけながら何やら必死に書き留めている。他の連中は、なかには上着の中をまさぐる者もいるが、誰もが押し黙ったままだ。

娯楽の時間には決まって語られる女の話すら、誰もしろとも言わず、しようともしない。

寝床に就いて明かりが消えてからも、みな無言のままだ。やがてボリボリ、シラミをひっかく音とともに、そこかしこから長いため息が漏れてくる。新参も眠れず、寝返りを繰り返していた。廊下に響く、近づいては遠のく看守の靴音を何度も聞いた。

ゴックンが新参のそばに忍び寄る。毛布の中でなぜか煙草の吸殻に火をつけて新参に差し出す。久しぶりの煙草を何度かうまそうにふかした。頭がぐらつく。

ゴックンは古い封筒を新参に握らせ、必ず訪ねていくよう頼む。自分の母親に会い、田舎の田んぼを二、三百坪売って、その金を新参のコネに渡してここから出られるよう働きかけてほしいというのだ。また、近所には女学校を卒業したかわいい年下のいとこがいるから、出所した暁には新参に引き合わせるとも約束する。

翌朝――新参は九時にはこの房を出る。

新参は上着を脱いでボスに渡し、インクの出は悪いが万年筆を司令にやってしまう。

司令が朝食を運んでくる。

古い習わしであるかのように、みなが自分の茶碗から飯を一匙ずつ取って新参の茶碗に盛った。汁の豆もやしもわけてやる。しかし新参はまったく手をつけず、みんなで分けて食べるようにと差し出し――出所すればうまいものが食えるとも言う。

朝食を終えると、新参はふたたびボスの、知らん顔をしてはならないという小言を聞かされ、家族に渡してほしいという司令の手紙を受け取り、と同時に同部屋の全員分の実家の住所を書き留めることになった。

そのどれもが一度訪ねていって、面会に来るよう告げてほしいという頼みだった。

ゴックンは新参の耳元で昨晩の頼みを忘れるなと繰り返し、自分も必ず約束（いとこの件）を守ると誓う。

九時ちょうど、看守が迎えに来て所持品を持って出るようにと告げた。

房内は水を打ったように静まり返る。しばらく息苦しいほどの緊張感に包まれていた。すると、ふたたびざわつき出す。

新参が看守のあとについて廊下に出ると、仲間たちは鉄格子に押し寄せる。廊下の先は、長方形のスクリーンのように明るく日が差していた。まぶしい。新参は、背に十四の眼差しをずしりと感じ、振り返る。鉄格子を握りしめる無数の指、その隙間から潤んだ瞳が見え隠れする。

新参は歩を進めては振り返り、二度三度と手を振る。と同時に無数の指が鉄格子のはざまから一斉に飛び出し、揺れ動く。かすんだ瞳の数々からますます遠ざかる。

すべての栄光は

모든 영광은

黄順元

ファン・スンウォン
황순원

小西直子 訳

1958

その日、私は進まない原稿と取っ組み合ったあとだったので、身も心もいささか疲れていた。そんな疲れも私は酒でほぐす。それはもう、習慣のようなものだった。

行きつけのようになっている飲み屋は私が住む町にあるちっぽけな店で、貯蓄銀行の横を入って南山《ナムサン》のほうへ上る。それが退渓路《テゲロ》とソウル駅の間をつなぐ縦の大路と交差する、その左手の角にあった。女将が原州《ウオンジュ》出身ということで、原州屋と呼びならわされている店だ。

もちろん、看板もない。表のガラス戸に赤いペンキで薬酒、焼酎、チヂミと書かれているだけだ。しかし、実際には肴はチヂミだけではない。季節によって貝の剝き身だの、牡蠣だの、渡り蟹だの、蛸だの、明太［スケトウダラ］だのといった海の幸、豚肉、豚足、牛の臓物などの肉類もある。とはいえ、この店の醬油や味噌の味が今ひとつということもあって、これらの肴は言ってしまえばさほどよろしくない。しかし、肴になど拘泥するようでは酒飲みの名がすたるというもの。この店は、酒の味にかけてはなかなかのものなのだ。私が知る限り、事変［朝鮮戦争のこと］の前に在籍していた学校が近隣だった関係でひところ行きつけにしていた社稷洞《サジク》の「禿親爺の店《デモリヨンガムネ》」を除いては、ここの酒の味に適うところはない。

　避難先の釜山《プサン》から戻り、ここ、南山のふもとに住処を定めた私が見つけたのが、この原州屋だ。住居の良し悪しを判断する際、女たちが物差しにするのは水環境だそうだが、私だと近所に一杯ひっかけられるところがあるかどうか、それに尽きる。それはともかく、そのときこの居酒屋を見つけ、私はすこぶる満足した。店の片隅に置かれたふたつの大きな酒甕の絶妙な色つやといい、店内に漂う独特の雰囲気といい、これは事変後にできた店ではない。そう感じ取ったからだ。女将に訊いたところ、思った通り。解放［第二次大戦の終戦］直後に始めたとの答えだった。酒呑みどもの心というものは、飲み屋が古くなってすべてが油じみ、酒のにおいが染み込んでいればいるほど満たされるもの。禿親爺の酒が甘《うま》く、その雰囲気が、あたかも古い友に会ったかのように心安く居心地がよいのは偶然ではない。そこは解放前から続く店なのだ。

　私の住む町にも、居酒屋がもう三、四か所ほどできている。けれど、私は特別な場合を除いてはそちらには足を向けない。特別な場合とは、遅い時間に訪ねたものの、原州屋の表戸が閉まり、灯りが消えているときだ。朝早くから店を開け、ヘジャンク［酔い覚ましとして食べられる汁物］など出しているのだが、その分、夜は十時ごろになると来客を拒んで戸を閉めてしまうのだ。夜遅く帰宅するときにふと酒が飲みたくなり、この原州屋に足を向けることがある。そんなとき、すでに戸が閉まり、灯りが落とされていると、やむなく他の店に行くのだが、戸の隙間からまだ明かりが漏れていれば戸を叩く。最初の頃は、いくら戸を叩いても聞いてもらえなかったのだが、このごろでは何度か叩けば私であると察し、開けてくれる。ついに得意客と認められたというわけだ。他の客は駄目だ。どんなに頼んでも頑として拒まれる。そんなふうに特別扱いをしてくれるとはいえ、女将は少しも親しげなそぶりなど見せたりしない。ただ黙って私の盃に酒を注いでくれるだけだ。それがまた、どこか味わい深く、心あたたまるのだった。

その日、私が進まない原稿と取っ組みあった末に、原州屋に行ったのは、日暮れどきのことだった。

その時刻から完全に暗くなるまでが、この店は一番忙しい。場所が南大門《ナムデムン》市場と近いせいで、その露天商たちが仕事帰りに一杯ひっかけに寄るからだ。

客が座るのは、店の一方の壁に沿って長く連ねられた油でべとつく横長の卓と、土間にでたらめに置かれた、やはり油じみて黒くなった松の卓だ。ところが、この時間にはその席が足りず、立ち飲み客が出る。そうして、かなりの間、大賑わいになる。

しかし、私はさほどうるささを感じないのだ。彼らは彼らで自分らの話題に熱中しているのだから、こちらはこちらの世界に浸っていればそれでいい。ある意味、私はむしろ、静かな飲食店のほうが落ち着かなかったりする。あちらもこちらもいかなる間柄でもないというのに、何やら相手の本性を探り出そうとでもするような目つきで見られる。当然、気づまりに感じざるを得ない。

私はこの日、ちょうど書き入れ時を迎えて騒々しい店の片隅に陣取った。まず酒を椀に二杯ほど空け、お代わりを頼んでから、いつものように軽く目を閉じる。

こうして酒を前にしていると、私の体の中ではこんなことが起こる。いま私が書こうとしている作品の中のあるつかえていた部分が川の水が流れるように自然にほどけ、そこに出てくる人物たちが動き出すのだ。一人ひとり、生きた人間のように体温を備え、それぞれの顔かたち、口調、歩き方でもって。私は彼らとともにある特定の件について考えもし、時に笑い、怒り、イラつき、不安になったりもする。そんなとき、私の心は限りなく満たされるのだった。なのに、いざそれを原稿用紙に書き写す段になると、憂鬱にならざるを得ない。胸の中で育ててきたそれらの人物が、盃を前にして相対したときのように生き生きとは動いてくれないのだ。彼らの皮膚は原稿用紙の上で、原稿用紙そのものであるかのように体温を失い、脈打つ心臓から送り出されていた血は冷えてただのインクに変わり、むなしく原稿用紙を濡らす。それだけではない。川の水のごとく自然に流れていた作品の展開は、あたかも原稿用紙のマス目が堅固な堤防にでもなったかのようにせき止められてしまうのだ。もちろん私とて、何とかしようとはするのだ。彼らを生き返らせるべく。そして、納得のいかぬまま、えい、もう知らぬと雑誌社だの出版社へと原稿を渡してしまうというわけだ。私は結局、森の中で芽吹き、葉を伸ばし、みごとに開いたみずみずしい花を一介の造花へと貶めてしまうのだ。

この日も私は目を閉じ、手掛けている作品の人物たちが生気を帯びて動いてくれるのを待っていた。ところがそこへ、失礼します、と言う低い声とともに誰かが傍らに立つ気配がした。私は目を開けたがそちらには目もやらず、盃を持ってひとつ横に席をずれ、また目を閉じようとした。すると、傍らに立った男が……。

「お疲れのようですね」

と言うではないか。

私は閉じようとした目を開けて、男に目をやった。黒い作業服姿の三、四十代の男が陽に焼けた細面に白い前歯を覗かせ、笑みを浮かべている。身なりからいって、市場で商いをしているのは想像がついたが、知り合いではない。が、考えてみると、私は一度や二度そこいらで挨拶を交わしたぐらいでは、相手の顔を覚えられないのだ。それで、とりあえず曖昧にうなずき返し、ついと視線をそらした。

決して本意ではないのだが、私は人から誤解されることがしばしばある。例えば、いちど名乗り合った相手にばったり会った。向こうが挨拶してきても、こちらはとんと思いだせず、内心うろたえる。そんなことがよくあるのだ。当然、感づかれる。気分を害さぬわけがない。道を歩いていてもそうだ。私は生まれつき目ざとくないし、習性として、すれ違う人の顔などもよく見ていない。それを、こちらがわざと知らぬふりをし、通り過ぎるのだと思う人がいるようなのだ。それで、あいつは何を偉そうに。そう陰口を叩かれることになる。

とはいえ、この原州屋で出会った男は、既知の人物ではなかった。彼は自分の盃を私の盃の横に置き、言ったのだ。

「ご挨拶するのは初めてですが、お姿はいつも拝見しておりました」

初対面ではない相手のことがわからない。そんな失態を犯してはいないことが証明されたわけだ。しかし、男にそう言われ、私は少なからず気分を害した。言葉遣いがなっていないとか、そんなことではない。男の口調はあくまでも穏やかで、慎み深かった。知らぬ間に、酒を飲む姿を眺められていた。それが内心不快だったのだ。

私はこの不快感を相手に伝えたかった。どう言ったらよかろうか、さんざん思案したあげく、私は自分の盃を手荒につかみ、残った酒をひと息にあおると、男のほうは一顧だにせず、さっと立ち上がって店を出てしまった。これで彼も、自分の振る舞いが好ましからざることだったと悟ったろうし、人がひとり飲んでいるときに声をかけるような無粋な真似が二度とできぬよう、いわば壁を作っておいたというわけだ。

私と彼の初顔合わせは、このように好ましからざるものだった。昨年の秋も終わりの十一月下旬ごろのことだった。

ところが、どういうわけか。以来、原州屋に立ち寄るたびに、気になってしまって仕方がないのだ。あの男が片隅に座り、こちらを見てはいまいか。傍らに来て、また何か言葉をかけたりはせぬか。酒場にひとりで入ったからには、ひとりでいたい。それが私の流儀だった。知り合いに出会うのも有難くないのに、それが知りもしない相手だったら。ひとり酒の雰囲気をかき乱されるのは、受け入れがたいことだった。

そこで、原州屋に行くときは、できるだけ市場の商人《あきんど》らが押しかける時刻を避けることにした。しかし、酒というのは夜、小腹が空いた頃合いに飲みたくなるものだ。家にいる日は夜の帳が下りると足が勝手に原州屋に向かってしまう。なので、自然と商人たちが押し寄せる時間と重なってしまい、私はまたまた男の挙動に神経を尖らせる羽目になるのだった。

その男は商いを終えるとほぼ毎日この店に立ち寄るようで、私が行ったときに姿が見えないことがなかった。顔を合わせたくないので、わざわざ壁に向かって座り、酒を飲むのだったが、ふと振り向くと、騒ぎもたけなわの酒飲みどもの間に彼が座っているのが見える。彼はほかの商人たちと一緒になって騒ぎ立てることもなく、ひとり盃に向かっていた。そうして、私と視線が合いでもすると、すぐに目を伏せ、思いついたかのように盃を口にもっていったりするのだった。そんな彼の表情や仕草から、初めて会った日に私が見せつけた不快感を彼が確かに読み取ったのは明らかで、二度と近づいてくるようすもなかった。まったくもって幸運なことだった。

しかし、私は徐々に感じざるを得なくなった。この男と私の間に妙な関係が結ばれていくのを。その日も私は壁に向かって座ると、無意識のうちに振り返った。混みあう店の片隅に彼の横顔が見えた。片手に盃を持ち、自分の目の高さほどの前を眺めている。それは、つい今しがた取られた姿勢ではなく、しばらく前からそうしているようだった。そして、それは今日に始まったことではなく、体にすっかり染みついたものに感じられた。彼はいま目の前のものを見ていない。実際の目は外に向かって開かれていても、視線は自分の内部を覗き込んでいるのだ。横から見た彼の尖った鼻先、何日も剃刀を当てていないらしくぽつぽつと髭が出ている下顎は、周囲の騒乱とは無関係に自分だけの世界に浸っているふうだった。それは、どこか疲れ、寂しい人間の姿だった。

その日以来、私の彼を見る眼は変わった。もちろん彼が、飲み屋でいつも同じ佇まいを見せているわけではない。けれど、私は見過ごしたりしなかった。彼がひとり黙々と盃を傾ける類の人間であること。たまたま私と視線が合ったりするとさっと俯けられる、その顔から窺えるのは疲労と孤独の影だということ。私は原州屋に立ち寄ると、彼の姿をまず探すようになった。ところが、不思議なことに、彼はたいがい私がまず視線を向けたところにいるのだった。まるで、騒々しい飲み屋の店内で彼のいるところだけが常に静けさを湛えており、よってそんな気配が感じられるほうへ目を向けさえすれば必ず見つけられるとでもいうかのようだった。その実際、彼がいるあたりには、どこか寂しげな影がちょうど月暈《つきかさ》のように立ち込めているのだった。そして、その月暈のひと筋が私のところまで伸びてきて、ぐるりを取り巻くようなのを、私は感じた。けれど、そのときもまだ彼と直接、人間的な交渉を持ちたいという気持ちは起こらずにいた。

そんなある日、私たちふたりが近しくなる機会が、まったく思いがけずに訪れた。その日の夜、私は出版社を経営する元《ウォン》という男に会った。街で一杯飲んだあと別れたのだが、家に帰る途中でもう一杯飲みたくなり、原州屋に足を向けた。すでに表は閉まっていたけれど、灯りが見えたので戸を開けてくれと頼み、入れてもらった。すると、そこに彼がひとり腰かけていたのだ。他にはひとりも客はいなかった。私はたちどころに感づいた。彼は私のように他のところで一杯ひっかけ、得意客の権限を振りかざして入れてもらったのではなく、いつものように夕刻にやって来て、ずっと居座っているのだと。遅い時間に寄ったときは、ふつう立ったままでさっと一、二杯引っかけて帰るものだ。が、彼の前には酒の入った大きな薬缶が置かれていた。彼は見るからに酔った目をしていた。

私が立ったままで女将に酒を注いでもらっていると、彼が言った。

「女将、ここ、お代わり。早く!」

かなりの大声だった。

五十がらみのここの女将はもともと口数が少ないほうなのだが、この日は特に不愛想な顔で返事もしなかった。飲み過ぎだ。もうやめておけ。そう言っているのに聞かないから、閉口しているらしい。

「ねえ、ここに来るようになってもう四年も経つのに、騒ぎを起こしたことなんか一度もないじゃあないですか。大丈夫ですよ。ね、半分だけでいいから」

それでも女将に黙殺されると、彼は少し間をおいて私に声をかけてきた。

「あのう、失礼は承知ですが、少しお相手願えませんか。そうすればお代わりがもらえるかと思うので」

私は聞こえないふりをした。この日の彼の言動は、初対面のときのあの低い声、慎み深い話し方や、その後に目撃した寂しげな姿とは大違いだった。むしろ質《たち》の悪い酔っ払いそのもので、ある種の反感さえ呼び起こすものだったからだ。これまで私が彼から感じ取ってきたもの、あれは錯覚だったのか。そのときふと、好奇心が動いた。彼の酔った姿を見ておきたくなったのだ。彼の存在を意識の中から削除するのは、その後でいい。私はそう心に決めた。

ところが、彼のほうへ顔を向けたとたん、私は自分の早とちりに気づかされた。そこに私は見たのだ。いつにも増して大きな疲労と孤独の月暈が彼を取り巻いているのを。

その大きな孤独の月暈の中、彼は片手に盃を持ち、酔いで潤んだ目をこちらに向けていた。そのときだ。その疲労と孤独の月暈がその領域を広げ、瞬く間に私をも包み込んでしまったのだ。その月暈の中心に引き込まれるかのように、私は無意識のうちに彼のもとへ歩み寄っていた。そして、向かい合わせに座り、彼の手から薬缶を受け取ると、女将に酒をくれと手まねで伝えていたのだった。

「いやあ私、今日は少し酔いました」

酒の入った薬缶が運ばれてくるや、彼は手酌でひと息にあおった。

「私ね、ときどき思うんです。酒に飲まれてしまいたいと。でも、酔えないんですよね、そんなときほど」

彼はまた酒をなみなみと盃に満たしたが、口に持っていく途中で手を止め、その姿勢のまま動かなくなった。またいつかのように、自分の中に沈み込んでしまったようだ。酔いに潤み、赤く充血した目は外界に向かって開かれてはいる。しかし、何かを見ている目ではなかった。向かいに座っている私も目に入っていないに違いない。酒が入ると青ざめていく体質らしく、尖った鼻先が青白くなり、小鼻にはぽつぽつと汗が浮かび始めていた。

そこで彼は、いちど全身を捩った。苦痛から脱け出そうとでもするかのように。そうして、充血した目を潤ませ、ぽつりと言ったのだ。

「あの……ご存知でしょうか。人を殺めるのには必ずしも武器がいるわけじゃない。この指。これ一本だけで充分なんですよ」

彼は手にしていた盃を卓に戻し、その手の人差し指をぴんと伸ばしてみせて、

「これひとつでできるんです。いくらでもね。そう、急所を刺すとか、そんなことじゃありませんよ。離れたところから後頭部を指し示す。それだけで充分、ええ、ほんとに充分なんですよ」

唐突にそんなことを言うと、また盃を取り上げて一気に飲み干した。それからふいと席を立つと、女将に勘定をして、ひとり店を出ていってしまった。さほどふらついてもいない足取りだった。

作家根性とはまったくもって救いがたいものだ。そのときから私は、ある衝動を抑えられなくなった。あの男にもっと近づきたい。彼のことをもっと知りたいというものだ。もちろん、いざ知ってみたら、大したことはないかもしれない。それでも、とにかくいちど探ってみたかった。

その翌日、私は四時ごろに家を出た。彼はどんな商売をしているのか、まずそれは知っておきたい。あと、できたら別の店に行き、ふたりきりで話ができたらと思っていた。

南大門市場へ向かう道々、私は考えていた。いま会いにいこうとしている男は何者なのか、その

本質について。どうにも根っからの商人とは思えない。人生半ばで看板替えをしたのではないか。確かに陽に焼けて赤黒い肌をしてはいる。しかし、その細面から透けて見える下地には、商人のそれではない、ある種の教養の色が潜んでいるように感じられるのだ。ならば、彼の過去――それが何やら不穏なようすなのも、商人に転身する前の生活と何か関わりがあるのではないだろうか。しかし、彼の先の職業、それはなかなか見当がつかなかった。

南大門市場に続く曲り道に差し掛かったところであたりをいちど見まわした私は思わずたじろぎ、立ち止まった。深く考えずに飛びだしてきてしまったが、どうも無謀な真似だったのではないか。そんな気がしたのだ。いま目の前に広がっている人波の中から誰かを見つけるのも難しいのだ。況や、市場全体においてをや。彼を見つけ出すのはほとんど不可能に近いのではないか。

ところが、この日は運が良かった。せっかく出てきたのだから、何はともあれ市場を一回りしてから帰ろうと、人混みに分け入った私の目に商人がひとり、米軍用の冬物下着だのジャンパーだのズボンだのワイシャツだのを山と抱え、こちらへ向かって歩いてくるのが見えた。それがなんと、あの男なのだ。生来、目ざとさなどとは縁遠く、道端で知り合いに出会っても気づかぬことの多い私が、あの人混みの中、ひと目で彼だとわかったところを見ると、その日の私はよほど必死になっていたのだろう。彼を見つけだすことに。もちろんそれは、多分に偶然の賜物だったろうが。露店を広げて座っている商人であっても見つけ出すのは骨だろうに、品物を手に市場の中を売り歩く彼に、それも市場に足を踏み入れるやいなやばったり会えたのだから、それは実に僥倖と言わざるを得なかろう。居酒屋ではなく太陽のもとで見る彼の顔は、疲れや物寂しさの影が薄らいでみえた。あっけなく彼を見つけ出せたのがうれしくて、私は人混みを縫い、彼のもとへ向かった。あちらも私を見つけたようだった。ところが次の瞬間、彼はすっと顔を背けた。のみならず、私がいまだ何やら言葉もかけていないのに、くるりと背を向け、もと来た道を引き返していったのだ。明らかに、私と出くわしたのを喜ばしく思っていないようだった。

よし。それならば。私は今少し粘ってみることにした。彼は悔いているのかもしれない。夕べ、酒に酔って迂闊なことを口にしたと。すると、ますます気になってきた。彼はどんな人間なのか。どのような過去を持っているのか。何が何でも突き止めたくなったのだ。

私は踵を返し、貯蓄銀行脇の喫茶店に入った。そこで時間をつぶすことにしたのだ。そして、商人たちが原州屋に集う時間より少し遅れて店に入った。先に行っていたら、あの男に逃げられてしまうかもしれないと思ったからだ。

店の片隅、騒いでいる商人たちの間に彼が座っているのが見えた。私は壁に沿って置かれた卓につき、機会を窺うことにした。とりあえず、商人たちがある程度はけたら隣に移ろうと考えた。それで、ゆっくり盃を傾けていたのだが、そこへ気配がした。誰かが脇に立っている。誰なのかは見ずともわかる。私は黙って場所を空けてやった。

彼も無言で自分の盃を卓に置き、私の隣に腰かけた。ふたり、黙りこくって盃を干す。その後で、彼がようやく口を開いた。おそらく先に何か言い出すことだろうと予想はついていた。彼が隣に来たときから。

「ああ……夕べはずいぶんと失礼いたしました。それと、さっき市場でもまた失礼してしまいまして。市場で誰かに遭っても、気づかぬふりをしてしまうんです。前に親しくしていた人であっても。私が市場で相手をするのは商人とお客だけなんです」

静かな口調でそう言うと、また酒を注いでふた口ほど飲み、
「ところで、どうもおひとりでお酒を飲まれる習慣をお持ちのようですね。失礼を承知でお話しいたしますと、もうずいぶんと前からお見掛けしておりました。お疲れのように目を閉じておられたり、ご不興そうに眉間に皺を寄せ、首を振ったりしておられたり、またあるときは、気分がよさそうに頷いていらしたりするお姿を。まわりがどんなにうるさくても、まったく気にもかけられず。でも、不思議です。いつもおひとりなのに、誰かとご一緒のように見える。どういうわけなのか、皆目わかりません」

私は喉の奥で笑い、うなずいてみせた。それを見て、彼が言葉を継ぐ。

「あのう、私がお見受けした限りでは、なにか文筆のお仕事をされているのでは……？」

自分が作家だということを私はふだん人に告げないことにしている。私が物書きだと知ると、自分の来し方が小説の題材になるのではないかと、だから聞いてくれと言ってくる人がたまにいるのだ。私が小説家なのを知っているその人は、少しでも小説らしいことを語り聞かせねばという強迫観念にとらわれている。それで、それまでに読んだり聞いたりした小説を手本とし、自らの過ぎし日を脚色する傾向があるのだ。そんな話は私にとって、何ら心を惹かれるところのないものだ。この男もそうなってしまうのでは……それが心配だった。私はその日、この男のことをありのままに知りたかったのだ。ゆえに、私が作家だということは知られたくなかったのだ。

しかし、やむを得まい。こうなってしまっては。そこで、私は私で気になっていたことを訊くことにした。これまでに目にしてきた彼のまなざしだとか、話をするようすから推し量ったことを。

「そちらは、いまは商売をしてらっしゃるようですが、前には何か、知的労働をしていらしたので

は……？」

そう問うと、男はさばさばと答えた。

「ええ。学校で教えていました。仁川《インチョン》にある中学校で」

ところが、そんな男の目に、どこか悲しげな色が浮かび始めた。彼は言葉を継いだ。

「実は、私などが先生とこんなふうにお話ができるようになるなど、思いもしませんでした。ですが、先日……先生もご記憶でしょう。あの晩のことです。店に入ってきたら、先生の隣が空いていたんです。それで、そちらへ向かいました。近くで見ると、先生はその日、ずいぶんと疲れているご様子でした。それで、思わず声をかけてしまったのです。何と言いましょうか。先生のそのお疲れの姿に引き込まれたとでも申しましょうか。そうしたら、先生はご不快そうなお顔になり、黙って出ていってしまわれました。それで、わかったんです。考えなしに振舞ってしまったのだなと。ひとりだけの時間に無遠慮に踏み込まれたら、気分がいいわけないですから。で、二度と失礼になるようなことはするまいと誓ったんです。なのに昨晩、またしでかしてしまって……だいぶ酔っていたとはいえ、これまでは、あんなふうになったことはなかったんです。そう考えてみると、無意識のうちに先生とその、お近づきになりたいと思っていたのでしょう。でも夕べ、またくだらないことを言ってしまって、ああ、またやってしまった……そう思いまして、それで先に席を立ちました。今日の朝は、もう二度とここには来られない。どこかほかに店を探さなければ。そう思っていました。先生に合わせる顔がなかったので。なのに、先生は市場にいらした。あのとき私は顔を背けながらも先生のお顔を見ました。私を訪ねてこられたのだとわかりました。それで、今日もここに来られたんです。ああ先生、一杯召し上がってください。すみません。ひとりでこんなにしゃべりたてて……」

　自分がしゃべりすぎていると思ったのか、それからしばらく、彼はただ盃を傾けていた。一方、私のほうは、彼が好きになり始めていた。作家根性とはまた別のところで。その率直なところが何より好ましかった。私は彼に盃を差し出した。受け取った盃に目を落とし、彼はしばし何かを考えているようすだったが、やがてすっと盃を口に持っていき、ひとくち酒を含むと言った。

「夕べは呆れられたでしょうね。おかしなことを申しましたから。いちど口にしてしまったことですから、包み隠したりは致しません。聞いていただけますか」

　私は黙って煙草を口に咥えた。

「六・二五［朝鮮戦争のこと］のときです。私は同じ学校に勤めていた同僚を殺しました。死ぬところを見たわけじゃありません。でも、死んだに違いないのです。その人と私はかなり親しくしていました。ふたりとも規律部でしてね。生徒たちの取り締まりとか処罰などについて意見がぶつかることもほとんどなかった。そんな人を私はある日、密告したんです。派出所へです。反逆者だと言って。一・四後退［朝鮮戦争中の一九五一年一月四日、中国人民志願軍の参戦により北進中だった韓国軍および国連軍が押し返され、ソウルを奪還された事件］の少し前でした。その人はですね、共産勢力下でいわゆる「校策」というのをしていました。その思想に実際に共感していたのか、それとも単に保身のためだったのかはわかりません。ともかく、解放後の混乱期に世にはびこった左翼学生を徹底的に取り締まっていた人が、いわば逆方向へ方向転換したってわけです。そのとき彼がどんな悪いことをしたのか、それはわかりません。私は人民軍が侵攻してくるや用心し、学校には行きませんでしたから。九・二八［韓国・国連軍がソウルを取り戻した一九五〇年九月二十八日］の後に行ってみたら、まあ騒ぎになってはいましたよ。その人がずいぶんと非道なことをしたといってね。でもまあ、そういうときの評判っていうのは、大げさになりがちですからね。どれぐらい信ぴょう性のある話だったのはわかりません。でもね、私だけは明らかに被害を被ったんです。少なくとも、当時はそう思っていました。

人民軍が進駐してくると、私は学校に行くのはやめて商いを始めました。生きていくにはやむを得なかったんです。妻が産後に体を悪くして寝込んでもいましたしね。少しでも金になりそうなものをかき集めて売り払い、商いの元手にしまして、それでもまあ、どうにかこうにか飢えずには済んでいた。ところがある日、商いを終えて帰宅する途中のことでした。ペダリ市場に寄って、いくばくかの麦を買い、さあ家に帰ろうと思っている矢先、誰かに腕をつかまれたんです。驚いて見ると、なんと内務署員［内務署とは北朝鮮の社会安全機関］でした。ちょっと訊きたいことがあるから、署に来てくれというのです。そのときです。ひとりの男の後ろ姿が目に飛び込んできたんです。向こうの路地へと入っていくその後ろ姿。間違いない。事変前には私と机を並べていた、その人でした。私は密告されたんです、彼に。それが、八月下旬ごろでした。そして、その日から私は留置場に閉じ込められ、国連軍が仁川に上陸するまで出られませんでした。

留置場では、尋問らしい尋問もされませんでしたね。一日に何度か大きな部屋に連れていかれ、形式的な説教を聞かされただけでした。私は何度か訴えました。妻が病気で寝込んでいるのだと。でも、聞き入れられなかった。そうこうするうちに、誰の口からか、国連軍が仁川上陸作戦を開始したという噂が留置場に伝えられ、その日の夜でした。私たちは外に引きずり出され、隊列を組まされ、仁川を発ちました。背後からは、大砲の音や爆撃音が夜通し絶えることなく聞こえていましたね。沙里院《サリウオン》のあたりでようやく隊列から脱け出すことができ、なんとか家に帰りついたのですが、どうなっていたと思いますか。妻は死んでいました。誰にも看取られることなく。何日も声がしないので隣の人が覗いてみたときには、妻はもう骸になって、腐臭を発していたのだそうです。それで、近所の人たちみんなで埋めたということでした。生まれたばかりだった赤ん坊も、もちろん一緒に死んでしまっていました。

怒りのあまり、目から火が出そうでした。私は彼の家へ駆けつけました。私のことを密告した、あの男の家です。空き家になっていました。そうか、家族を連れて北へ行ったんだ。そう思いました。ところがです……。

一・四後退直前のある日のことでした。生き残ったのだから、生き延びねばならぬ。そのためには南下しなくては。そう思い、埠頭を目指していたときでした。前を行く人の後ろ姿が目に飛び込んできたんです。ずっと散髪をしていないようで、髪が伸び放題に伸びたその男の後頭部を見たとたん、私は胸が波立つのを感じました。あの男だったんです、間違いなく。私はすぐさま道端の派出所に駆け込み、その男の後ろ姿を指さしてみせました。何か月か前に、そいつが私の後ろ姿に向かってそうしたであろう、そのままに。違っていることと言えば、彼が私を指さしてみせた相手は人民共和国の内務署員、私が彼を指さしてみせたのは大韓民国の巡警［韓国の警察階級の最下位］、それだけでした。指さした手を引っ込め、私はすぐそこの路地に入りました。その男も巡警に腕をつかまれて振り返り、同じように私の後ろ姿を見たろうか。それは知る由もないことですが……」

彼はそこで前に置かれた盃を手に取り、また二口ほど飲んでから、話を続けた。

「自分がしたことについて、私は少しも良心の呵責を感じませんでした。当然なすべきことをしたと考えていましたし、いわば非業の死を遂げた妻と赤子に対し、これで少しは顔向けができると思っていた。なのに、です。私は結局巨済島《コジェド》に避難しましてね、休戦協定が結ばれてから仁川に戻ってきて、学校が始まるとまたそこで教え始めたんですが、そこへある日、女が訪ねてきたんです。午前の授業が終わったあとの昼食の時間でした。誰なのか、はじめはわかりませんでした。でも、話を聞いていくうちにわかったんです。一・四後退のときに私が密告した男の妻でした。事変の前に何度か会っていましたが、すっかり面変わりがしていてわからなかった。身なりもひどいものでした。背中におぶった三、四歳の女の子と手を引いている五、六歳の男の子も浮浪児さながらでした。女は私に訴えました。夫が戻らないのだと。彼は九・二八のあとは用心して外出を控えていたのだそうです。それが一・四後退のとき、南下する手立てがないか調べてくると言って家を出たきりなのだと。やむなく女ひとり、子供たちを連れて大邱《テグ》まで歩き、賃仕事や市場での商いなどでどうにか食いつないできたということでした。その傍らで夫の行方を探しているのだけれど、まったくわからない。もしや刑務所に入れられているのではと思って調べたけれど、いなかったと。そんなこんなでまあ、いろいろあって、やっぱり生まれ育ったところで暮らそうと戻ってきた。で、もしかしたら学校なら夫の行方を知っているかと思い、訪ねてきたということでした。今はペダリ市場で籠を売って、何とか子供たちを養っているのだと。私は女の話を聞いて少し驚きました。もう釈放されたか、悪くてもせいぜい刑務所に入っているか。私はそれぐらいに思っていたんです。でも、女の話を聞いて思いました。どうやら一・四後退のときに即決処刑となったに違いないと。しかし、私は彼女を非情に突き放しました。私が味わった痛みをお前らも味わえ、と思ったんです。それで、言ってやりました。そんなことを学校が知っているわけがないだろう。女は肩を落とし、職員室を出ていきました。

何の気なしに校庭に目をやったときのことです。私はハッと椅子から立ち上がりました。ガラス窓越しに正門に向かう女が見え、そして……母親にぴったりと寄り添って歩いていく男の子の後ろ姿、その頭の形が……そっくりだったんです。私が密告したあの男と。

その日は、下宿で作ってもらった昼飯も喉に通りませんでした。そのときからです。隣の席……かつて、その同僚が座っていたそこに、その後ろ姿の幻が見え始めたのは。そして、こんな気がして仕方なくなりました。私が指さしたあの後ろ姿はあの男のものに間違いない。でも、私を指さしたのは彼だったのか。間違いなくそうだと言い切ることはできないのではないか。ひっきりなしに現れるその幻に耐えきれず、それから十日ほどして私は学校を辞めてしまいました。

その足で、ペダリ市場に駆け付けました。女は市場の片隅で駄菓子を売っていました。ふたりの子供がその膝を枕にし、死んだように眠っていました。栄養失調で黄色くむくんだその顔を正視できぬまま、私は女に彼の話をしました。私の話がまだ終わらぬうちに、女は卒倒してしまいました。感じたんです。目の前に倒れている三人の重み、それよりもっと大きなものが、私の胸にのしかかるのを。その重みを自分が引き受けていかねばならないのだということを。

ここで彼は、しばし言葉を切った。そうして、盃に残った酒を飲みほした。

「その日のうちに、私は女と子供を連れてソウルにやってきました。そのときから今の生活が始まったんです。私がこうして市場で商いをすることを選んだのは、そうすれば、何とか生きていけると思ったからです。六・二五のときのわずかながらの経験がありましたから。でも、それだけじゃない。もっと大きな理由があったんです。商人になって、かつて教育者だったことを忘れてしまいたい。これを機に、まったく違う自分になりたい。そう思ったからでした。そして、夕方になると、こうして一杯やりながら、過去のことを噛みしめたりしていたわけです。

でもね、先生、歳月っていうのは怖ろしいもので、かつての悪夢のような記憶が薄れ始めたんですよ、このごろ。そして一方で、これまで影も形もなかった邪念が生まれたんです。私、今夜は先生にすべて打ち明けてしまいたいんです。聞いていただけますか、どうか……。先生が小説家だからお話しするんじゃありません。先生には、どこか私と通じるところがあるように思えるからです。おひとりなのに何人もと一緒にいるように見える。けれど、その実、お寂しいのではないか。そんなふうに思えるところなどが……。おそらくそのためかと思います。先生に話してしまいたいと私が思ったのは。

でね、いまお話しした邪念とは他でもありません。私の体内に隠れている男性という奴が頭をもたげ始めたんです。ひとつの部屋で寝起きしながらも、これまで私は友の妻のことを女として見たことはありませんでした。彼女は確かに、私がこれから養っていく家族のひとりに過ぎなかったんです。それが、少し前から……その友の妻が、ひとりの女性として私の目に映り始めたんです。私は必死で自分を鞭打ちました。酒を飲みながらも、絶え間なく自分を諫め続けました。この指で指した男の後ろ姿を忘れてはならぬと。それでも邪念が消えないときは、飲みました。酒に呑み込まれ、完全に正気を失ってしまうまで。夕べもそんなつもりで酒を飲んだんです。ならば、住まいは別にして、生活費を出してやれば済むのではないか。そう思われるでしょうが、でも、できないんです、私には。彼ら三人を身近に置くことで、胸にのしかかるその重みよりもっと大きなものを実感し、自分を苦しめようと一緒に暮らすことにしたはずだった。それがこのごろは、また別の意味で離れられなくなってしまった。こんな奴なんです、私は。まったくもって、如何ともしがたい……」

彼はやや血走った眼をあげて、私を見つめた。言ってやりたかった。自己嫌悪に苛まれているこの男に、ただひと言だけ。いっそのこと、その人と夫婦になってしまうのはどうかと。けれども黙っていた。そう言ったところで、いまのこの男の心には届くまい。そう思ったからだ。

商人たちもほとんど帰り、店内は少し静かになっていた。その中で、私たちは差しつ差されつ飲んだ。私は彼に親近感を抱き始めていた。ずっと前から親しくしていた相手のような気がした。彼が例の如く、目を外界に向けて開き、視線は自分の内部を覗き込んでいる、そのときは待っていた。彼がそこから脱け出してまた盃を手に取るまで、煙草をふかしながら。

その晩、彼は相当に酔いが回っても、昨晩のように声を高めたりはしなかった。もちろん彼は望んでいたのかもしれない。今宵も酒に呑み込まれたいと。私はしかし、酒はもうそのくらいにしろと止めたりも、逆に酒を勧めたりもしなかった。そうして十一時近くまでいただろうか。私たちは自然に席を立ち、一緒にそこを出た。

次に私が彼に会ったのは、三、四日のちのことだった。

その日、私は街に出て、帰宅する途中で原州屋に寄った。八時ごろだった。すると、数少ない客の中に彼がいて、まるで待ち構えていたかのように上機嫌で挨拶してきた。何やら喜びを隠しきれぬような、いつもとはどこか違う彼のようすに面食らったが、おとなしく隣に座った。

「あの、先生にお知らせしたいことがありまして」

私はハッと耳をそばだてた。このあいだ、ひとり胸の内で思い描いていたこと——彼らの結婚が現実となったのではないかと思ったのだ。が、私の期待はものの見事に外れた。

「お恥ずかしい話ですが、おとといの夜、あの陽《ヤン》洞［ソウル駅近くにあった売春窟］とかいうところに行ってきました。先生も噂に聞いていらっしゃいますよね。どんなところなのか。そんなところに足を踏み入れるのは生れて初めてだったんですが」

彼はきまり悪そうにして、ぎこちなく笑って見せた。

「そうでもして、私の中で蠢く男性を吐き出してしまわないことには、もうどうにも我慢ならなかったんです。ところがです。私はついにできなかったんです。その行為が、なぜか。私自身のものが言うことを聞いてくれなくて。若い女に笑われましたよ。まだそんな歳じゃないでしょうって。でもね、あんなに胸がすっきりしたことは近来なかった。お前は不能になったんだ。彼女と一つ屋根の下に住んでいても、もう余計なことは考えるんじゃないぞ。そう自分に言い聞かせました。私はさっぱりした気分でそこを出ました。これでもう、少しは楽に生きられそうです。あと、もうひとつお話ししたいことがあります。これからは、先生のお邪魔は決していたしません。先生にも、私を知る前に戻っていただけたらと思います。ここで私を見かけても、知らぬふりをしてください。そうされてもまったく気を悪くしたりはしませんので。今の話は、このあいだ聞いていただいたこと関わりもあり、あと、本当に天にも昇る心地でして、それでお話ししてしまいましたが、これからは……。それでは、先生。楽しいお時間をお過ごしください。私はこれで失礼いたします」

私にはわかった。この気の毒なまでに律儀な男は、私がここ何日か来なかったのを、自分が煩わせたせいだと思っているのだ。しかし、私は何も言わずにおいた。敢えて弁明する必要もないだろうと。

彼は盃を手に、別の席に移った。

少し経って、店を出るときに見ると、出がけに挨拶するわずらわしささえも与えまいとしているのか、彼はこちらに背を向け、反対向きに座っているのだった。

そんなことがあってから四、五日後、私は実に思いがけない時刻に思いがけない場所で彼に出くわした。

私の住まいは南山の麓にある。それで、季節によっては南山に朝の散歩に出かける。早春から若葉が生い茂るまでと、涼しい風が吹き始めてから初冬に差し掛かるまでの時期だ。

散策コースはどうということもない。まだ暗いうちに南山広場まで上り、南山洞に通じる道に入る。そして、厚岩洞《ファム》に抜ける洞窟の前を過ぎ、カーブした道をいくらか下ると、右手にウォンチョンデ湧水と書かれた立て札が立っている。そこまでくると、もう白々と夜が明けている。それから体にいいとされるそこの湧き水を少し飲み、同じ道を辿って戻るのだ。

その日、私が朝の散策に出たのも、まだ薄暗い夜明けだった。十二月も十日あたりの冷たい空気が鼻先を痺れさせた。もう朝の散策は控える頃合いなのだ。

南山広場から南山洞に通じる道に入った。山の上からはいつものことで、弁論の練習をする声がしていた。ところが、厚岩洞に抜ける窟の前に来たときだった。怪しげな声がふと耳についた。暗い窟の中から聞こえてくる「うう、うう」というようなその声は、弁論練習の興奮し切ったものとは違い、切れ切れの呻き声のようでもあり、歓喜の絶頂を迎えておのずと漏れ出る声のようでもあった。なにぶん暗い窟の中なので怖ろしくはあったが、その声があんまり切実に響くので、そのまま見過ごすことができなかった。そろそろと窟に入ってゆくと、なんと、原州屋で会ったあの男だった。

闇の中、彼も私だということに気づき、驚いたようすだった。私は何かあったのかと訊いた。彼は何とも答えず突っ立っていたが、やがて外に向かって歩き出した。私もそれ以上訊かず、後に従った。

広場を突っ切り、幾つもの石段があるところまで来たときは、周囲が薄紫に明るんでいた。男は石段に足をかけようとしてふと止め、私を振り返った。

「あの、先生。私、また少し……ありましてね。実はいま陽洞からの帰り道でして。ここには突然思いついて来たんですが……」

男はゆっくりと石段を下り始めた。

「私という男は、実に救いがたい人間のようです。初めて陽洞に行ったときは、不能になったと喜んでいたのに……先生にもお話ししましたよね、天にも昇る心地だなどと。なのに、じきに耐えがたくなってしまったんです。この歳で不能になったってことが。それで昨夜、結局またあそこに行ったんです。

今度は年かさの女をわざわざ選び、泊まりで試すことにしました。だからかどうなのかはわかりませんが、ともかく、どうにかこうにか成し遂げることはできたんですが、何故でしょうか、そのまま横になっていられなくて。すぐに起き上がって服を着てしまいました。ひと晩ぶんの支払いをしていたんですけどね。

ともかく、まあ……起き上がって壁にもたれて座った、そのときです。新聞紙を貼った塀に大きな瓢《ひさご》がふたつぶら下がっているのが目に入って。ひとつの瓢をふたつに割った、おんなじ形をした瓢だったんですが、その表がなんと、キュウリみたいな緑なんですよ。私は女に訊いてみました。あの瓢はどうしてあんな色なのか。知らないという答えが返ってきました。まあ当然ですよね。その女の部屋ってわけでもないんですから。その日その日で、空いているところに部屋代を払って客を連れて行くらしいですから。で、瓢を釘からはずしまして、じっくりと見ましたら、もともとの皮じゃないんです。ペンキが塗られてたんですよ。私はその瓢を抱えて座り込み、小刀でペンキを削り落とし始めました。なぜ、何のためにそんなことをしているのか、自分でもわかりませんでした。ただ、一か所もペンキの跡を残すまい。その一念で、丁寧に落としていきました。女はしばらく変な目で見ていましたけれどもね。ともかく、ペンキはきれいに落とせました。明け方までかかってしまいましたがね。それをもとあった場所にかけ、眠っている女は置いて部屋を出て、その足でここに来たんです。まっすぐ家に帰ることが、どうにもできませんで……。東大門《トンデムン》市場に行って、品物を少し仕入れてくるつもりでいたので、それでも取りに行って、ゆっくり帰ろうかと思っていたところです。

いま私は、何が何だかわかりません。喜ぶべきだという気もしますし、悲しむべきという気もします」

いったん話を始めると、言いたいことをすべて吐き出す彼は、この日もそうして一気に昨晩の出来事を告白するのだった。

私はこの、いまだ名も名乗り合っていない、ゆえに名前さえ知らない男が正直に吐き出すその話を聞いているあいだ、これほど悩んでいる彼に心を痛めながらも、ある種の人間的な親しみを感じていた。もういちど彼の顔を見る。本人の言う通り、依然うれしそうでも哀しそうでもない表情だった。しかし、私は見抜いた。彼の内奥で何が起こっているのか。あたかもせき止められていた地下水が岩の隙間から染み出てくるかのごとく、息をひそめていた生命のひと筋が密閉された肉体の隙間をこじ開け、息づき始めているということを。

東大門市場に行くという彼と、私は南大門地下道の入り口で別れた。


それから半月ほど、私は彼に会えなかった。

その頃、私は元《ウォン》が経営する出版社から短編集を出すことになり、その校正原稿をやり取りするためしばしば街に出ていた。そうすると友人たちに会うことになり、あちらに付き合い、こちらに付き合いして夜遅く戻る。そういう生活を送っていたのだった。校正があらかた終わり、久々に原州屋に立ち寄ったときにはあの男は来ていなかった。

翌日は、その年の初雪が降った。初雪にしてはかなりの大雪が朝から休むことなく降り、暮れ方になってようやく止みそうな気配を見せてきた。それで私は急ぎ、家で着ていた服の上に外套だけ引っかけ、原州屋に向かった。

店にはあまり客がいなかった。市場の露店が雪のせいで開店休業といったありさまだったからか、商人たちの姿も見当たらず、ほかの客も二、三人しかいない。そんな中に彼がいた。

私は彼を見て驚いた。彼が異様な面相になっていたからだ。左の口の端《は》が歪んでいる。尖った鼻の先と形のよい顎の間で重心を失い片側に曲がった口の位置が、顔全体のバランスをぶち壊しにしていた。

私は彼の向かいに腰をおろし、それはいったいどうしたことだと訊いた。これからは自分を知る前に戻ってひとりの雰囲気を心置きなく楽しんでほしい。彼にそう言われたのはもちろん覚えていた。しかし、そうせずにはいられなかったのだ。

「いや、酒に酔って冷たいところで寝てしまいましてね」

彼は口元に苦笑いを浮かべた。曲がった口が歪み、ますますグロテスクな顔になる。

「いつからそうなったんです？」

「四日目になりますかね」

「部屋に火はまだ……？」

「いいえ。オンドルの部屋ではなく、二階の板の間で寝たんです。練炭ストーブは早いうちからつけていたんですがね……」

子供たちと女を暖かいところに寝かせ、自分はできるだけ離れて身を縮めている、そんな姿が目の前をかすめた。

「病院には行かれましたか？」

「ええ。注射を打ちに、毎日」

「なら、お酒は……」

「わかってはいるんですがね。今日からまた飲み始めてしまいました」

このあいだ、この男に南山で会ったとき、私は彼の哀しみでも喜びでもない表情から、それでも息をひそめていた生命のひと筋が新たに息吹き始めたということを感じたことがあった。そのとき、この男の話をモチーフに小説を書いたらどうなるか、考えてみたのだが、どうにも彼は、その新たな命のひと筋によってまたも苦しむことになる。そんな気がした。けれど、その苦しみの一部がこんな「顔の変貌」という形で現れようとは思ってもみなかった。

「口がこうなった翌日の晩でした。つまり、一昨日ですね。その日は酒も飲まず、まっすぐ家に帰りました。そうしたら、彼女がこれをこしらえていましてね、嵌めてくれたんですよ。口がこうなったのには、桑がいいんだそうで。それで、梧柳洞《オリュ》まで行って、折ってきたのだと」

彼はそう言うと、桑の枝で作られたという手鉤のような形をした器具を取り出した。歪んだ口の端に嵌め、一方につけられたひもの輪っかになった部分を耳にかける。そうして、ぎごちない笑みを口の端に浮かべてみせた。しかし、その笑みは先ほどとは違って、それほど見苦しく歪んではいなかった。

彼はそれをまたはずし、手のひらに乗せた。

「これを私に嵌めてくれてから、彼女はこう言ったんです。私がいなかったら、自分も子供たちもどうなっていたかわからないと。夫が生きていたとしても、ここまではできなかったろうと。そしてね、言うんです。子供たちも大きくなって、もう一日中かかりっきりで面倒を見る必要もない。だから、自分で働いて、何とかして生計を立ててみると。要するに、家を出ていくってことです。私は黙って聞いていました。彼女は、これ以上苦労をかけるわけにはいかない。そんなことも言っていました。私のおかげで夫のことを忘れることができたとも。そして最後に言いました。いつまでもこのまま暮らすわけにはいかないだろうと。お恥ずかしい話ですが、私、つい先ごろまた陽洞に……。もちろん彼女はそのことについては知らないようでしたけれど、それでもね。女の勘とでもいうもので、何か感づいたに違いない。話し終えて、彼女は耳にかけたこいつのひもが少し緩んでいるって、結び直してくれました。その手が震えているように思えました」

そこまで話し、その器具を大切そうに外套のポケットにしまうと、彼は続けた。

「その日の晩でした。彼女が私の寝場所をストーブの脇に移しまして。自分はこれまで私が寝ていたところに移るといって。いいからと、いくら言っても聞かないんです。私はその日、夜が白むまで眠れませんでした。酒を飲んでいませんでしたから、まったくの素面です。夫のことは忘れた。彼女が口にしたその言葉が頭の中をぐるぐる回っていました。それから、このまま暮らすわけにはいかないだろうという言葉も。私は闇の中で、彼女が寝ているほうを眺めました。布団を頭の上までかぶっていました。そのとき、ふと思ったんです。ストーブからうんと離れたあの場所。そこがなぜ、私か、でなければ彼女の場所でなければならぬのかと。彼女の声が頭に響き渡りました。ここを出てゆくといった、その声に、頭を殴られたような気がしました。駄目だ、そんなのは。咄嗟にそう思いました。ですが、わからないんですよ。どうしたらいいのか、自分がどうしたいのか。それで、こうしてまた酒なんぞ飲んでいるというわけです」

そう言うと、彼はまた例の、自分の中に沈み込んでいく顔になり、盃を傾けるのだった。

歪んだ顔を見るに忍びず、私は思わず口にしてしまった。いつだったか、この男に言ってやりたいと思った、しかし、そのときは言えなかったことを。

「私なら……結婚してしまうと思うな」

彼は冷や水を浴びせかけられたかのようにハッとし、酔いの回り始めた目をこちらに向けた。

「結婚？　誰とですか？」

「ひとりしかいないでしょう。他に誰がいるんです？」

彼はすぐまた自分の中に沈み込んでしまった。私も黙って酒ばかり飲んでいた。それ以上、彼に何を言えばよいのかわからなかったのだ。そうしてしばらくのあいだ、ふたりとも無言でひたすら酒と向かい合っていたのだが、そこへひとりの客が入ってきた。うわあ、すごい雪だ。彼はそう言って頭と肩の雪を払い落とした。止むかと思われた雪が、また激しさを増してきたらしい。

そのときだ。黙って自分の中に沈み込み、時おり思いついたように盃を傾けていた彼が顔をあげ、客のほうに目をやって独り言のようにつぶやいた。

「雪はいい。いくら降られても、誰も嫌な気にならないんだから」

私も釣られてしゃべり出した。

「そうですねえ。私も雪は好きですよ。雪が降る晩には故郷《ふるさと》を思い出すなあ。そこではね、いちど雪が降るとそれが根雪になって、春まで解けなかったりするんです。なので、いろんな草の新芽が雪の下で芽吹いて、雪が解けるといっせいに頭をもたげるんですよね……」

そのとき、ふと、あることを思いついた。

「私の友人でね、こんな奴がいました。解放前の話ですが、同じ職場にいる女性のことが好きだったのに、どうプロポーズをしたらいいかわからないと、うじうじしていたんです。相手のほうも、そいつのことを憎からず思っているようなんだけれど、そのせいでもっと悩んでしまった。色々と考え過ぎたんですかね。ところがね、ある大雪の日、仕事を終えて家に向かう途中で、その人が前を歩いているのに気づいたそうです。急ぎ足になって追いついて肩を並べはしたけれど、さて、言葉が出てこない。結局ふたりは雪の中、ひたすら歩き回ったそうなんです。黙りこくったまんま。ところがね、いつしかふたり、手をつないでたって言うんですよ。彼らはそのあと結婚しました。自分らふたりが結婚できたのは雪のおかげだって、そいつはいつも言ってますよ」

私はそう話を締めくくると、向かいに座っている男をけしかけたのだ。

「どうです？　この雪の晩を記念日にしてみては？」

つい今しがたまで、この男に何と言ってやればいいのかわからず、私はただ盃ばかり傾けていた。とはいえ、実はひそかに思いを巡らせていたのだ。この男は彼女と夫婦になるきっかけを探している。それをこの男が自ら作り出せるとは思えない。外部からの何らかの働きかけが不可欠だ。成長の思わしくない木が庭師の手を借りて伸び伸びと枝を伸ばせるようになるのと同じだ。そんなことを考えていたとき、雪という言葉が耳に入った。そこで、陳腐な作り話をして、彼をまた結婚の話題に引き戻したのだった。

男はしばしば怪訝そうな目で私を眺めた。いつも静かに話を聞いているだけで、問い返したり意見をさしはさんだりすることのなかった私がにわかにしゃべり出したのだ。何事かと思ったのだろう。

乗りかかった船だ。私は畳みかけた。

「鉄は熱いうちに打て。そんな諺もあるでしょう。さあ、決断の時ですよ」

そして付け加えた。かなり酒が回っていたけれど、努めて真面目な口調で。

「これまでいろいろお話も聞いてきましたし、おうちの前までお付き合いしますよ」

彼は曲がった口の端を歪めた。笑みを浮かべたのだ。その歪んだ顔を今度こそまっすぐに見つめる。

「私が思うに、おふたりはもう形式的には夫婦になっていますよ。だって、何年も一つの部屋で暮らしたんです。誰だって、夫婦だと思いますよ。ああ、そりゃ私は信じていますけどね。これまでの話を。それはともかく、残るはただひとつ、形式を本物にする段階だけです」

果たしてこんな理屈が通るのか。疑問ではあったが、それが彼に何やら働きかけたらしいことだけは確かだった。私が話を終えると、彼は喉に詰まった何かを呑み込むように、ごくりと唾を呑み込んだのだ。もしもこの男のことを小説に書くとしたら、結婚という結末にはしないかもしれない。でも、私は現実を生きるひとりの人間として、この男と向き合いたかった。自分の小説の主人公としてではなくて。

　彼に考える隙を与えず、私は言った。

「さあ、出ましょう。今日は私が払いますよ。お祝いの意味でね。その代わり、明日は奢ってもらいますよ」

　片腕をつかんで引き起こす。よかった。私は安堵した。彼の体の重みがさほど感じられなかったことから推して、無理やり立たされたわけではなさそうだ。外は牡丹雪が降っていた。私は外套の襟を立てた。彼も同じように襟を立てると、ポケットから例の手鉤を取り出して口に嵌めた。

　私たちは、退渓路とソウル駅の間の道をソウル駅の方角へ歩いた。風が少し出ていて、舞い上げられた雪が顔にぶつかってくる。

　雪は、行きかう自動車のヘッドライトに照らされてははたと舞ったかと思うと、闇に沈む。それからまた白くきらめく無数の点となって降り積もってゆく。

　隣を歩いていた彼がふいに口を開いた。

「あの……先生は、雪をどう思われますか？」

　何のことなのかわからず、彼の顔を見た。手鉤のせいで発音がはっきりしない。が、私がわかりかねたのはその言葉の意味だった。

「先生は、雪と雨を見るとき、どちらのほうが男性、どちらが女性だと思われますか？　私が思うに、雨は男性、雪は女性かと。雪は、色合いや形が女性的でしょう。吹雪や雪崩なんてものもあるにはありますけど、洪水に比べればやっぱり女性的じゃないですか？」

ははあ……。私は察した。彼はいま緊張しているのだ。それを押し隠そうと、思いつくままにしゃべっているのだ。雪が女性的だの、雨は男性的だのと、これまで考えたことはないに違いない。それで私は、彼がいま、自分が若干緊張しているのを隠そうとしているということがわかった。それほどに彼が緊張しているということに、私はむしろ安堵した。

そのまま雪の中を歩く。南大門と南山をつなぐ橋の少し手前で、彼が歩みを止めた。見ると、左手にコンクリート二階建ての家があり、その倉庫のように見える二階の端に明かりが灯っている。そこが彼の住まいなのだった。

彼は歩みを止め、闇の中から微笑みかけてきた。手鉤のおかげでさほど歪んではいない笑みだ。笑いかけてはいるけれど、ちょっと上がっていきますか。そう私に言う気配はない。とはいえ、まだまだ気は許せない。まさか気が変わっていたりはしないだろうな。私は彼を見守った。それに感づいたか、彼はまた笑みを浮かべると、心配するなと言うように大きくうなずいてみせた。そして、くるりと背を向け、頭と肩の雪を払いながら階段に足を乗せる。上り切ったところが出入り口らしい。隙間から明かりが漏れ出ている。もちろん私も、彼の部屋に上がり込む気などさらさらない。ここまで付き合ったのだから、もう任務は完了だ。私はただ彼の後ろ姿を見送っていた。

彼が階段をゆっくりと上り始める。かなり急な階段だ。私は背を向けようとした。そのとき彼が歩みを止めた。階段を上がったところに雪がうず高く積もっている。何を考えたか、彼は腰をかがめてその雪を両手につかみ、顔に擦りつけた。次はなんとズボンの前を開け、またもや両手に雪をつかんでそこへしきりと擦りつけている。

階段の上で繰り広げられるこの光景を仰ぎ見ているうちに、私は俄かに浮き浮きしてきた。前後左右に体を揺する。その気分を全身に行き渡らせたくて。そうして、ひとり心の内でつぶやく。すべての栄光は酒に。そして、すべての栄光はひらひらと舞い落ち、静かに降り積もる今宵の雪に。そして、またすべての栄光は、いま新たな生活に向きあうべく、暗い階段の上で自らの一部分を擦りたてている、あの痛ましいまでに律儀なひとりの男に。

解説

「解放」後十五年間の文学

白川豊

一．一九四五―六〇年の状況

　本書が扱うのは日本の植民地から解放された一九四五年八月十五日から韓国の初代大統領・李承晩の長期政権が大学生たちの抗議活動などによって打倒された一九六〇年四月十九日（いわゆる四・一九革命）までの約十五年間であるが、すでに第三巻まで刊行されている〈韓国文学の源流〉シリーズ企画の中で今回の第四巻も短編選であるため、長編や詩などほかにも取り上げなければならない分野は多々あるが、ここでは主としてこの時期の短編を中心に述べる。また一九四八年に南北にそれぞれ「独立国」が誕生してしまったため、「韓国文学」としてはこれ以降の北朝鮮（朝鮮民主主義人民共和国）の文学状況については触れられない。せっかく独立したと思ったのに分断されてしまった悲劇を少しでも身近に感じるために、戦後の日本が東西に分断されたと想像してみるのはどうだろう。例えば関西文壇には谷崎潤一郎らがいたが大部分の文人は東京にいて、お互いの往来や連絡ができないなどということを思ってみるとよいかもしれない。

　このように、隣国とはいえあまりにも日本とは違う政治や社会状況、またそれに影響を受けた文学状況について作品を理解する上での基礎知識が必要なのは言うまでもない。この「解説」ではまずそれについて略述し、その上で各収録作品について述べることにする。

　あらためてこの時期をさらに時代区分すると次のようになる。

第Ⅰ期…一九四五年八月—四八年八月
　植民地からの解放—南北各政府の樹立へ
第Ⅱ期…一九四八年九月—五〇年五月
　南北各政府の樹立—朝鮮戦争の勃発へ
第Ⅲ期…一九五〇年六月—五三年七月
　朝鮮戦争の勃発—戦争休戦の成立へ
第Ⅳ期…一九五三年八月—六〇年三月
　休戦の成立後—李承晩長期政権の瓦解へ

　時期区分としてはやや短すぎる感はあるが、それぞれ大きな事態であるだけに無視できないであろう。次に各時期の状況を文学関係を中心に略説しておく（なお便宜上、以下の漢字はすべて略字体とした）。

　まず第Ⅰ期の三年間だが、日本にいては想像しがたい混乱が生じている。朝鮮半島が三十八度線で分断され、南北の往来が難しくなったことである。自分の居場所が窮屈になったと感じた文人たちは苦労しながら北部朝鮮へ越北したり南部朝鮮に越南した。人数的には越北した文人がかなり多く、しかも洪命憙《ホンミョンヒ》、李泰俊《イテジュン》などすでに中堅以上の実力者が多かった。北の方が希望の持てる社会と思われていた時期なのである。逆に越南した文人は張龍鶴《チャンヨンハク》、孫昌渉《ソンチャンソプ》、呉尚源《オサンウオン》ら三十歳前後の若手が多かった。そして彼らが五〇年代の韓国文学を牽引していくことになる。

　人的な混乱の中でイデオロギー的にも容共か反共かということで対立も芽生えていた。四六年初頭に結成された「朝鮮文学家同盟」は機関誌『文学』も発行した。第一号（四六・七）には後日、文学史的に重要な李泰俊《イテジュン》「解放前後」、安懐南《アンフェナム》「火」、池河蓮《チハリョン》「道程（小市民）」、金学鉄《キムハクチョル》「たばこスープ」の四篇が創作として掲載されているのが象徴的である。ただこの団体の構成員には民族・純粋文学系の李泰俊ら大物もいたが多くは左翼系文人で、これに反発した若手が「朝鮮青年文学家協会」を立ち上げた。だが会員は文人全体の一割程度だった。

第Ⅱ期に活躍した作家としては本書では取り上げられなかったが、数少ない五十歳代の元老・廉想渉《ヨムサンソプ》を挙げるべきだろう。文房具屋の女主人一家が嵌められて破産していく「二つの破産」（四九・八）、重病の男が死に至るまでの我が儘と信仰を描いた「臨終」（四九・八）、漢方薬店の夫に死別した妻が、部屋を貸した若い会社員に恋慕するドタバタ劇「一代の遺業」（四九・十）など新政府の元での庶民の日常生活を描いたところに特徴がある。

第Ⅲ期はまさに朝鮮戦争の三年間である。戦争のため発表紙誌の減少で特に長編は難しく、短編や詩ぐらいしか余裕がなかったであろう。またこの時期、文人たちは従軍作家団（空軍は「蒼空倶楽部」）を結成して活動し、陸軍従軍作家団では『戦線文学』なる雑誌も七号ほど発行していた。

第Ⅳ期が休戦後、実質的な五〇年代の新しい文学の成長期になったといえる。この時期の大きな特徴は廉想渉に代表される〈家〉をめぐる話よりも戦争を体験した個々人の生きざまと内面に迫る作品が多くなってきたことだろう。これにはちょうどこの頃に紹介された実存主義の影響も大きかったと言えよう。〈実存主義文学特輯号〉と銘打った『新天地』誌が出たのは四八年十月であったが、サルトル『嘔吐』やカミュ『異邦人』の翻訳・出版はまさに五三年だった。前述した本書収録の張龍鶴、孫昌渉、呉尚源らの作品はまさにこのトレンドの中にあったのである。

ところで今回のすべての時期に共通する作家たちの生い立ちから窺えるのは、母語である朝鮮語を解放後に学び直したという点である。日本統治のせいで特に一九四〇年前後に初等教育を受けた年代の文人は日本語での作文を強いられていたわけで、作品を書けるほどの朝鮮語力がない人が多かったと言える。一九六〇年代にデビューしたいわゆる四・一九世代と言われる後輩作家たちの朝鮮語力を五〇年代作家は羨んでいたはずである。

なお、本書では第Ⅱ期と第Ⅲ期の作品を取り上げていないが、これは作品選択の際に、戦争中の作品数が少ないことや、既訳のないものを優先することなどを考慮した結果である。

二、本書収録作品について

1．池《チ》河蓮《ハリョン》（一九一二―六〇）：「道程」、『文学』創刊号（一九四六・七）

　時代背景はまさに日本の敗戦＝解放の日である八月十五日からの数日間である。主人公・ソクジェ（碩宰）は東京商大を卒業して郡庁の雇員をしていたが、過去に秘密の活動で六年の懲役刑に服していた人物である。やはり獄入り経験のある真面目な友人の金《キム》を訪ねて上京した日がまさに八月十五日だった！　鉱山をやると言っていた旧友のギチョル（基哲）に会ってみると彼はいつの間にか共産党の幹部になっていた。ソクジェのために組織部の椅子を空けてあると言われたが、入党の手続きだけで勘弁してもらった。書類に「階級」なる欄があり、思案した挙句に「小ブルジョア」と書いた。今や新しい現状に降伏するしかないのだろう。自分の小市民性と戦うしかないのかなと思うのだった。

　この小説の題名には「―小市民―」という副題がついている。この高学歴の主人公が「解放万歳！」と叫んだりするのではなく、自己の立ち位置を自覚しているところに注目すべきであろう。これは本シリーズの第三巻に収録の「秋」（四一・十一）についても「解説」の渡辺直紀氏がすでに指摘しているが、池河蓮という女性作家が男性の行動と心理に分け入って書いていることに驚かされる（ちなみに「秋」の主人公もソクジェである）。実は池河蓮自身、一九二五年頃、日本に留学し東京の昭和高等女学校などで学び、五年ほど滞在していたらしい（確実な資料はない）。それでも当時の女性としては相当に高学歴の作家だった。主人公を自身が男性だったらと置き換えて想像力逞しく書き進めたのではなかろうか。世の中が急変した時に男女の別なくインテリはどう生きるべきかという苦悩を赤裸々に記した時宜にかなった作品であるとも言えそうである。ちなみに彼女の夫は詩人・評論家として著名な林和《イムファ》で、当時の左翼が大勢を占める朝鮮文学家同盟の書記長として活躍していた。池自身も常任委員ではあったが、この「道程」を書いているところを見ると夫と同じ考えであったのかはわからない。元々彼女は慶尚南道の大地主の娘で、共産主義に共鳴したとしてもインテリ特有の思考からだったのかもしれない。ただこの作品はこの同盟が主宰する第一回朝鮮文学賞を受賞している。その後、二人は四七年十一月に越北しており、南朝鮮の文壇からは姿を消した(その後、林和は五三年に粛清・処刑され、それをはかなんだ池河蓮は六〇年に憤死したとも言われており、悲劇的な最期を迎えてしまったようだ)。

2. 桂鎔默《ケヨンムク》(一九〇四―六一):「星を数える」、『東亜日報』(一九四六・十二・二四、三一)

この小説は一九四六年の年末の新聞に掲載された作品だが、「解放」後一年経った四六年の初冬の話である。満州で苦労したのち死去した父の遺骨を抱いて三十歳過ぎの主人公・「私」は母と二人、仁川経由でソウルに辿り着いたが探し回っても部屋さえ得られず、今いる住人を追い出して部屋を斡旋してやるという友人の提案を断った。彼が「寝転んで天井のハエの糞だけ数えている人もいる」というようなことを言うので「私」は「ハエの糞だって家がないことには。俺はせいぜい星を数えるくらいだ」とやり返すのだった。もう母は以北に帰ろうかとまで言う。「私」もその気になり北に向かう汽車の切符まで買ったのだが、偶然、昔満洲に行く際に村で別れた故郷の朴《パク》さん一家に出会う。彼らはやっと越南してきたところで、「私」らが越北するつもりだと言うと呆れられた。お互い、無駄に越境したのかと呆然とし、そのうちに汽車の改札は終わってしまっていたのだった。なお、この作品には咸鏡道の方言がかなり書き込まれていることも特徴である。

池河蓮の「道程」は知識人層の政治参加を巡る悩みが描かれているが、この作品では「解放」直後の庶民の混乱ぶりが赤裸々に描かれている。作者の桂鎔默は北部朝鮮・平安北道出身で祖父は大地主だった。幼くして漢文修業をさせられたが一九二八年には日本の東洋大学・東洋学科に入学している。だが三年時に家の破産で帰国して朝鮮日報の出版部などで勤務した経歴を持つ。代表作としては「白痴アダダ」(三五)が断然有名である。この作品は聾唖の上に知的障害がある主人公の女・アダダが無理やり結婚させられた婚家から追い出されたのち独身男の元に走ったが、この男も金にこだわり続けたため、紙幣を海にばら撒き、怒った男に海に突き飛ばされるという悲劇を描いている。プロレタリア文学の禁圧で純粋文学へという一九三〇年代後半の流れとは距離を置いた姿勢が窺われるが、これが彼の基本的なスタンスで、路線論争などには加わらなかった。そしてこれは「解放」後でも同じである。それをよく示す例として出版社の立ち上げについて述べると、まず一九四六年に大潮社を後輩・鄭飛石《チョンビソク》と共に設立して雑誌『大潮』を発行し、小説集『白痴アダダ』（四六）も大潮社から出している。また四八年には先輩・金億《キムオク》と首善社を設立して小説集『星を数える』（四九）を刊行している。この二人はともに桂鎔默と同じ平安北道出身である。鄭氏は次第に大衆作家として名声を得るようになり、金億は詩作と翻訳で二〇年代から頭角を現した詩人だった。つまり桂は気心の知れた同郷人であれば文学傾向やイデオロギーなどにはこだわらなかった文人ではなかろうか。長生きすれば独特の立ち位置から佳作を生み出したかと思われるのだが、五〇年代の終わりとともに亡くなったのは残念である。

3．金東里《キムドンニ》（一九一三―九五）：**「駅馬」**、『白民』十二号（一九四八・一）

舞台は全羅南道と川を隔てた慶尚南道側の田舎町・花開で居酒屋を古くから営む女将の玉花《オクファ》とその一人息子・性麒《ソンギ》が話の中心である。玉花の母は三十六年前に一泊しただけの男寺党（旅芸人）の男との間の娘だった。玉花自身も旅の僧との間に性麒をもうけていた。彼は幼少時に近くの寺に預けられていたが、たまに本の出店を出しに町に下りてきて母の居酒屋に居候したりしていた。そこへ一人の篩《ふるい》売り―実は男寺党の男が契妍《ケヨン》という十五、六才の娘を連れて訪れる。母はこの娘を性麒と結婚させようと考えた。彼もまんざらではないようだった。ところが契妍は母と顔のほくろ（あるいは、いぼ）が同じ位置にあり、性麒には叔母に当たるとわかってしまった。契妍はまた彼女を連れに来た父親とこの町を去っていった。落胆した性麒は病みついたが何とか回復し、飴売りの行商をすると宣言して花開の町を出て行くのだった。

かなり複雑な話なので直接訳文を読んでもらった方がわかりやすいと思ったほどである。

ここで題名の「駅馬」の原語の意味であるが、「駅前の馬」のことではない。便宜上、意訳せずにそのままの漢字にしてある。朝鮮王朝時代の宿駅にいた馬のように各地を駆け巡るということから、定住せずに放浪する者というような意味合いで使われる言葉である。この作品では性麒だけでなく多くの登場人物が非定住生活をしている。金東里はもともと定住農民などよりも、放浪芸人などに関心を抱いて作品化している。その代表作が「巫女図」(三六・五)で、まさにムーダン(巫堂)と言われる土俗の巫女を主人公にして、その息子がキリスト教を持ち込んだため悶え狂うという話である。三〇年代中盤のデビュー当時からこのように土俗信仰を軸にしたいわゆるシャーマニズム的な純粋文学の路線を主張し、それに批判的な文人と論争したりしている。「解放」後もこの考えは変わらず、当時の容共的な文壇の状況にも対抗して朝鮮青年文学家協会を立ち上げて主導した。そして後には(七〇年)韓国文人協会の理事長まで務めている。

だからと言って彼は時代の現実から距離を置いていたわけではなく、朝鮮戦争時には五一年三月に結成された空軍従軍作家団(蒼空倶楽部)で副団長を務めている。また『現代文学』創刊号に掲載されたもう一つの代表作「興南《フンナム》撤収」(五五・一)では五〇年十二月に咸鏡南道興南から避難民らが米軍のLSTで撤収する際の混乱と悲劇を赤裸々に描いてもいる。

金東里は他の多くの文人と違って十六歳で当時の高等普通学校(高校相当)を中退しているようで、学歴などではなく実力だけで上り詰めてきた作家である。筆者は一度ご自宅にてインタビューする機会があったのだが、金作家は普段着のセーター姿で現れてざっくばらんに話をされた。格好をつけず実質を重んずる一貫した姿勢が窺えた気がしたものである。

4．孫昌渉《ソンチャンソプ》（一九二二—二〇一〇）：「雨日和」、『文芸』十八号（一九五三・十二）

釜山郊外の坂の上の雨漏りのする一軒家で暮らしている東旭《ドンウク》と東玉《ドンオク》兄妹のところへリヤカーで行商をしている東旭の小学校からの友人・丁元求《チョンウォング》が雨の中、訪ねて行った。五一年一月四日の韓国側の後退時に妹を無理やり連れてソウルから避難したこともあり、兄妹は仲が悪かった。兄は大学の英文科まで出ており、妹が描いた肖像画を米軍部隊に売って何とか暮らしていた。初めは機嫌の悪かった妹も少しずつ打ち解けてきた。梅雨の中、元求は何度も訪れてこの妹の片足の不具に気がついた。ある日、裏の家主が家を勝手に売って逃げてしまった。元求が訪ねていくと家を買った四十男が出てきて兄妹はどこへ行ったか知らぬという。兄は入隊でもしたのでは、妹は美人だから死にはしないだろうなどという。この男が彼女を売ったのではないかと思って腹が立ったが、そのまま引き返すしかなかった。

平壌生まれの孫昌渉は一九四八年に越南し、五二年頃から作品を発表しているので、この作品は初期の代表作の一つであるが、戦争によって釜山で避難生活を余儀なくされた若者の生態を描いている。孫作家はこのような作品を五〇年代に立て続けに発表し、それらの多くは名作として各種の文学賞などを受賞している。代表的な三篇を次に紹介しておく。

「生活的」（五四・十一）：釜山の山上のバラック暮らしの東周《ドンジュ》は妻が北朝鮮に残っていたが、春子《チュンジャ》と同居していた。板仕切りの隣室の鳳洙《ボンス》も平壌で同棲していた女を残して娘・順子《スンジャ》だけ連れて越南していた。鳳洙は東周には相談もせずに春子にウドン屋をやる話をして意気投合、早速開業したが、その日に順子が病死、看取ったのは東周だった。

「血書」（五五・一）：一つ部屋で若者四人もが同居していた。休職中のタルスと家主のキュホンは喧嘩ばかり。ジュンソクは片足がない。少女・チャンエは癲癇《てんかん》持ちで…。この四人に未来はあるのか、無意味な人生ではないかと言わんばかりの作品である。

「剰余人間」（五八・九）：歯科医院の院長・徐万基《ソマンギ》は理想家肌だが、同窓生の蔡益俊《チェイクチュン》は悲憤慷慨派、医院の建物の所有者は千鳳宇《チョンボンウ》の妻だが、夫は元気がない。このような三人の男たちは戦争がもたらした〈剰余人間〉ではないかというのが作品の題名であろう。

このように、安定した生活ができずに互いに居候や共同生活で毎日をやり過ごしている休戦後の庶民の生きざまが活写されているのであるが、未来に期待するような雰囲気はなく、ニヒルさが感じられる。戦争や政治そのものを批判するというよりは、人生というのはそういうものなのだと言わんばかりの作品群と言えそうだ。

ところで孫作家の妻は日本人で、孫自身も七三年に日本に渡り九八年には帰化している。六〇年代以降は創作がほとんどなく、韓国でも忘れ去られていた作家だが、五〇年代文学を代表する若手作家であったことを忘れてはならないと思うのである。

5. 呉尚源《オサンウオン》(一九三〇—八五):**「猶予」**、『韓国日報』(一九五五・一)

朝鮮戦争が勃発した一九五〇年の初冬から年末にかけて前線で戦っていた韓国軍の捜索隊小隊長(私)が主人公である。一時は北へ北へと攻めていたが、人民軍の背後に深入りし過ぎて退却を余儀なくされるうちに隊員は飢えと寒さもあり少しずつ減って六人になっていた。様子を見に行った先任下士(上等兵相当)も撃たれて重傷。もう二人だけになっていた。そして彼は死んだ。「私」は人民軍に捕らえられて尋問を受けた。出身階級的な因習観念を捨てろなどと迫られるが、捕らえられる前に偶然目撃したほかの捕虜の男が、堂々と南に歩き始めて射殺されるのを思い浮かべながら、自分も断固と寝返りを拒否して撃たれるのだった。人民軍兵士たちは誰が死のうが関係ない、本部に帰ってまたタバコをふかすのだろうと思いつつ、気を失っていく。

時系列に従ってストーリーを整理するとこのような話ではあるが、原文は欧米の小説などでよく試みられたいわゆる〈意識の流れ〉に沿って叙述されており、簡単には要約しづらい作品である。〈猶予〉という題名も時間の猶予を意識したものなのかもしれない。

　呉尚源は平安北道の生まれだが、五三年にソウル大の仏文科を卒業したインテリだった。当然、フランスの行動主義や実存主義文学についても造詣が深かったであろう。この作品は休戦後一年強で発表されたごく早い時期の戦争小説とされ、新聞の新春文芸当選作なのだが呉作家はまだ二十五歳で、ほぼデビュー作なのである。彼は五〇年代後半に数多くの力作を発表しているが、もう一篇の代表作は「謀反」（五七・十一）という短編である。この作品は『現代文学』誌に発表された後、翌年第三回東仁文学賞を受賞し、『思想界』（五八・九）に再掲されている。テロが頻発していた四六年の晩秋。主人公の青年も秘密結社に入って暗殺指令に従っていたのだが、新聞で暗殺犯とされた男の妹が、兄はそんな人間ではないと号泣しているのを知る。彼も暗殺実行の日に母親が病死し、そんなことをしている自分に疑問を感じる。反対党の人間でも愛国者でありうると思った彼は先の妹を訪ねて金をやる。結社の事務室に立ち寄った彼は裏切り者として脅されたが平然と事務室を後にするのだった。

　容共派と反共・民族派が入り乱れていた当時、中学出の主人公の煩悶と気付きが鮮明に描かれている。なお、この小説は日本語訳では題名が「背信」である。翻訳者・金素雲は「謀反」は日本語ではクーデターのことと誤解されるからだと述べている。むべなるかなである。

6．張龍鶴《チャンヨンハク》（一九二二―九九）：**「ヨハネ詩集」**、『現代文学』七号（一九五五・七）

　この小説はまず、山奥の洞窟にいるウサギがふと岩の隙間から漏れ来る光に外の世界があるのではと思って無理やり身を引きずり出すのだが、出た瞬間、死んでしまうという寓話のような「序」で始まり、以下、〈上〉〈中〉〈下〉の三章に分けた本編が続いている。時代背景は朝鮮戦争時で、南の島の収容所に捕虜として閉じ込められた二人の青年の話である。その一人はヌへといい、詩人でもあり大学では進化論の講義を聞いたりしていたのだが人民軍に志願して捕まってしまう。もう一人はその人民軍と戦った義勇軍兵士のドンホで、捕虜収容所でヌヘと同室の友人になる。ドンホ以外の人間とは関わろうとしないヌヘは収容所内でもいじめられていた。そしてついに鉄条網に首をつって自殺してしまう。その前日、ドンホを抱きしめながら「サロメ……知ってるだろ? ヨハネの首を欲しがったあの女さ」と夢にサロメがでてきたと言っていた。五一年九月×日と記した遺書があった。「人民の敵を殺すことで人民をつくり出していた」だとか、「自殺はひとつの試みにして、私の最後の期待だ」などと書いてあった。翌年、釈放されたドンホはヌヘの母親を訪ねて行ったが、極貧生活で衰えた彼女は息子のヌヘだと勘違いしたまま死んでいった。

翻訳原文を読んでもらえばわかると思うが、時系列に沿って粗筋を紹介することが困難な、観念小説と言われている作品である。そもそもこの小説は朝鮮戦争の勃発で釜山に避難していた張龍鶴が、実存主義の巨匠・サルトルの『嘔吐』を読んで衝撃を受けて書くことになったと本人が明かしており、五〇年代に登場した新傾向の一篇と言える。

彼は咸鏡北道の出身で、早稲田大商科在学中に四三年に学徒兵として召集された。そして「解放」後、四七年に越南して高校教師や『東亜日報』などの論説委員を務めていたが、作家デビューしたばかりの五十年に戦争のため避難生活も余儀なくされるという過酷な二十代を過ごした作家である。

もう一篇の代表作中編「非人誕生」(五六・十—五七・一)について簡略に紹介すると、若い教師だった主人公が校長と対立して罷免された後、住む家も追い出されて母と二人で防空壕暮らしとなる。就活もうまくいかず、やることなすことに失敗、ついには盗人と誤認され警察へ。釈放されて防空壕に帰ると母は死んでカラスにつつかれていた。彼はもう人間社会が嫌になり、〈非人〉になっていた。このような小説が当時の代表的な知識人向けの雑誌『思想界』に掲載されていたのである。また長編の代表作『円形の伝説』(六二)もこの雑誌に連載された。

7. 朴景利《パクキョンニ》(一九二六—二〇〇八):**「不信時代」**、『現

代文学』三二号（一九五七・八）

朝鮮戦争にまさに振り回された女性・真英《チニョン》の苦闘と世の中に対する幻滅の話である。五十年九月二十八日のソウル収復の前夜に彼女の夫は爆死していた。五一年一月四日の人民軍によるソウル再占領時には三歳児の文秀《ムンス》を連れて逃げ回った。戦後、戻ってみると家は跡形もなく、怪我をした文秀はいい加減な医者の治療のせいで九歳にして死んでしまう。遠い親戚にあたるカトリック信者の勧めで文秀のために祈りに聖堂に行くが、自分をあざけっているようなまわりの雰囲気になじめず、献金袋がまわって来たところで外に出てしまう。

真英は文秀の供養をしようと母とともに今度は寺に向かい、位牌を預けてお布施をしたのだが、若い僧に「金額が少ない」と言われてしまう。真英はこんなことならムーダン（巫女）に頼んだ方がましだと腹が立つ。（五六年の）夏になっていた。真英も肺結核になった。病院を三か所も廻るがどの病院も誠実でなく、同じようなごまかしをしていた。彼女はもう反抗精神もなかった。いるかいないかもわからない神をなぜ思うのかとまで考える。翌年、真英は意を決して位牌を預けてある寺に行き、無理やり位牌を奪い返して山に登って火をつけた。「そう、わたしにはまだこの生命《いのち》が残されている」と思い直すのだった。

相当にニヒルな内容で驚かされる。この作品は一九六三年に朴景利創作集を刊行した時もその書名は『不信時代』としているようにごく初期の作品ながら代表作なのである。実は朴作家は『現代文学』誌で一九五五年と五六年の作品でデビューしたばかりだった。その翌年にこの小説で第三回現代文学新人賞を受賞している。まだ三十歳での快挙だった。彼女はその後、とりわけ「解放」後に登壇した女性作家の中では五歳年下の朴婉緒《パクワンソ》と並んで後々、元老級の作家となっていく存在である。

朴景利は次第に長編小説を発表するようになり、次のような代表作で知られている。「金薬局の娘たち」（六二）、「市場と戦場」（六四）、さらに「土地」（六九－九四）はなんと二十五年かけた全十六巻に達する超大作である。いずれも時代を牛耳るエリートたちではなく、必死に生き抜く庶民たちを中心にした息の長い小説であり、ベストセラーになったり映画化されたりしたものも多い。彼女は長生きして二十一世紀まで韓国文学史上で影響力を持ち続けた作家であると同時に、抵抗詩人として日本でも有名な金芝河《キムジハ》の妻が朴景利の娘であることも付け加えたい。

8. 呉永寿《オヨンス》（一九一四—七九）：**「明暗」**、『現代文学』四二号（一九五八・六）

軍の監房である営倉六号室に同居させられている八人と看守だけが登場人物である。時期は一九五四年前後ではないかと思われる。この監房での滑稽なてんやわんやが描かれている。皆、軍務中に犯した様々な罪を問われているのだが、ここでは最も重い罪を犯した者が一番偉く、監房長（ボス）をやるのである。慶尚道地方出身のこの男は、休暇中に飲み屋で殺人未遂を犯したという。その彼も看守にはかなわず、胡麻をすっていた。あとの六人は全羅道地方出身が三人、平安道、忠清道、江原道地方出身がそれぞれ一人で、カエル、ハリネズミなどとあだ名で呼ばれることが多い。罪というのは文書紛失、盗み、強姦未遂、ひき逃げ事故等様々だが、直接の戦闘に関わるものではないので、休戦直後の軍務中の失敗によるものだろう。監房長は勝手に毎日訓示を垂れて悦に入っていた。そこへ申道植《シンドシク》という中士（伍長か兵長相当）が入ってくる。彼は休暇中に病気した後そのまま帰隊せず、逃亡兵扱いされていた。監房長は得意げにほかの六人同様に彼にも「申告」をさせた。ところがしばらくして面会に来た申の兄が、再審になるので釈放になるらしいと告げる。数日後の最後の朝、皆は家族らに手紙を書いて申に渡し、それぞれ頼みごとをする。そして慣例で彼らは朝食時に飯を一匙ずつ申に盛ってやるのだった。

監獄物としては李光洙《イグァンス》の「無明」（三九・二）がつとに有名であるが、これは植民地期の独立運動関連の同友会事件で入獄した自身の体験をもとにした作品であり、朝鮮戦争後の「明暗」とは背景が全く違う。呉永寿は五一年の首都ソウルからのいわゆる一・四後退時に東部戦線などにも従軍作家体験があるので、その折に見聞した事柄から作品化したのであろう。なお彼は一九五五年に「従軍記：東部戦線」なる記録を残してもいる。

呉永寿は慶尚南道生まれで大阪などで学校に通い、東京の国民芸術学院を修了し、「解放」後は慶南女子高で美術教師をしていたという異色の作家である。戦争直前に「山葡萄」（五十・一・一）でソウル新聞の新春文芸に入選して登壇し、もう一篇の名作「磯村」（五三・十二）などで広く知られるようになった。また五五年に創刊された月刊文学誌『現代文学』の編集長も長らく務めながら、文壇の重鎮となっていった作家でもある。作品はすべて短編である。傾向としては子供の純粋さに焦点を当てたり、大人の純情を描いたり、自然や故郷への郷愁をテーマとしたりであるが、共通しているのはほのぼのとした叙情性ではなかろうか。「磯村」では漁村の海女（寡婦）に惹かれた若者が強引に彼女を嫁にしたのだが、連れていかれた農村に彼女は馴染めず、この若者も徴用に駆り出されてしまう。彼女はまた懐かしい磯の村に戻るという話である。この作品は休戦直後に発表されているが戦争の悲惨さや混乱を描くのではなく、一見のどかな一昔前の漁村の話を描いたところにこの作品の特徴がある。ぎくしゃくした世の中であるほど、ほのぼのさが希求されるわけである。なお「明暗」も「磯村」もその後、短編集の題名として使われているところからも作家本人がこれらを代表作と思っていたことは間違いない。

9．黄順元《ファンスンウォン》（一九一五―二〇〇〇）：「すべての栄光は」、

『現代文学』四三号（一九五八・七）

ほとんど黄順元本人の一九五四年から五六年にかけての実話ではないかと思われるような作品である。戦争で避難していた釜山からソウルに戻り、南山の麓の家に住み始めた作家の「私」は、原稿が書ききれず、立ち飲み屋の原州屋《ウォンジュチプ》で気を休めることが多くなっていた。昨秋、横に腰掛けた男が親し気に声をかけてきたが、その時はうさん臭く思って席を立った。しかしその後もこの店に行くと寂しげな彼が来ているのを見かけて次第に話しかけるようになる。

この男は元中学教師で、左翼学生を取り締まっていたのに人民軍が支配するとガラリと態度を変えた元同僚教師を密告していた。指さしたその指一本で他人を死に追いやったかもしれぬと気に病んでいたのだ。休戦後にこの男のもとに同僚教師の妻が行方不明の夫のことを尋ねにやって来た。子供二人を連れてソウルに来たこの女たちを無視できず、同居することになったという。異性として意識することにもなったらしい。「私」は結婚したらどうかと勧めてみるのだった。「私」は「すべての栄光はこのまじめな男に！」と呟いた。

平安南道大同郡で生まれ、平壌の崇実（中）学校在学時の一九三〇年に十五歳にして童謡や詩を新聞に発表するなど早熟な文学徒だった黄作家は、早稲田の英文科を三九年に卒業した翌年、すでに短編集を刊行するなど小説家としても出発していた。非常に多彩な文才に恵まれた黄順元は四六年に越南し、高校教師をしながら創作活動を継続していた折に朝鮮戦争が勃発したわけである。この時、釜山に避難した際の実体験が「曲芸師」（五二・一）として発表されている。大邱、釜山と一家とともに避難しながら一部屋を借りるのにも苦労した話だが、それでも明るい子供たちを見て、我らは「黄順元曲芸団」をやっているのだと考えるのである。「すべての栄光は」とともに、暗い日々の中で希望を捨てない方へ向かうという共通点が見えている。

もう一篇の代表作短編「雁」（五〇・一）は戦争直前に発表されているのだが、この作品は何と、植民地下の四二年の春に執筆したという。農民の娘が養子の男と結婚させられたが彼は満洲に渡って妻子を呼び寄せようとする。この娘は連れを求めて旅立つ雁のような存在にすぎないのかという物語である。朝鮮語による作品の発表媒体が激減したためほかの数編とともに書いたまましまい込んでいたらしい。それを「解放」前の短編集として休戦前の五一年に出版しているのである。日本語による執筆を一切しなかったことや、戦時中でも作品集を刊行したことなどから黄作家の頑なな姿勢も窺われるのではないだろうか。

黄順元は長編も何篇か発表しているが、これらについては〈韓国文学の源流〉の長編翻訳として刊行した『木々、坂に立つ』（二〇二二・七）の「解説」で述べており、名作短編「鶴」「にわか雨」（ともに五三・五）も五〇年代作品ではあるが、同様に取り上げたのでここでは省略したい。作品傾向は非常に多彩で、詩人としての叙情性や純粋文学的な姿勢の固持とともに被差別民出身者の生きざまを取り上げるなどテーマも多様で、リアルさにも遜色ない作品が多い。このように数十年にわたって名作を数多く発表した黄作家は五七年に四十二歳にして芸術院会員になると同時に慶熙大学国文科の教授として八〇年まで教壇に立ち、文壇の重鎮としての存在であり続け、一時、ノーベル文学賞候補推薦の動きまであった作家である。

三、この時期の元老級作家の短編三篇について

今回の短編選では「解放」後に活躍し始めた若手の作品が半分ほどを占めているが、これに対して植民地期からすでに活動していた元老級の作家たちは「解放」という事態をどうとらえていたのか気になるところである。そこで自己の体験や立ち位置を真剣に作品化している次の三篇について、あら筋全体ではないが、核心部分を簡単に紹介しておきたい。

まず李泰俊（一九〇四年生まれ）の「解放前後」（四六・八）には「ある作家の手記」という副題がついている。主人公・玄《ヒョン》（李作家自身）は日本への協力を避けて故郷で暮らしていたが、「解放」後のソウルで田舎から上京してきた老人に「なぜ共産党に入ったのか」と詰問される。玄は、時代が変わったから共産党員ではないが自分がやらねばならないことがあると弁明する。李泰俊自身、植民地期には純粋文学のリーダー格だったのにソウルでは容共文人が多くを占める朝鮮文学家同盟の副委員長を務めた後、四六年夏には早々と越北している。この作品は文末に四六年三月執筆という注記があり、上述したように、この同盟の機関誌『文学』創刊号（四六・七）に本書収録の池河蓮「道程」とともに掲載されているのである。対比して読むのも興味深いと思われる。

次に蔡万植《チェマンシク》（一九〇二年生まれ）の「民族の罪人」（四八・十―四九・一）では「私」（蔡作家に近い人物）が友人・金《キム》が経営している雑誌社に行ったところ、元新聞記者で植民地期に日本に協力せずに田舎に下っていた尹《ユン》が訪ねてきて金と論争になる。「私」も批判される位置にあり後ろめたかった。しかし尹が意志を貫けたのは彼の父が地主で生活に困らなかったからではないか。「私」は家に訪ねてきた高校生の甥が同盟休校に加わっていないと知って、「皆と一緒にやれ」とアドバイスするのだった。この作品を書いたのは「解放」の翌年らしく、作家がこのように心情を吐露する作品は珍しい。

以上の二篇についてはつとに長璋吉氏が「苦悩の文学者たち――解放前後」（尹学準他『韓国を読む』一九八六）で金東里「駅馬」とともに一九四五―四九年の重要作品であることを指摘しており、三枝壽勝氏がさらに詳しく紹介している（「韓国文学を味わう」報告書、アジア理解講座一九九六年度第3期、国際交流基金アジアセンター、一九九七・十二）。

一方、廉想渉《ヨムサンソプ》（一八九三年生まれ）の「吠えない犬」（五五・六）について述べると、この小説は廉作家が一家で旧満州から鴨緑江を渡って新義州に辿り着き、この地で文化事業の手助けをしていた時の体験談に近い作品である。借りていたぼろ家の裏には寺があり、日本人収容所として女性と子供ら数十人が暮らしていた。深夜、道に迷ったというソ連兵がやってきたが、いつも吠える犬が全く吠えない。そのうち「私」が一緒に仕事をしていた道庁教育局の課長宅の二階がソ連軍に提供され、日本人女性が女中として雇われた。すると別の日本人の主婦がこの家の一階でも自分を下女として雇ってくれと夫とともに懇願しに来た。「私」は戦争に負けることの悲惨さを思うのだった。

これら三篇からは若手作家たちとはまた違った体験や意識の一端が窺えそうだ。

四．日本での一九四五―六〇年の韓国文学に関する論議

この時期の本国における論議をここでまとめることは到底無理なので、日本における有意義な論議の一端だけであるが、短編小説を中心にごく簡略に紹

介しておきたい。

まずは日本における韓国文学の研究と評論などで先鞭をつけた上掲の長璋吉氏の論議だが、韓国文学は全体として平板に見えることがあるとしている。（「平面性の文学の課題」金三奎他『朝鮮と日本のあいだ』一九八〇、七五年の講演録）それは、生活の実態から対象を追うのではなく、一定の価値基準、たとえば実存主義、民主主義、儒教倫理などが先立っているからではないかという。六〇年代作家になるとこの傾向からの離脱が始まるとみている。重要な指摘ではある。その上で一九五〇年代の中で五三年までの戦時中と戦後では傾向に違いがあるとされる（「一九五〇年代と戦後文学」尹学準他編『韓国を読む』一九八六）。例えば黄順元「鶴」（五三・五）では戦争の悲劇をなだめようとする方向性が見えるのだが、戦後の新人たち――張龍鶴、孫昌渉、呉尚源らは悲劇の衝撃こそが問題だと捉えているという。これが技法の問題とも直結しているわけである。さらに「お母さん子は告発する――一九五〇年代の韓国文学について」（朝鮮文学の会『朝鮮文学―紹介と研究―』第八号、一九七二・十）では植民地下で父親のいるべき位置には日本人がいた。解放になっても韓国文学で父親のイメージが希薄なのはこのせいだ。さらに父親は戦争に駆り出されてしまう。解放前から仕方なく母と子の絆で生き抜いてきたのにそれも困難になり、母が子を送り出したため、お母さん子の苦悩が始まったのだとされる。これを短編小説で表現している例として李範宣《イボムソン》「誤発弾」（五九・十）や呉尚源「謀反」（五七・十一）が挙げられている。前者では会社員が家に帰ると家族はそれぞれに変になっているし、後者では祖国を取り戻したのに〈家〉が破壊されており、テロに走るわけである。

次に、最近の成果として斎藤真理子氏の近著『韓国文学の中心にあるもの』（二〇二二）を挙げておきたい。この本では第八章「「解放空間」を生きた文学者たち」でやはり李泰俊「解放前後」と蔡万植「民族の罪人」を紹介しながら一九四五年までの自らの生き方を痛烈に自己批判した作品が韓国で少なかったとされ、日本でもそうだったのではないかという指摘が目を引く（もちろん火野葦平のように苦しんだ作家もいないわけではないが）。一方、第七章「朝鮮戦争は韓国文学の背骨である」は章の題名そのものがまさに隣国の文学を理解する上でのキーフレーズのように感じられる。その上でやはり李範宣「誤発弾」が作品例に挙げられている。この本の特徴は各年代ごとに記述しながら作品はその年代だけでなく、そのテーマに関連した最近の作品まで長編を含めて解説してあることで、非常に参考になる。

スペースの制約もあり、一九七〇年代と二〇二〇年代の有意義なお二人の論議だけを取り上げたが、もちろんその間にさまざまな論議がなされている。本短編選を読まれた皆さんが隣国の文学について自由な意見交換をしていただければ望外の幸せである。

五．おわりに

「解放」後十五年間の隣国文学の大きな特徴は、最初に提示した第Ⅰ期から第Ⅳ期もそれぞれに日本とは全く違った歴史の流れの中にあって作家の世代によっても傾向が異なるという点であろう。今回の次の時代である六〇、七〇年代になると政治体制は日本とは異なり、ベトナム戦争参戦の影響などはあるものの、経済の高度成長という共通項が生じて日本文学と類似した作品も登場する。それゆえ六〇年代以降の翻訳企画も進行することを期待したい。最後に今回は短編小説だけだったので、同時期の長編や四八年以降の朝鮮民主主義共和国の文学状況には全く触れていないという限界があることをもう一度確認しておきたい。

白川豊（しらかわ・ゆたか）
一九五〇年、香川県生まれ。一九七五年、東京大学文学部卒業。一九七九年、韓国に留学し、東国大学校大学院国語国文学科博士課程修了（文学博士）。九州大学文学部助手（朝鮮史学研究室）などを経て、一九九四年、九州産業大学国際文化学部教授（朝鮮近現代文学などを担当）、二〇二〇年、同大学名誉教授。著書『植民地期朝鮮の作家と日本』（一九九五年）、『朝鮮近代の知日派作家、苦闘の軌跡』（二〇〇八年）、『張赫宙研究』（二〇一〇年）、訳書『三代』（廉想渉作、二〇一二年）、『驟雨』（廉想渉作、二〇一九年）、『木々、坂に立つ』（黄順元作、二〇二二年）など。

文学史年表

	韓国（朝鮮）文学	日本文学	韓国（朝鮮）と日本のおもな出来事
一九〇六	「血の涙」（李人稙　イ・インジク）	「破戒」（島崎藤村） 「坊ちゃん」（夏目漱石）	南満州鉄道株式会社設立
一九〇七		「婦系図」（泉鏡花） 「蒲団」（田山花袋）	第3次日韓協約 日米紳士協約締結
一九〇八	「海から少年へ」（崔南善　チェ・ナムソン、新体詩） 『禽獣会議録』（安國善　アン・グクソン）	「三四郎」（夏目漱石）	
一九〇九		「ヰタ・セクスアリス」（森鷗外）	伊藤博文暗殺
一九一〇	『自由鐘』（李海朝　イ・ヘジョ）	「網走まで」（志賀直哉） 「刺青」（谷崎潤一郎）	日韓併合、朝鮮総督府設置
一九一二	『秋月色』（崔瓚植　チェ・チャンシク）		大正天皇即位、中華民国設立
一九一三	『長恨夢』（趙重桓　チョ・ジュンファン）	「銀の匙」（中勘助） 「夜叉ケ池」（泉鏡花）	岡倉天心死去
一九一四		「こころ」（夏目漱石）	シーメンス事件
一九一五		「羅生門」（芥川龍之介）	
一九一六		「高瀬舟」（森鷗外） 「明暗」（夏目漱石）	袁世凱、夏目漱石死去

一九一七	『無情』（李光洙　イ・グァンス）		中華民国に文化革命始まる。
一九一八	**「瓊姫」（羅蕙錫　ナ・ヘソク）**	「田園の憂鬱」（佐藤春夫） 「蜘蛛の糸」（芥川龍之介）	シベリア出兵、米騒動
一九一九	「創造」（金東仁　キム・ドンインら、初の文芸同人誌） **「白痴？　天才？」（田栄沢　チョン・ヨンテク）**	「恩讐の彼方に」（菊池寛） 「或る女」（有島武郎）	三・一独立運動
一九二〇		「杜子春」（芥川龍之介）	
一九二一	「標本室のアマガエル」（廉想渉　ヨム・サンソプ） 「貧妻」（玄鎮健　ヒョン・ジンゴン）	「暗夜行路」（志賀直哉）	
一九二二			森鷗外死去
一九二三		「幽閉（山椒魚）」（井伏鱒二）	関東大震災、日英同盟破棄
一九二四	『万歳前』（廉想渉　ヨム・サンソプ） 「運のいい日」（玄鎮健　ヒョン・ジンゴン）	「注文の多い料理店」（宮澤賢治）	黒田清輝死去
一九二五	『つつじの花』（金素月　キム・ソウォル、詩） 「甘藷」（金東仁　キム・ドンイン） 「水車」**「唖の三龍」（羅稲香　ナ・ドヒャン）** **「猟犬」（朴英熙　パク・ヨンヒ）** **「人力車夫」（朱耀燮　チュ・ヨソプ）** 「脱出記」**「朴乭の死」（崔曙海　チェ・ソヘ）** **「B舎監とラブレター」（玄鎮健　ヒョン・ジンゴン）**	「檸檬」（梶井基次郎）	治安維持法、普通選挙法施行 孫文死去

一九二六		「伊豆の踊子」（川端康成）	昭和天皇即位
一九二七	「郷愁」（鄭芝溶　チョン・ジョン） 「紅焔」（崔曙海　チェ・ソヘ） **「南忠緒」（廉相渉　ヨム・サンソプ）**	「或る阿呆の一生」（芥川龍之介）	金融恐慌 芥川龍之介自殺
一九二八	「都市と幽霊」（李孝石　イ・ヒョソク）	「蓼食う虫」（谷崎潤一郎）	張作霖爆死事件
一九二九	「過渡期」（韓雪野　ハン・ソリャ） **「K博士の研究」（金東仁　キム・ドンイン）** 「五月の求職者」（兪鎮午　ユ・ジノ）	「太陽のない街」（徳永直） 「蟹工船」（小林多喜二） 「夜明け前」（島崎藤村）	
一九三一	『三代』（廉想渉　ヨム・サンソプ）		満州事変起る
一九三二	「土」（李光洙　イ・グァンス　〜三三） 『白花』**「下水道工事」（朴花城　パク・ファソン）** **「オリオンと林檎」（李孝石　イ・ヒョソク）**		上海事変 リットン調査団来日 五・一五事件
一九三三	**「山あいの旅人」（金裕貞　キム・ユジョン）** **「鼠火」（李箕永　イ・ギヨン）** 「水」（金南天　キム・ナムチョン）	「銀河鉄道の夜」（宮澤賢治） 「春琴抄」（谷崎潤一郎）	国際連盟脱退
一九三四	「小説家仇甫氏の一日」（朴泰遠　パク・テウォン） 『故郷』（李箕永　イ・ギヨン） 「洪水前後」（朴花城　パク・ファソン） 『三曲線』（張赫宙　チャン・ヒョクチュ　〜三五）	「よだかの星」（宮澤賢治）	満洲国帝政実施 ワシントン・ロンドン条約破棄

	「模範耕作生」（朴栄濬　パク・ヨンジュン） 「レディメイド人生」（蔡萬植　チェ・マンシク） 「烏瞰図」（李箱　イ・サン、詩）		
一九三五	「客間のお客と母」（朱耀燮　チュ・ヨソプ） 『常緑樹』（沈熏　シム・フン） 「金講師とT教授」（兪鎮午　ユ・ジノ） 「白痴アダダ」（桂鎔黙　ケ・ヨンムク）	「故旧忘れ得べき」（高見順） 「道化の華」（太宰治） 「雪国」（川端康成） 「蒼氓」（石川達三）	湯川秀樹中間子理論
一九三六	「つばさ」（李箱　イ・サン） 『川辺の風景』（朴泰遠　パク・テウォン　～三七） 「そばの花咲く頃」（李孝石　イ・ヒョソク） 「椿の花」（金裕貞　キム・ユジョン） 「巫女図」（金東里　キム・ドンニ） 「雨の降る日」（崔明翊　チェ・ミョンイク） **「芳蘭荘の主」（朴泰遠　パク・テウォン）**		二・二六事件
一九三七	『濁流』（蔡萬植　チェ・マンシク　～三八）	「濹東綺譚」（永井荷風）	盧溝橋事件。日華事変始まる。 日独伊防共協定
一九三八	「故郷」「私とナターシャと白いロバ」（白石　ペク・ソク、詩） **「草亀」（玄徳　ヒョン・ドク）** **「浿江冷」（李泰俊　イ・テジュン）** 「太平天下」（蔡萬植　チェ・マンシク）		国家総動員法発令

一九三九	「白鹿潭」（鄭芝溶　チョン・ジョン、詩） 「無明」（李光洙　イ・グァンス） 「心紋」（崔明翊　チェ・ミョンイク） 「泥濘」（韓雪野　ハン・ソリャ） 『大河』（金南天　キム・ナムチョン） **「失花」（李箱　イ・サン）** 「第1課第1章」（李無影　イ・ムヨン） 「花粉」（李孝石　イ・ヒョソク）	「富嶽百景」（太宰治）	ノモンハン事件
一九四〇	「夜道」（李泰俊　イ・テジュン） 「決別」（池河蓮　チ・ハリョン） 『塔』（韓雪野　ハン・ソリャ　～四一） **「経営」（金南天　キム・ナムチョン）** **「土の奴隷」（李無影　イ・ムヨン）** **「ハルビン」（李孝石　イ・ヒョソク）** **「冷凍魚」（蔡萬植　チェ・マンシク）**	「夫婦善哉」（織田作之助） 「走れメロス」（太宰治）	日独伊三国軍事同盟
一九四一	「序詩」（尹東柱　ユン・ドンジュ、詩） 『春』（李箕永　イ・ギヨン） 「麦」（金南天　キム・ナムチョン） 「習作室で」（許浚　ホ・ジュン） 『大同江』（韓雪野　ハン・ソリャ　～四二） 『大首陽』（金東仁　キム・ドンイン） **「秋」（池河蓮　チ・ハリョン）**	「青果の市」（芝木好子）	日ソ不可侵条約 真珠湾攻撃、太平洋戦争始まる。
一九四二	「青瓦の家」（李無影　イ・ムヨン　～四三） 『美しき夜明け』（蔡萬植　チェ・マンシク）	「古潭」（中島敦）	ミッドウェー海戦

一九四三	『北原』（安寿吉　アン・スギル） 「石橋」（李泰俊　イ・テジュン）	「細雪」（谷崎潤一郎　〜四八）	
一九四四	「女人戦記」（蔡萬植　チェ・マンシク） 『情熱の書』（李無影　イ・ムヨン）		米軍、サイパン上陸
一九四五	「炭坑」（安懐南　アン・フェナム　〜四七） 『解放紀念詩集』（鄭寅普　チョン・インボら二四名　詩集）	「お伽草紙」（太宰治）	原爆、広島、長崎に投下 太平洋戦争終結 ポツダム宣言受諾、連合国軍最高司令官総司令部（GHQ）設置
一九四六	**「道程」（池河蓮　チ・ハリョン）** 『青鹿集』（朴木月　パク・モグォルら三名　詩集） 『残燈』（許俊　ホ・ジュン） 「解放前後」（李泰俊　イ・テジュン） **「星を数える」（桂鎔黙　ケ・ヨンムク）**	「暗い絵」（野間宏） 「白痴」（坂口安吾）	
一九四七	『火』（安懐南　アン・フェナム） 「穴居部族」（金東里　キム・ドンニ） 『讃歌』（林和　イム・ファ　詩集） 『三・一運動』（金南天　キム・ナムチョン　戯曲・小説）	「斜陽」（太宰治）	日本国憲法公布
一九四八	**「駅馬」（金東里　キム・ドンニ）** 「民族の罪人」（蔡万植　チェ・マンシク　〜四九） 『空と風と星と詩』（尹東柱　ユン・ドンジュ　詩集）	「俘虜記」「野火」（大岡昇平） 「人間失格」（太宰治）	大韓民国、朝鮮民主主義人民共和国成立 太宰治死去
一九四九	「二つの破産」（廉想渉　ヨム・サンソプ） 『永郎詩選』（金允植　キム・ユンシク　詩集） 『韓何雲詩抄』（韓何雲　ハン・ハウン　詩集）	「仮面の告白」（三島由紀夫）	北大西洋条約機構（NATO）成立 中華人民共和国成立

一九五〇	「雁」(黄順元　ファン・スンウォン) 「山葡萄」(呉永寿　オ・ヨンス)	「武蔵野夫人」(大岡昇平) 「赤い繭」(安部公房)	朝鮮戦争勃発
一九五一	「解放の朝」(廉想渉　ヨム・サンソプ) 『具常詩集』(具常　グ・サン　詩集)	「禁色」(三島由紀夫)	サンフランシスコ講和条約・日米安全保障条約調印
一九五二	「曲芸師」(黄順元　ファン・スンウォン) 「驟雨」(廉想渉　ヨム・サンソプ　～五三)	「風媒花」(武田泰淳)	メーデー事件
一九五三	**「雨日和」(孫昌渉　ソン・チャンソプ)** 「第三人間型」(安寿吉　アン・スギル) 「磯村」(呉永寿　オ・ヨンス) 「龍草島近海」(朴栄濬　パク・ヨンジュン)	「悪い仲間」(安岡章太郎) 「ひもじい月日」(円地文子)	朝鮮戦争休戦協定調印
一九五四	「木々、坂に立つ」(黄順元　ファン・スンウォン) 「自由夫人」(鄭飛石　チョン・ビソク) 『青馬詩集』(柳致環　ユ・チファン　詩集)	「潮騒」(三島由紀夫) 「驟雨」(吉行淳之介)	ビキニの米水爆実験で第五福竜丸被災
一九五五	**「猶予」(呉尚源　オ・サンウォン)** **「ヨハネ詩集」(張龍鶴　チャン・ヨンハク)** 「興南撤収」(金東里　キム・ドンニ) 「吠えない犬」(廉想渉　ヨム・サンソプ)	「太陽の季節」(石原慎太郎)	坂口安吾死去
一九五六	「バビド」(金聲翰　キム・ソンハン) 「非人誕生」(張龍鶴　チャン・ヨンハク) 「暗射地図」(徐基源　ソ・ギウォン) 「二一三号住宅」(金光植　キム・グァンシク)	「金閣寺」(三島由紀夫) 「鍵」(谷崎潤一郎)	日ソ共同宣言 経済白書「もはや戦後ではない」

一九五七	**「不信時代」（朴景利　パク・キョンニ）** 「受難二代」（河瑾燦　ハ・グンチャン） 「謀反」（呉尚源　オ・サンウォン）	「点と線」（松本清張） 「海と毒薬」（遠藤周作） 「死者の奢り」（大江健三郎）	
一九五八	**「明暗」（呉永寿　オ・ヨンス）** **「すべての栄光は」（黄順元　ファン・スンウォン）** 「剰余人間」（孫昌渉　ソン・チャンソプ） 『鹿の歌』（盧天命　ノ・チョンミョン　詩集）	「飼育」（大江健三郎） 「楼蘭」（井上靖） 「第四間氷期」（安部公房）	
一九五九	「誤発弾」（李範宣　イ・ボムソン） 「にわか雨」（黄順元　ファン・スンウォン） 「単独講和」（鮮于輝　ソヌ・フィ） 「北間島」（安寿吉　アン・スギル　～六七）	「鏡子の家」（三島由紀夫） 「海辺の光景」（安岡章太郎）	チベット反乱

※太字は本シリーズ（短編選）の収録作品

池河蓮（チ・ハリョン）

一九一二―一九六〇　慶尚南道の居昌（コチャン）に生まれる。本名は李現郁（イ・ヒョヌク）。一九四〇年、雑誌『文章』に「決別」を発表し作家となる。日本に留学し東京の昭和高等女学校に通ったと言われる。KAPF（朝鮮プロレタリア芸術家同盟）の指導者であった林和（イム・ファ）の妻としても知られる。一九四五年八月十五日の光復後は朝鮮文学家同盟に加担し、一九四七年に夫婦で越北するまでに多くの作品を発表した。主な作品に「決別」（一九四〇）「滞郷抄」「秋」（共に一九四一）「山道」（一九四二）「道程」（一九四六、朝鮮文学賞）「クァンナル（広津）」（一九四七）などがある。

桂鎔默（ケ・ヨンムク）

一九〇四―一九六一　平安北道生まれ。幼名は河泰鏞（ハ・テヨン）。一九二八年に日本の東洋大学・東洋学科に入学。渡日以前から、一九二〇年に少年誌『鳥の声』に詩「寺子屋が壊れ」を発表して懸賞二等になるなど、詩や小説を執筆して作家としての頭角を現す。本格的活動は一九二七年、『朝鮮文壇』に小説「チェ書房」が当選してからである。一九三五年、同誌に「白痴アダダ」を発表し、作家としての地位を固める。その頃が彼の黄金期と評価されている。帰国後、朝鮮日報の出版部などでの勤務を経て、みずから出版社を設立している。一九四五年の「解放」直後、左右の思想に分かれる文壇の対立のなかでも、中立的立場を守ろうとする作家でもあった。「人頭蜘蛛」（一九二八）などに代表される初期の作品は現実主義的、傾向派とされるが、次第に芸術重視の作品世界へと変わっていった。晩年の作品では問題提起はするが、解決しようとする姿勢が見られず、それが彼の限界でもあると評されている。「解放」後の代表作が本書収録作品「星を数える」（一九四六）である。長くない生涯だが、四十編以上の短編、エッセイ集『象牙塔』（一九五五）などを残している。

金東里（キム・ドンニ）

一九一三―一九九五　慶尚北道慶州（キョンジュ）に生まれる。本名は金始鍾（キム・シジョン）。母親が熱心なキリスト教徒だったことからキリスト教系の学校に通っていたが、一九二八年にソウルの儆新（キョンシン）高等普通学校に編入。しかし、翌年に退学。その後は読書に没頭し、一九三四年に詩「白鷺」が朝鮮日報の新春文芸に入選、登壇。翌一九三五年に朝鮮中央日報の新春文芸に短編小説「花郎の後裔」が入選し、小説家としての執筆活動に入った。一九三六年には東亜日報の新春文芸にも「山火」で入選している。その後、多数の作品を発表し、韓国を代表する純文学作家となったが、執筆活動のほかにも韓国文人協会の副理事長を皮切りに、中央大学芸術学部学長、韓国小説家協会会長、大韓民国芸術院会長、韓国文人協会名誉会長を務めるなど、社会活動も旺盛に繰り広げた。その文学的な特色としては、土着的な韓国人の生き方や精神を深く探求し、それを通じて人間に与えられた運命の究極のありさまを理解しようとする努力が挙げられる。そうした努力の結果として、伝統、宗教、民俗などの世界に最も関心を寄せた作家と評されるようになったが、そういった作風のものにとどまらず、当代の歴史的状況や知識人の苦悩を真っ向から扱った作品なども書いている。前者の代表作として「巫女図」（一九三六）、「黄土記」（一九三九）、「駅馬」（一九四八）、「等身仏」（一九六一）などがあり、後者の代表作としては「興南撤収」（一九五五）、「蜜茶苑時代」（一九五五）などがある。アジア自由文学賞（一九五八）を始めとし、五・一六民族文学賞（一九八三）、韓国芸術評論家協会が選定する二〇世紀を飾った韓国の芸術人（一九九九）など受賞多数。韓国の国民勲章柊柏章（一九六八）および牡丹章（一九七〇）も受けている。

孫昌渉（ソン・チャンソプ）

一九二二―二〇一〇　平壌（ピョンヤン）市生まれ。一九三五年に満洲に渡り、のち日本で複数の中学校課程で苦学し、日大にも在籍したという。一九四六年の朝鮮解放と同時に帰郷。一九四八年に越南。教師や雑誌社、出版社などを転々とし、一九四九年に短編「いじわるな雨」を『連合新聞』で発表。その後、短編「公休日」（一九五二）と「死縁記」（一九五三）を『文芸』で発表し作家デビュー。越南民の悲惨な避難生活を描いた「雨日和」（一九五三）で一躍注目を集め、「生活的」（一九五三）、「血書」、「人間動物園抄」（共に一九五五）などの作品を通じて著者ならではの悲観的かつ冷笑的な人間観を表出し、戦後の文壇を代表する若手作家のひとりとなった。一九七三年に日本に渡り、一九九八年帰化。一九七六年『韓国日報』に長編歴史小説『流氓』を連載。二〇一〇年に東京で逝去。

呉尚源（オ・サンウォン）

一九三〇—一九八五　平安北道宣川郡（ソンチョングン）に生まれる。ソウル龍山高等学校を経て、ソウル大学仏語仏文学科卒。ソウル大在学時から同人活動を行っていたが、大学卒業と同時に東亜日報に入社した一九五三年に戯曲「錆びる破片」が劇芸術協会の公募に入賞し、文壇デビュー。一九五五年には短編小説「猶予」が韓国日報の新春文芸に入賞し、本格的に作家としての活動を開始した。その後、代表作とされる短編「謀反」などをはじめ、多数の作品を発表し、韓国の戦後世代文学を代表する作家のひとりに数えられている。戦後世代とは、韓国でいうところの六・二五、つまり朝鮮戦争の停戦直後である一九五〇年代の初頭から中ごろに登壇した作家を指し、青年期に入ってからの朝鮮戦争の経験を重要な文学的資産としているという共通点がある。呉尚源もやはりその特徴を示し、朝鮮戦争の頃を舞台とし、人間が「生きていく」ということ、生の中で「行動する」ということの意味を突き詰めようとした作家である。大学で仏文学を専攻したことから、フランス行動主義文学や実存主義文学に接し、その影響を受けたこの作家は、戦時の社会・道徳的問題を扱い、戦後世代の精神的挫折を行動主義的な観点からテーマ化する作品を残したが、七〇年代以降は執筆より言論活動に力を注ぎ、東亜日報の論説委員も務めた。記者在職当時は東亜日報に「汗を流す韓国人」と題した紀行文を連載したりもした。主な著作としては、短編「亀裂」（一九五五）、「謀反」（一九五七）、「現実」（一九五九）、「勲章」（一九六四）、「煙草」（一九六五）、長編「白紙の記録」（一九五七）などがあり、一九五八年には「謀反」で第三回東仁文学賞を受賞している。

張龍鶴（チャン・ヨンハク）

一九二一—一九九九　咸鏡北道の富寧（プリョン）に生まれる。一九四二年に早稲田大学商科に入学後、学徒兵として日本軍に入隊し、終戦と同時に帰国した。一九四七年に越南し、高校や大学で教鞭を取ったのち、一九六二年から『京郷新聞』『東亜日報』などの論説委員を務める。一九四八年の高校教師時代、処女作「肉囚」を脱稿し、一九四九年に『連合新聞』で「戯画」を発表。一九五〇年に短編「地動説」、一九五二年に短編「未練素描」で『文芸』誌の推薦を受けて文壇デビューした。その後、「死火山」（一九五一、発表は一九五四）、「無影塔」（一九五三）「復活未遂」（一九五四）「非人誕生」（一九五六—五七）「易性序説」（一九五八）「現代の野」（一九六〇）「円形の伝説」（一九六二）など多くの作品を発表した。一九五五年に『現代文学』で「ヨハネ詩集」を発表してから作家として注目を浴びはじめ、現代を生きる人間の条件という問題に集中的に取り組みはじめた。観念小説という新しい系譜を生み出し、朝鮮戦争を世代的自意識としてとらえ、その時代性を小説で表現しようとした作家として評価されている。

朴景利（パク・キョンニ）

一九二六―二〇〇八　慶尚南道生まれ。本名は朴今伊（パク・クミ）。一九四五年、晋州高等女学校を卒業してすぐに結婚し、娘を生む。一九五〇年師範大学を卒業し、中学校の教師になる。朝鮮戦争のさなかに夫を失い、五三年に再婚する。以降、幼少時代から大の読書好きだったこともあり、創作活動を始める。一九五五年に作家金東里の推薦で『現代文学』に短編「計算」を発表し、翌年の短編「黒黒白白」で本格的デビューとなる。五七年に発表した本書収録作品「不信時代」で第三回現代文学新人文学賞を受賞。その後、五九年まで短編小説を中心に執筆し、一九六〇年以降は主に長編小説を手掛ける。『金薬局の娘たち』（一九六二）、『市場と戦場』（一九六四）などがこの時期を代表する長編小説である。戦争によって夫を失った女性、歴史に翻弄される家族の姿を描き、読者の共感を得る。一九七〇年以降は大河小説『土地』（一九七三―九四）の執筆に集中し、二五年をかけて五部（全一六巻）にわたる長編大作を完成させた。日本植民地時代を経て解放に至るまでのほぼ一世紀にわたる、韓国の近・現代史のなかに生きる人々の群像劇ともいえる『土地』はベストセラーとなり、韓国の文学史に残る大作である。二〇〇三年に連載を始めた『土地』の続編ともいえる『蝶よ、青山へ行こう』は、作家が二〇〇八年に肺がんで亡くなったために未完成のままとなる。小説以外にも数多くのエッセイ集を残している。社会と現実への批判精神をもちながら、人間と生命に寄り添う、韓国の現代文学を代表する作家と評される。

呉永壽（オ・ヨンス）

一九一四―一九七九　慶尚南道生まれ。号は月洲、晩年の号は蘭溪。大阪浪速中学卒業。東京の国民芸術学院を修了した後、慶南女子高校の教師となる。そのかたわら、文芸誌『白民』に「山の子」、「六月の朝」などの詩を発表して詩人としても活動する。一九四九年以降、短編小説「山葡萄」（一九五〇）などを発表して小説家に転身する。一九五五年、文芸誌『現代文学』の創刊に携わる。一五〇編以上の作品を残しているが、そのどれもが短編小説である。彼の作品世界は大きく三つに分けられるとされている。「ナミと飴屋」（一九四九）、「山葡萄」（のちに「ゴム靴」と改題）などは純真な子どもの世界を描き、「華山宅」（一九五二）、「明暗」（一九五八）などは現実を告発しながらも人情味あふれる作品といわれる。さらに「磯村」（一九五三）や「こだま」（一九五九）、「秋風嶺」（一九六七）では自然や故郷への郷愁の念が描かれている。いずれも人情味あふれる素朴で抒情的な作風が特徴で、温かみを感じさせるが、一方で歴史や社会に対する批判精神の欠如も指摘されている。一九七九年、肝臓がんのため永眠。

黄順元（ファン・スンウォン）

一九一五―二〇〇〇　平安南道大同郡（テドングン）に生まれる。一九三四年に日本に渡り、就学。早稲田在学時に『三四文学』、『創作』、『断層』などで同人活動を行い、その頃から小説の執筆を始める。文学への入門自体は一九三一年に童謡と詩を発表したのが始まりで（「私の夢」、「息子よ、怖れるな」）、詩集『放歌』（一九三四）、『骨董品』（一九三六）を刊行している。同人時代以降は小説の執筆に専念するが、対象の属性を圧縮、省略を通じて表現するその文体的な特徴は、概して詩的文体と評されている。初期には成長小説的な色合いの濃い作品を多く発表しているが、後には時代の波にもまれ、苦しむ人々の人生を描いた作品を多く執筆した。それらの作品に登場する人物像は、厳しい状況に置かれながらもそれに屈せず、時に自らの破滅をも辞さぬ強靱な意志とプライドを備えているが、その内面には、抑圧的な世界への怒りとともに、それに対抗しきれていない自らへの自己反省的な怒りをも秘めていることが多い。早稲田大学文学部英文科を卒業してからは故郷に戻って文学活動をしていたが、解放後はソウルに移り、執筆活動とともに教職にも従事、慶熙大学では教授職に就いている。アジア自由文学賞（一九五五）、芸術院賞（一九六一）、三・一文学賞（一九六六）などの文学賞を多数受賞するとともに、韓国の韓国国民勲章柊柏章（一九七〇）、金冠文化勲章（二〇〇〇）を受賞している。主な著作として、成長小説「夕立」（一九五三、映画化および日韓共同テレビドラマ化、韓国の教科書に掲載）、「星」（一九四一）、短編「雁」（一九五〇）、「甕を焼く老人」（一九五〇、一九六九に映画化）、長編「カインの後裔」（一九五三―五四）などがある。

訳者プロフィール

オ・ファスン（呉華順）

青山学院大学法学部卒業後、韓国の慶熙大学大学院国語国文科修士課程修了。「第1回新韓流文化コンテンツ翻訳コンテスト（ウェブコミック日本語部門）」優秀賞、「韓国文学翻訳新人賞（文化コンテンツ映画字幕日本語部門）」大賞受賞。著書『なぜなにコリア』（共同通信社）。訳書に『つかめ！理科ダマン』シリーズ（マガジンハウス）、『準備していた心を使い果たしたので、今日はこのへんで』（扶桑社）、チョ・ヘジン『天使たちの都市』（新泉社）などがある。

カン・バンファ（姜芳華）

岡山県倉敷市生まれ。岡山商科大学法律学科、梨花女子大学通訳翻訳大学院卒、高麗大学文芸創作科博士課程修了。梨花女子大学通訳翻訳大学院、韓国文学翻訳院翻訳アカデミー日本語科、同院翻訳アトリエ日本語科などで教える。韓国文学翻訳院翻訳新人賞受賞。日訳書にチョン・ユジョン『七年の夜』、ピョン・ヘヨン『ホール』、ペク・スリン『惨憺たる光』『夏のヴィラ』（共に書肆侃侃房）、キム・チョヨプ『地球の果ての温室で』、チョン・ユジョン『種の起源』、チョン・ソンラン『千個の青』（共に早川書房）など。韓訳書に柳美里『JR上野駅公園口』、三島由紀夫『文章読本』（共訳）、児童書多数。共著に『일본어 번역 스킬（日本語翻訳スキル）』（넥서스 JAPANESE）がある。

小西直子（こにし・なおこ）

日韓通訳・翻訳者。静岡県三島市生まれ。立教大学文学部卒業。一九八〇年代中頃より独学で韓国語を学び、一九九四年に延世大学韓国語学堂に語学留学。その後、韓国外国語大学通訳翻訳大学院で日韓通訳・翻訳を学び、フリーランスの通訳・翻訳者として韓国で活動。現在は日本で日韓通訳・翻訳業に従事。訳書に、イ・ギホ『舎弟たちの世界史』（新泉社）、チャン・ガンミョン『我らが願いは戦争』（新泉社）、『七月七日』（東京創元社、共訳）、イ・ドゥオン『あの子はもういない』（文藝春秋）などがある。

韓国文学の源流　短編選4　1946－1959

雨日和

2023年12月27日　第1版第1刷発行

著者　池河蓮　桂鎔默　金東里　孫昌渉　呉尚源
張龍鶴　朴景利　呉永壽　黄順元

翻訳者　呉華順　姜芳華　小西直子

発行者　池田雪

発行所　株式会社　書肆侃侃房（しょしかんかんぼう）
〒810-0041　福岡市中央区大名2-8-18-501
TEL　092-735-2802
FAX　092-735-2792
http://www.kankanbou.com　info@kankanbou.com

編集　田島安江
DTP　黒木留実
印刷・製本　モリモト印刷株式会社

ISBN978-4-86385-607-3 C0097

2 『オリオンと林檎』1932-1938

朴花城	下水道工事	1932
李孝石	オリオンと林檎	1932
金裕貞	山あいの旅人	1933
李箕永	鼠火	1933
朴栄濬	模範耕作生	1934
朴泰遠	芳蘭荘の主	1936
玄徳	草亀	1938
李泰俊	涓江冷	1938

四六判、上製、272 ページ　定価：本体 2,300 円＋税
ISBN978-4-86385-472-7

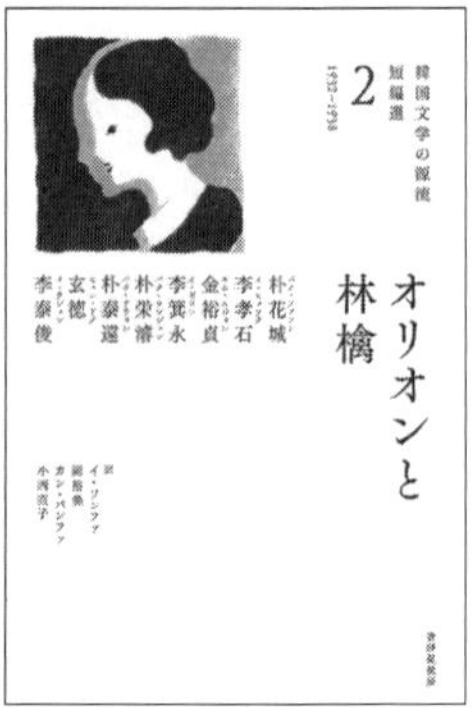

3 『失花』1939-1945

李箱	失花	1939
李孝石	ハルビン　哈爾濱	1940
蔡萬植	冷凍魚	1940
金南天	経営	1940
李無影	土の奴隷	
	続「第 1 課第 1 章」	1940
池河蓮	秋	1941

四六判、上製、352 ページ　定価：本体 2,400 円＋税
ISBN978-4-86385-418-5

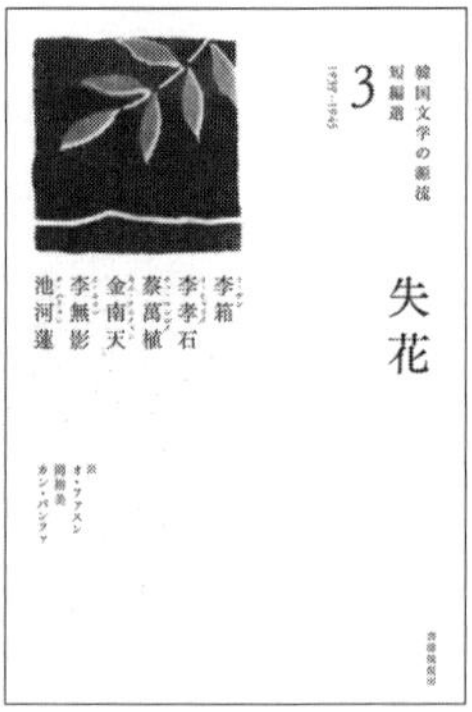